Seis casi besos (y uno que sí)

TESS SHARPE

Primera edición: enero de 2025

Dirección editorial: Berta Márquez
Coordinación editorial: Alejandra González
Dirección de arte: Lara Peces
Ilustración de cubierta: Cristina Cid

Título original: *Six Times We Almost Kiss (And One We Did)*
Publicado por acuerdo con Little Brown Books for Young Readers,
una división de Hachette Book Group Inc., Nueva York,
Nueva York, USA.
Impresores, 2
Parque Empresarial Prado del Espino
28660 Boadilla del Monte (Madrid)

ISBN: 978-84-1962-172-6
Depósito legal: M-25669-2024
Impreso en España / *Printed in Spain*

El papel utilizado para la impresión de este libro
está calificado como papel ecológico y procede de bosques
gestionados de manera sostenible.

Para todas las personas
que se han quedado despiertas
hasta las tantas leyendo fanfics
a fuego lento, esperando
a que llegue el beso.

Y para las personas
que escriben las ficciones
que nos alimentan.

PRIMERA PARTE

Cambio

(o la primera vez, en el granero)

1

Penny

21 DE JUNIO

REUNIÓN FAMILIAR ESTA TARDE A LAS 6. No llegues tarde!

Me quedo mirando el mensaje mientras June pasa a mi lado, atándose el delantal.

–¿Ya lo has preparado todo?

–Sip –contesto–. Y he rellenado los botes de kétchup.

–¿Estás bien? –pregunta, lanzándome una mirada de reojo.

Me doy cuenta de que sigo leyendo el mensaje de mi madre, con el teléfono aferrado entre las manos. Hago un esfuerzo por sonreír.

–Sí, tranquila. Tengo que irme. Nos vemos, ¿vale?

–Hasta luego, Pen.

Antes de llegar a la calle, me llega otro mensaje: *Puedes recoger a Tate en la piscina? Anna se vino a casa conmigo porque no se encuentra bien.*

De modo que, cuando mi madre ha escrito «reunión familiar», iba en serio. Anna y ella no son hermanas, pero siempre dicen que son más que eso. Son amigas hasta la muerte, unidas por un lazo aún más fuerte que la sangre.

¿Estará también mi abuela? Mi cabeza gira como un torbellino alrededor de todas las posibilidades de crisis, pero no sabe en cuál aterrizar. ¿Se le habrá vuelto a ir la pinza a mi madre? ¿Habrá empeorado la salud de Anna? Esas son las dos grandes preocupaciones que dominan nuestras vidas... A no ser que quieran hacer alguna especie de terapia de grupo. Pero yo no necesito terapias. No he hecho nada raro (salvo, quizá, tener un calendario gigante en la pared con todas las fechas importantes clasificadas por colores. Tate me dijo que le parece excesivo, pero opina lo mismo de todo lo que hago).

Vale, tal vez haya mentido un poquito. Sí que llevo algún tiempo haciendo algo que mi madre me tiene prohibido. Pero, si se hubiera enterado de eso, estaría demasiado histérica para convocar una reunión familiar. A estas alturas, ya habría venido a buscarme y me estaría chillando.

Así que esto no puede ir de lo mío.

¿Y si es Tate la que necesita la terapia de grupo? Pero no puede ser. Las únicas actividades a las que se dedica son hacer largos en la piscina y poner cara rara cada vez que yo hablo. Tate es la hija perfecta; Anna jamás tiene que preocuparse por lo que su hija hace o deja de hacer. A mi madre le encanta repetirme eso, como si yo fuera una rebelde sin remedio.

Aunque llevar a Tate en mi coche para un trayecto de más de diez minutos suele terminar en un desastre, le contesto a mi madre: *Vale.*

Ella no responde ni me da más pistas.

Lo cual solo puede significar que alguien se ha muerto.

No, Penn. Deja de comerte el tarro. No pienses en que...

... alguien ha muerto ya.

Mierda. Joder.

¿Es que nunca voy a ser capaz de pasar un día entero sin pensar en...?

Pues claro que no. Al fin y al cabo, era mi padre.

Claro que no.

Ella siempre lleva su alianza en una cadena alrededor del cuello. Mi madre, digo. Cuando se la entregaron después de aquello, estaba rota en dos mitades porque la habían tenido que cortar para sacarla. Mi madre se puso tan frenética que tiró una de las mitades al otro lado del salón. Intenté tranquilizarla, pero era imposible. O tal vez fuera yo, que no sabía cómo hacerlo.

Pero Anna sí que sabía. Abrazó con fuerza a mi madre y me pidió que saliera con Tate, porque, en aquella época, mi madre vivía con ellas y yo vivía con mi abuela. Al final, fue Anna quien encontró la mitad que mi madre había tirado y consiguió arreglar la alianza, no sé cómo. Ahora, dos años más tarde, mi madre no se la quita jamás.

¿Será Anna?

El estómago se me llena de nudos mientras entro en el coche y salgo del aparcamiento del Blackberry Diner. Me cuesta recordar un momento en el que Anna no haya estado enferma. Cuando Tate y yo éramos pequeñas, tuvo un cáncer de ovarios, pero se curó hace años. Ahora, lo que más nos preocupa es su hígado. Hace algún tiempo le encontraron una deficiencia de alfa uno, una enfermedad genética rara que te puede afectar al hígado o a los pulmones. A Anna le ha tocado el hígado, y mi madre ha estado en modo «vamos a arreglar esto como sea» desde que les llegó el diagnóstico.

Tuerzo en South Street y me alejo de la cafetería para atravesar el pueblo.

La piscina es una mole de hormigón que grita «años setenta», especialmente por su extraño tejado inclinado. Es un vestigio de la época en la que se suponía que el pueblo iba a crecer, antes de que se derrumbara el negocio de las serrerías. Dentro, la mitad de los focos están apagados, y el agua resplandece en la penumbra.

Tate aún está entrenando, con el contador de largos bien a la vista.

No puedo evitar contemplarla por un segundo. No creo que haya nadie capaz de verla y no quedarse pasmado por la forma que tiene de moverse en el agua. No parece una sirena ni nada moñas por el estilo; Tate es un tiburón que corta el agua a toda velocidad, como si fuera su elemento y supiera perfectamente adónde va.

Está sola en la piscina. Durante el verano, el equipo no se junta para entrenar. O, al menos, no se juntan con Tate.

Ella siempre es la última en marcharse. Lo sé, de la misma forma en que sé que verla cortar el agua me va a hacer tropezar, si no tengo cuidado. Antes, se quedaba la última porque era la que más empeño le ponía. Ahora sigue siendo así, pero no lo hace solo por eso. Se queda en la piscina hasta después de que se hayan marchado todas sus compañeras porque no se lleva bien con ellas. Eso es por mi culpa; y aunque Tate no parece darle importancia, no sé si creérmelo, porque a mí sí me sigue importando.

Ella aún no me ha visto, así que me acerco hasta los montones de tablas y flotadores de tracción, agarro un flotador de rayas y lo tiro a la piscina. Cae justo delante de su cabeza –quizá no sea una atleta de competición, pero puntería sí que tengo–, y ella se interrumpe a media brazada.

Da media vuelta lentamente y ni siquiera se quita las gafas de natación cuando me ve.

–¿En serio? –pregunta.

Antes de que pueda responder, agarra la boya y me la tira con una precisión tan letal que apenas me da tiempo de esquivarla. Se me escapa una risita. Ella se da cuenta de que lo he hecho sin querer, y a su rostro asoma una sombra de sonrisa mientras nada hacia el borde de la piscina.

Se aúpa con las manos para salir. La conozco lo bastante para mantenerme alejada, porque sé que, si no, se sacudirá como un chucho hasta empaparme. Lo hacía siempre cuando éramos pequeñas. Cientos de veces porque, al parecer, no soy tan lista para todo..., especialmente, cuando se trata de Tate.

La miro y veo que lleva dos bañadores de competición superpuestos, con otro de chico medio roto por encima.

–¿Te ha pedido mi madre que vengas? –me pregunta mientras se envuelve en la toalla.

–No, ha sido la mía. Mira tu teléfono, anda.

Se dirige hacia el rincón donde tiene sus cosas, quitándose el gorro y las gafas mientras anda. Yo espero, preguntándome si habrá recibido un mensaje de texto o de voz. A juzgar por la cara con la que mira la pantalla, ha debido de ser lo primero.

¿Le habrá contado su madre algo más? ¿O habrá recibido la misma convocatoria vaga y más bien siniestra de la «reunión familiar»? Trato de leer la respuesta en el fragmento de su perfil que veo desde aquí. Tiene la nariz un poco respingona, y su eterna trenza está despeluchada por el gorro, la humedad y el acondicionador que se pone antes de tirarse al agua. Debería ducharse para quitarse el cloro y relajar los músculos; pero, cuando levanta la mirada de su teléfono, me doy cuenta de que nos vamos a ir directas a casa.

–Vamos –dice.

Normalmente, yo protestaría, porque su parka de natación me va a empapar el asiento del coche. Pero hoy asiento sin decir nada.

Tate se sube al coche y vuelve a clavar la mirada en su teléfono. Me gustaría saber de qué va todo esto –necesito saberlo–, pero me limito a conducir. El silencio se estira entre nosotras, acechante y tan tenso que temo que la situación explote en cualquier momento.

–¿Cuándo te devolverán tu camioneta los del taller? –le pregunto, desesperada por evitar cualquier estallido, porque aún nos quedan diez minutos para atravesar el pueblo y otros veinte para llegar a mi casa por una carretera de montaña.

Más silencio. Tamborileo con los dedos en el volante y espero. Sé que a Tate le gusta saborear sus palabras, como hacen esos frikis del vino que lo huelen, lo remueven y lo paladean hasta aburrirse.

Tal como esperaba, Tate responde cuando estamos doblando la calle para salir del pueblo.

–No me la van a devolver.

La miro de reojo.

–¿Y eso?

–La he vendido –responde, manteniendo la vista al frente.

–¿¡Qué!?

Tate está enamorada de su camioneta, aunque le da muchísimo trabajo. Se pasa la vida encerándola con trapos de microfibra y toda la pesca.

–No se lo digas a mi madre, por favor.

–Tate...

No puedo girarme, aunque me gustaría verle la cara para buscar una respuesta en ella. Tate rara vez responde claramente con la voz, pero su cara... Digamos que no siempre puede esconder su expresión bajo el agua.

–Nuestra tarjeta de crédito no daba para más, y tenía que pagar la electricidad –dice encogiéndose de hombros–. También necesitábamos comprar comida y medicinas, y... Bueno, lo arreglé y ya está.

Se me seca la boca al darme cuenta de lo mal que les van las cosas. No es que les hayan ido bien nunca, con todos los gastos médicos. Pero saber que ha tenido que vender su camioneta a espaldas de su madre...

–¿Y no se va a dar cuenta tu madre de que ya no la tienes?

–Cree que está en el taller. No te preocupes.

–Yo... –Me interrumpo, porque pedirme que no me preocupe es como pedirme que deje de respirar: forma parte de mí–. Vale, de acuerdo. Pero si nos han llamado para hablar de eso, no esperes que me ponga de tu lado.

Ella resopla.

–Aquí no hay lados ni bandos, Penny. Estoy haciendo lo que puedo para tirar adelante; pensaba que lo entenderías, especialmente porque tú hiciste lo mismo cuando...

Chasqueo la lengua para cortarla, con un ruido seco que refleja el destello de furia en mi pecho.

–Por ahí no, Tate.

Veo de reojo que me mira fijamente, en absoluto impresionada por mi reacción.

–Pues deja de darme caña porque me haya buscado la vida para pagar las facturas.

–¡Si hubieras pedido ayuda antes de vender la camioneta, a lo mejor nos habríamos ahorrado la terapia de grupo que han montado mi madre y Anna!

–Lo de esta noche no va de eso. Si mi madre se hubiera enterado de lo de la camioneta, me habría llamado para hablar conmigo y ya está.

–¡Entonces, tú sí que sabes lo que pasa! –exclamo, a punto de lanzarme a su cuello.

Tate responde con su versión de una carcajada, una especie de resoplido entrecortado que nunca llega hasta sus ojos o sus labios. A veces su sonrisa sí que lo hace, pero no es frecuente. Te lo tienes que ganar.

–Flipo contigo, Penny –masculla enfadada, y levanta su teléfono para leer el mensaje–. «Hola, corazón. Esta noche tenemos reunión familiar en casa de Lottie. Penny se pasará a recogerte». ¿Quieres parar para comprobar que no te estoy mintiendo? –añade.

Ahora soy yo la que se queda callada. Quizá Tate lo haya hecho a propósito, porque ninguna de las dos vuelve a hablar en todo el trayecto. Cuando enfilo el camino de grava que lleva a mi casa, hago como que no oigo su suspiro de alivio.

Las luces de la cocina están encendidas. Me bajo del coche y abro la verja de metal. Se la compré en una feria de segunda mano a la señora Frisbee, para reemplazar la que destrozó mi madre con el coche durante el año malo. Estoy bastante segura de que solo me pidió treinta dólares por ella porque le dábamos pena.

Me revienta que Tate me haya hecho pensar en estas cosas. Me revienta que mi madre haya decidido ponerse tan misteriosa con lo de esta noche. No me gustan las vaguedades. Lo mío son los esquemas en diez pasos con un plan B, un plan C y un plan D, por si acaso.

Tate sale del coche en cuanto freno. Eso también me revienta. Si la impaciencia tuviera nombre, se llamaría Tate.

Para cuando cierro la verja y me pongo a su altura, ya casi está en el porche.

–¡Necesitamos una estrategia! –susurro–. ¿Y si sí que es una terapia de grupo?

–¿Para arreglar qué? ¿Has desarrollado algún trastorno mientras yo no miraba? ¿Has llenado por fin tu armario de rotuladores, como soñabas hacer cuando tenías siete años? Si lo has hecho, que sepas que voy a darles la razón a Lottie y a mi madre. Se acabaron los artículos de papelería; el calendario gigante y el cuaderno de la muerte son más que suficientes.

–¡Mi calendario es muy útil!

–Ocupa una pared entera. ¿Y para qué necesitas un calendario, si ya tienes un cuaderno lleno de horarios y planes?

–Si quieres quitarme el cuaderno, tendrás que pasar por encima de mi cadáver.

–Ajá.

Contengo las ganas de patalear. Esto es lo que me hace Tate: me pone en modo pataleo, como una niña pequeña que no puede soportar la frustración.

Y entonces me giro hacia ella y la veo –no en sus labios, porque rara vez llega hasta allí, sino en su mirada–: una sonrisa.

–¿Estás haciéndome rabiar para que no piense en lo que se nos viene encima? –pregunto.

Las comisuras de sus ojos se arrugan un poquito. ¡Será...! ¿Por qué me tiene que pasar esto a mí?

¿Y por qué siempre caigo en sus trampas?

–Tenemos que entrar –dice sin más.

–Espera.

Es como si mi mano fuera dos pasos por delante de mi mente, porque, de repente, me doy cuenta de que le he agarrado la muñeca. El interior de su parka está forrado de borreguito, así que su piel está caliente, y nos pasamos así varios segundos (o tal vez minutos), mientras ella contempla mis dedos alrededor de su muñeca y luego levanta la cabeza para mirarme a los ojos... y yo sigo sin soltarla.

Siempre me resulta difícil soltarla.

–Pero, si no es por la camioneta... –logro decir–. ¿Y si...? Tate, ¿y si es algo malo?

Su muñeca se retuerce en mi mano, y el tiempo tropieza hasta recuperar el ritmo mientras sus dedos se enlazan en los míos y los aprietan con suavidad antes de soltarlos.

–Si es algo malo, qué le vamos a hacer –contesta.

Se vuelve para ir hacia la puerta de la casa y, esta vez, no intento detenerla.

La sigo.

2

Penny

21 DE JUNIO

–¿POR QUÉ LLEVAS LA PARKA? –Eso es lo primero que dice Anna cuando Tate y yo entramos en el salón–. No os habéis dado mucha prisa, chicas.

–¿En serio? –replica Tate. Se deja caer a su lado en el sofá y queda casi sepultada entre los cojines. Si algo le gusta a mi madre en el mundo, son los cojines y los almohadones.

Anna la empuja con el hombro.

–Ve a cambiarte, anda –le dice–. Vas a dejar la alfombra empapada.

–¿Mamá? –llamo yo, porque no la veo por ninguna parte.

–¡Estoy en la cocina! –grita ella.

–¿La habéis dejado sola en la cocina? –le pregunto a Anna, horrorizada.

–Solo va a hacer una ensalada, no te preocupes –responde mi abuela, que ha aparecido de pronto a mi espalda.

Tengo que morderme la lengua para no soltar un chillido del susto. Mi abuela es tan silenciosa como un gato y adora pillar a la gente desprevenida, así que lleva la vida entera pegándome unos sustos de muerte. Cuando menos te lo esperas, se materializa en el aire como si fuera la mismísima muerte que viene a buscarte y, en lugar de arrastrarte al más allá, te da galletas y te enseña a arrancar un coche haciéndole el puente.

–Voy a ver –mascullo, poniendo rumbo a la cocina.

Por suerte, mi abuela decía la verdad: mi madre está cortando lechuga en la encimera.

–Esto ya casi está –dice, mientras echa en un bol las hojas ya cortadas–. Hablamos después de la cena, ¿vale? Ve a hacerle compañía a Tate, anda.

–¿De qué tenemos que hablar?

–Enseguida lo sabrás.

No me ha mirado a los ojos en ningún momento. Pero, si fueran a darnos alguna noticia mala de verdad, no estaría haciendo una ensalada, supongo.

–Voy a poner la mesa –digo.

Saco los cubiertos de su cesta y las servilletas de la cómoda del comedor.

Cuando mi madre vendió el apartamento del pueblo, aún estaba viviendo en casa de Anna. Aunque ya había superado la etapa del duelo en la que estaba casi comatosa, se pasaba durmiendo la mayor parte del día. Durante aquel primer año, apenas la vi. Me quedé en casa de mi abuela hasta que mi madre se repuso y se mudó conmigo, momento en el cual mi abuela se fue a una caravana que aparcó al otro lado del prado. Siempre me ha dado mala conciencia pensar que hemos echado a mi abuela de su propia casa, pero mi madre y ella no pueden vivir juntas más allá de unos días.

Las cosas no siempre fueron así, pero ahora lo son.

Y este año, cuando estoy a punto de empezar el último curso del instituto, la casa es como un batiburrillo de todas las mujeres de la familia Connor. El aparador de los años treinta de mi abuela, por ejemplo, tiene en la vitrina varias piezas de cuando a mi madre le dio por la cerámica; en el cajón, mis herramientas, y en la encimera, la vidriera más grande y caótica que ha hecho mi madre hasta ahora, hecha de fragmentos de un morado brillante que deberían recordar a minerales cristalizados pero que, en realidad, son como astillas de dolor hecho cristal. Fue una de las primeras obras que salieron de sus manos después de que muriera mi padre, y resulta mucho más cruda y tosca que sus piezas anteriores. De hecho, su estilo cambió a partir de entonces: si antes estaba obsesionada por la simetría, el color y la precisión, ahora se dedica a hacer piezas fragmentadas y extrañamente narrativas, que despiertan mucho más interés entre los entendidos.

Los cubiertos que estoy colocando son de mi abuela, pero las servilletas con bordados de flores han salido de las manos de mi madre.

Me entretengo en doblarlas de forma que todos los bordes coincidan, porque la alternativa sería seguir comiéndome la cabeza. Estoy colocando los platos cuando Tate entra en el comedor. Se ha quitado la parka y el traje de baño, y ahora lleva un pantalón de chándal y una camiseta de la Carrera Contra el Cáncer de Ovarios del año pasado, con las mangas y el cuello cortados porque creo que los cuellos normales le dan alergia o algo así. Hace lo mismo con todas sus camisetas, y siempre se le resbalan por el hombro.

No es que la mire cuando eso ocurre, pero no puedo evitar verlo.

–Penny, tienes cara de estar al borde de un ataque de pánico –murmura mientras me quita los platos de las manos.

–Nuestras madres están rarísimas.

–Cierto.

–¿¡Y por qué no entras en pánico conmigo!?

Me mira y levanta una ceja.

–Tranquilízate tú conmigo –replica.

–Eres una... –balbuceo, y veo cómo sus ojos chispean aunque sus labios sigan inmóviles–. Una borde.

–Lo que digas, pero preferiría terminar la cena sin que te pongas a hiperventilar.

–¡Solo me pasó una vez, y lo sabes perfectamente!

–Te ha pasado muchas más veces, incluida una en la que te desmayaste..., y lo sabes perfectamente.

La miro entrecerrando los ojos. Ella no estaba allí el día en que me desmayé. ¿Cómo narices lo sabe? Y lo peor es que ni siquiera me hace falta preguntárselo, porque me lo ve en la cara y contesta. A mí no se me da tan bien sumergirme en las profundidades de la inexpresividad como a Tate, que rara vez necesita salir a tomar aire.

–¿A quién crees que escribió Meghan hecha polvo, porque sabía que si llamaba a tu madre te pondrías furiosa con ella?

–Ni de coña te avisó Meghan.

–Pues claro que me avisó: eres su mejor amiga y te caíste redonda delante de sus narices. De nada, por cierto.

–¿¡Por!? –gruño. Me gustaría sacar el teléfono ahora mismo para echarle una bronca a Meghan, pero no lo hago porque sé que Tate tiene razón... una vez más.

–Por no contárselo a nadie.

–Es que no había nada que contar –replico, aunque no me lo creo ni yo. Y luego, al ver que no deja de mirarme con esos ojos brillantes, añado–: Estoy bien, Tate.

–Ajá –responde, sin molestarse en esconder su escepticismo. Pero no puedo decirle nada más, porque en ese momento mi madre sale de la cocina, ensalada en mano.

Tate y yo terminamos de poner la mesa, las demás sacan el resto de la comida y por fin nos sentamos las cinco.

Mi paciencia dura solo cuatro bocados de ensalada.

–Bueno. Entonces, ¿qué pasa? –pregunto.

–Te lo dije –Anna señala a mi madre con el tenedor–. Te dije que tendríamos que haberlo hecho antes de la cena.

–¿El qué? –interviene Tate.

–No: después de cenar –se empeña mi madre, y la forma en que sigue rehuyendo mi mirada termina de sacarme de quicio–. Teníamos un plan –recalca.

–Mamá, ¿de qué coño va esto? –estallo.

La mesa se queda en un silencio sepulcral, solo roto por el tintineo de los cubiertos de mi abuela al caer en el plato (lo cual no deja de ser cómico, porque mi abuela dice más tacos que un lobo de mar).

Anna se echa a reír.

–Esto es culpa tuya –le dice a mi madre–. Penny, cariño, no te preocupes.

–Pero ¿qué ha pasado? –insiste Tate, mirándola fijamente.

Anna suelta el tenedor y sonríe. De hecho, sonríe de oreja a oreja.

–Después de la biopsia de hígado que me hicieron, los médicos empezaron a hablar en serio de un trasplante –explica.

–Mucho han tardado. Deberían haberse puesto en serio con ello desde el principio –apunta mi madre.

–Bueno, su consejo de que me apuntara en la lista de espera era muy razonable –replica Anna.

–Entonces..., ¿hay ya un donante? ¿Tenemos que ir ahora mismo al hospital? –pregunta Tate, que parece dispuesta a saltar por encima de la mesa para ir en mi coche hasta Sacramento.

–Sí, hay una donante –asiente Anna.

–Soy yo –añade mi madre–. Hoy hemos recibido la noticia de que soy apta como donante viva de Anna. ¿Para qué va a esperar quién sabe cuánto tiempo, cuando yo puedo darle un trozo de mi hígado?

–¿¡Qué!?

Esa ha sido mi voz, tan fuerte que ha rebotado en las paredes del comedor y ha hecho que mi madre dé un respingo y me mire por fin. Sin embargo, solo dura un segundo: al siguiente, su mirada se aleja. Ella se aleja.

–Los médicos dicen que, aunque es una operación compleja y poco habitual, la tasa de supervivencia es más alta si el donante es una persona viva –observa mi abuela desde el otro lado de la mesa.

–¿Vais a hacer un trasplante hepático de donante vivo? –pregunta Tate, tan atropellada que tardo un segundo en entender sus palabras. Lo único que puedo pensar una y otra vez es: «¿Qué acaba de decir mamá?»–. ¿Cuándo?

–Tenemos que estar en Sacramento dentro de tres días –contesta Anna.

–¡Solo setenta y dos horitas, amiga! –exclama mi madre con una sonrisa resplandeciente.

Y es en ese momento cuando me doy cuenta por fin de que las tres lo han decidido todo por su cuenta, y de que deben de llevar días –meses, incluso– hablando de ello a mis espaldas. Han debido de hacer todo tipo de pruebas a mi madre para asegurarse de que su hígado es compatible, y test psicológicos para comprobar que realmente quiere hacerlo. Y Tate y yo nos hemos quedado... al margen. Apartadas.

–¡Mamá! –exclama Tate.

Se lanza sobre las dos para abrazarlas, subiéndose casi a su regazo como si fuera una niña pequeña, y no puedo soportar verlas tan felices cuando yo estoy a punto de colarme por el desagüe del pánico y la incertidumbre.

No aguanto más aquí.

Me levanto de la silla antes de pararme a pensarlo. Sé que alguien me está llamando por mi nombre, pero no me detengo.

El patio trasero de la casa no es tanto un patio como un prado. Esta finca –los cuatro acres de tierra, la casa con tejado de chapa, la deslucida caravana de mi abuela junto al camino de entrada, al otro lado del prado– es el lugar en el que se crio mi padre. Yo he vivido aquí desde que él murió; mi madre tardó un tiempo en venir. Y mi abuela se mudó a la caravana porque no estaba dispuesta a dejarme sola con mi madre después de todo lo que había pasado. Tampoco creo que mi madre hubiera querido vivir a solas conmigo; cuando estamos las dos juntas, siempre está buscando la forma de escabullirse.

Pero ¿y si ahora es ella la que muere? ¿Y si desaparece para siempre de mi vida?

Son pensamientos egoístas, preguntas egoístas. Pero quiero ser egoísta en esto. Tengo derecho a aferrarme a mi madre, porque padre ya no tengo.

Las espigas de grama me rozan los tobillos cuando llego al límite del prado, donde se elevan unas rocas de pizarra de origen volcánico. Me encaramo a la más alta, me siento y busco con las yemas de los dedos un punto por debajo del borde.

Aquí está. Recorro las iniciales: GC + CC = PC.

George Conner + Charlotte Conner = Penelope Conner.

En el tema amor, mi madre siempre lo ha dado todo. Lo suyo es hacer cosas como grabar iniciales en una piedra, entregarle su corazón a mi padre hasta el punto de que, cuando murió, se lo llevó con él... o regalarle un trozo de su hígado a Anna, porque cómo no va a hacer eso por su mejor amiga.

A mi madre se le da fenomenal trabajar en equipo. Cuando tiene una pareja, brilla. Mientras mi padre estuvo vivo, mi madre era un ser de luz. Y, cuando él murió, esa luz se cortó de forma tan abrupta que yo tuve que abrirme paso a tientas en la oscuridad.

Durante esos primeros seis meses –durante el primer año, en realidad–, mi madre se tambaleó, sin un compañero en el que apoyarse. Y, aunque yo necesitaba una madre, tuve que ser más fuerte que ella por la sencilla razón de que todo el mundo pensaba que lo era. Ahora, las cosas han mejorado. En gran medida se lo tenemos que agradecer a Anna, que estuvo junto a mi madre todo el tiempo..., porque cómo no iba a hacer eso por su mejor amiga.

He oído un millón de veces esa frase. Llevo toda la vida viéndolas juntas, con sus historias y su lenguaje secreto, con ese lazo que han creado y que es más potente que el de dos hermanas o dos amantes, porque va más allá de la sangre o del amor romántico. Es esa amistad en plan «si asesinaras a alguien, te ayudaría a enterrar el cadáver». Su relación es tan potente que contamina todo lo que tocan. Me he pasado la mitad de mi existencia junto a Tate; y mi abuela es también la suya, a todos los efectos (de hecho, es la única que tenemos). Mi vida entera está teñida por su amistad, que empezó el día en que Anna pilló a mi madre mangando en una gasolinera, cuando ambas eran unas niñas, y no la delató.

Así que tendría que haber visto venir esto. Estaba claro que mi madre se haría las pruebas para ver si podía ser donante de Anna, y también estaba claro que tomaría la decisión sin decírmelo siquiera.

Estaba clarísimo.

Me recuesto en la roca. Llevo aquí un buen rato; de hecho, sospecho que ya habrán terminado de cenar. Aun así, no vuelvo. Ni siquiera me muevo hasta que...

–¿En serio?

Aprieto los labios al oír la voz de Tate. Me quedo mirando fijamente al cielo, con la espalda pegada a la piedra y las rodillas dobladas. Ni siquiera despego la vista de las estrellas cuando ella se acerca y se sienta a mi lado.

Si me vuelvo hacia ella y veo que me mira en plan compasivo, me echaré a llorar. Y si la veo enfadada, me pondré a gritar.

–Penny... –dice.

Solo es mi nombre. Lo he oído en cientos de ocasiones, muchas de ellas de su boca. Pero esta vez lo pronuncia como una especie de suspiro que se escapa entre sus labios, como si estuviera tratando de contenerlo. Como si fuera un secreto que yo no debiera escuchar.

–Esto no es... –me interrumpo y trato de encontrar la forma de decir lo que siento sin meterme en un jardín enorme. Pero resulta francamente difícil decir «Tu madre es genial y la quiero un montón, pero me da miedo que la mía la palme tratando de salvarla» sin sonar como un pedazo de mierda egoísta.

De hecho, no es difícil, sino imposible. Así que me quedo callada. Esto no es culpa de Tate; ni de ella ni de nadie.

La vida es así, punto. Las dos aprendimos que no es justa hace mucho tiempo.

Cuando estoy con Tate, el silencio no suele abrumarme. Es muy raro que me resulte verdaderamente incómodo, salvo en algunas ocasiones. Quizá sea porque ella no habla mucho, a no ser que la provoques.

Así que me quedo esperando a que sea ella la que hable.

–Siempre he pensado que teníamos suerte –dice por fin.

Me incorporo y me apoyo en los codos para mirarla, alucinada.

–Mi madre y yo, digo –explica, interpretando a la perfección mi cara–. Tenemos a mucha más gente alrededor que muchas personas. Tenemos a Lottie y a Marion. Ya sé que Marion es tu abuela, pero muchas veces siento que... –No hace falta que remate la frase: «que también es la mía».

–Es que lo es –respondo, porque es verdad. Mi abuela quiere muchísimo a Tate.

–Y también te tenemos a ti –añade.

–No me... –empiezo a decir de manera automática, pero corto mi réplica («No me tenéis») porque es absurda. ¿Para qué voy a decir algo tan mezquino, cuando Tate me está mostrando una especie de bandera blanca?

–Y, sin embargo, hoy te pasaste por la piscina para recogerme –contesta, y con esa sencilla frase se carga mi patética protesta.

–Me pillaba de camino.

–¿Se ha mudado el Blackberry Diner a la parte norte del pueblo mientras yo estaba despistada?

–El pueblo es tan pequeño que no tiene parte norte: todo pilla de camino a cualquier otra parte. No es que tuviera que dar un gran rodeo.

–Pero sí que lo diste el año pasado, cuando me llevaste hasta Chico para lo de la cama y te tiraste horas ayudándome a montarla.

–¡Hacer de chófer y ajustar los tornillos de una cama articulada no es lo mismo que ofrecer un trozo de tu propio hígado, Tate!

Suelta un suspiro largo y lento. Estoy empezando a enfadarla, y es lo último que quiero hacer; por una vez, no tengo ninguna gana de pincharla o de discutir con ella. Estoy arruinando este momento, sea lo que sea; el momento en el que ha salido aquí conmigo para... ¿Para qué? ¿Para convencerme de que me alegre por lo que está pasando?

¿Le habrá pedido mi madre que venga? Me pongo furiosa solo de pensarlo. Mi madre no puede ignorarme para siempre..., o tal vez sí. Lleva años haciéndolo, en realidad.

–No es cierto que tengáis suerte –le digo a Tate, porque ya no aguanto más esto–. ¿Cómo puedes decir eso? Ninguna de las dos la tenemos. Tu padre pasó de ti, el mío se murió. A mi madre se le fue la olla durante un año entero, y tu madre superó un cáncer solo para caer en una enfermedad casi peor. Tú te estás dejando la piel para conseguir una beca deportiva en una universidad de medio pelo, porque es la única forma que tienes de seguir estudiando, y yo tengo que servir mesas y dar clases particulares a los hijos de los médicos y los abogados del pueblo para tener algo de dinero. No tenemos suerte, Tate; lo cierto es que estamos jodidas. Nuestra vida es una sucesión de problemas económicos y emergencias. ¿Qué se te vino a la cabeza al ver que nos convocaban a una reunión familiar? ¿No pensaste del tirón que había pasado algo malo? Porque yo sí que lo pensé.

–Claro que pensé eso –asiente–. Pero entonces, por una vez, descubrí que lo que había pasado era algo bueno. Mi madre va a sobrevivir, Penny.

Y entonces ocurre: Tate sonríe. La sonrisa se extiende por su cara lentamente, tanto que, cuando me quiero dar cuenta, ya casi ha terminado.

Me marea verla sonreír; la cabeza me da vueltas de una forma que no es nada propia de mí. Tate es todo movimiento, un borrón oloroso a cloro que va rebotando por todas partes. Yo soy todo lo contrario: pasos medidos, previsión y cálculo de todo lo que puede salir mal. Lo mío es tratar de arreglar las cosas. Y, cuando no puedo arreglarlas, las entierro.

Pero esto no lo puedo arreglar, y tampoco puedo enterrar algo que va a hacerse realidad en... ¿unos días? ¿Unas semanas? Doy un respingo al pensarlo. Los pulmones se me tensan, y no logro calmar el ritmo de mi respiración, aunque sé que debería hacerlo.

Porque es cierto que esto es algo bueno. Anna lleva enferma desde que tengo memoria y, cuando su hígado empezó a fallar el año pasado, las cosas se pusieron feas de verdad. Quiero que mejore y se reponga, claro que lo quiero.

–Eh, eh, Penny. Respira, anda.

–No quiero que se muera ninguna de las dos.

–No puedes planteártelo así –replica y, cuando abro la boca para contestar que no me lo puedo plantear de ninguna otra forma, me corta–. Aquí, la experta en madres con problemas de salud soy yo, así que tienes que hacerme caso. No podemos estresarlas; hay un montón de cosas que hacer y muy poco tiempo para hacerlas. Un montón de estudios demuestran que el estrés afecta negativamente a los pacientes de trasplantes, así que tenemos que llevarnos bien y poner buena cara a lo de la mudanza. Y las tenemos que convencer de que hemos empezado a llevarnos bien porque estamos encantadas con todo esto. ¿De acuerdo?

–¿Desde cuándo te dedicas a leer estudios médicos? –pregunto, antes de procesar todo lo que acaba de decirme.

–El hecho de que no tenga un calendario gigante con mis horas de lectura marcadas en color morado no quiere decir que no lea –replica, mientras yo termino de asimilar toda la información que me ha dado.

–Un momento. ¿De qué mudanza me estás hablando?

–Ah, es cierto. Cuando hablaron de eso, tú ya no estabas –responde sin mirarme–. Van a «fundir las dos familias» para ahorrar. Así es como lo llamaron.

–¿Qué?

–Las dos van a tener que pedir permiso en el trabajo hasta que esto acabe. ¿Crees que tienen ahorros para cubrir todos los gastos? Mi madre se va a pasar meses de baja, y la tuya tendrá que estar en reposo tres o cuatro semanas, si no más. Además, tendrán que alojarse en Sacramento casi un mes para estar cerca del hospital. Por no hablar del coste de los medicamentos... Mi madre va a dejar nuestro apartamento, y nosotras dos tendremos que traer aquí todas nuestras cosas mientras ellas se recuperan. Esta casa es mucho más grande, así que viviremos las cinco aquí.

–¿¡Juntas!?

–Teniendo en cuenta que acabo de vender mi camioneta, Penny, no tengo fácil transformarla en autocaravana. De modo que sí: juntas.

Su sarcasmo me duele de forma casi física, como una dentellada de tiburón.

–¡No estoy diciendo que tengas que vivir en tu camioneta! Lo único que quiero es entender qué está pasando. Al parecer, entrasteis en muchos detalles mientras yo no estaba, y ahora me encuentro de repente con dos nuevas compañeras de casa.

–Fuiste tú quien se marchó en plan reina del drama.

–No quería echarme a llorar delante de las madres, Tate. No me agobies, ¿vale? Lo hice justo por lo que acabas de decir: para no estresarlas.

–Pues ellas creen que estás en contra de todo esto.

–Así que sí que has venido porque te lo ha pedido mi madre.

–No. He venido para decirte que, si jodes esto, Penny...

Noto que mis facciones se retuercen. Mi corazón entero se retuerce.

–¡Como si mi madre hiciera caso de nada de lo que yo pueda decir! –salto, furiosa–. ¡Sabes perfectamente que jamás cuenta conmigo!

De pronto, me doy cuenta de que estoy chillando. No sé cuándo me he levantado de un salto, pero debo de haberlo hecho, porque ahora las dos estamos frente a frente sobre la roca, al borde de una erupción como la del volcán que la escupió.

–Eso no es culpa mía –replica, con un gruñido bajo que, en Tate, equivale a un grito–. No fue culpa mía que tu madre se viniera abajo. Nada de esto lo es. Lo único que intento es mantener a mi madre con vida.

–Y mi madre es la apuesta más segura –digo.

No lo digo en plan rencoroso ni con intención de herirla; ni siquiera es un lamento por mi derrota. Es la constatación de un hecho, simplemente, igual que decir que no tenemos suerte. Mi madre es la apuesta más segura para que Anna sobreviva. Es una donante compatible que goza de buena salud.

Los hígados se regeneran, y yo no debería estar tan jodida por esto.

Pero lo estoy. Por decenas de razones, algunas que ni siquiera soy capaz de formular y otras que tenía en mi mano antes de que mi madre me las arrebatara.

–Tu madre quiere hacerlo.

–Ya. Pero ¿y si...?

–Tienes que parar con esa mierda de imaginarte siempre lo peor –me corta Tate. Su voz ya no es un gruñido, sino una súplica.

«¿Cómo?», quiero preguntarle. Y me gustaría seguir gritando, pero, ahora que he dejado de hacerlo, me doy cuenta de lo cerca que estamos. Con solo respirar hondo, podría rozarme con ella, y solo de pensarlo...

No, no. Me está volviendo a pasar. A veces empieza así, con esta misma sensación, este zumbido en el pecho.

Tate me hace sentir tan... tan frustrada que, a veces, querría estirar las manos y...

Por un instante, se me pasa por la cabeza agarrarla de los brazos y sacudirla, pero no es eso. No, eso nunca.

Lo que a veces querría hacer es tocarla para que deje de hablar y de moverse todo el rato, para apagar el zumbido que se me mete en la cabeza y el corazón, y ya me ha ocurrido tantas veces que, a estas alturas, estoy casi segura de que la única manera de conseguirlo sería... besarla.

Y eso, con zumbido o sin él, no lo puedo hacer.

Es solo algo que se me pasa por la cabeza a veces, como ahora mismo. O cuando estoy metida en la cama sin poder dormir, haciendo una lista llamada «Formas de hacer que Tate se calle de una vez» de la misma forma en que otras chicas cuentan ovejitas.

Y esta situación también es algo que nos ocurre a veces a las dos. Este momento de pausa, cuando el aire se vuelve pesado y los labios se me secan y se terminan las palabras, porque solo hay miradas y...

Sí: está ocurriendo una vez más.

Así que hago lo único que puedo hacer: escapar, como siempre.

3

21 DE JUNIO

Acabas de echar a correr como un jodido gamo por el prado solo para escapar de mí? T

De qué vas, Penny? T

Por cierto, sigues corriendo como el culo. Podría haberte alcanzado. T

Después de lo de Yreka, pensé que... T

Pensé que T

Joder. T

10:00 P. M.

Es que nunca vamos a hablar de eso? T

4

LA VEZ DEL GRANERO

Tate

HACE DOS AÑOS Y MEDIO

LA PRIMERA VEZ que estuvimos a punto de besarnos, yo estaba medio borracha. Sé que decir esto no mejora mi imagen, ni da una idea muy favorable de mi primer semestre en el instituto o de esta historia sobre la primera (pero no la última) vez que casi besé a Penelope Conner. Pero no os vayáis aún, por favor.

Jamás he vivido en un mundo en el que no estuviera Penny. Tiene dos meses más que yo, así que ella llegó primero; he perdido la cuenta de las veces que me lo recordó cuando éramos pequeñas. Y, dado que Lottie y mi madre siempre han sido Lottie-y-mi-madre, llevo la vida entera girando en la órbita de Penny.

No sé cómo lo hace: atrae a la gente como un imán. Igual que este pueblo de las narices, que te hace volver aunque pienses que te has librado de él. Yo, desde luego, jamás he conseguido escapar de él... ni de Penny.

Cuando tenía siete años, decidí que era una pesada. A los nueve ya quería odiarla, pero jamás lo conseguí. Para cuando cumplimos once, nos habríamos peleado a puñetazos si

Marion no nos hubiera separado. A los doce, habíamos decidido ignorar los esfuerzos de nuestras madres por hacer que fuéramos amigas. Y al llegar a los trece, enfilamos el camino del instituto por vías separadas: yo me levantaba todos los días a las cinco de la mañana para ir a entrenar a la piscina, mientras ella ideaba códigos de color para todas sus tareas y aterrorizaba a la dirección del instituto desde su puesto en el consejo escolar.

Lo cual nos lleva al primer semestre del instituto y a esa fiesta y al momento en el que todo cambió para mí, pero no para ella. (Penny no es la única que lleva un registro pormenorizado de las cosas que le pasan. Lo que ocurre es que el mío está en mi cerebro, y no en un calendario gigante clavado en la pared).

Situémonos: estamos en una fiesta organizada por una de las chicas mayores del equipo de natación. Sus padres están fuera y ella tiene un buen contacto, así que hay litros y litros de cerveza, y alguien ha colgado guirnaldas de luces en las vigas del cobertizo. El olor del heno es tan fuerte que tapa el tufo a porro, a aceite de motor y a sudor.

Pasar de nadar en un club a hacerlo en el equipo escolar me ha resultado difícil, porque sigo compitiendo con el club los fines de semana, y todo el mundo sabe que el entrenador solo lo tolera porque ya soy más rápida que las nadadoras del curso siguiente al mío, y las del siguiente, y las del siguiente.

No es que sea una nadadora de nivel olímpico ni nada por el estilo. Pero quizá sea lo bastante buena para conseguir una beca deportiva y, como eso es lo único que puede sacarme de este pueblo, me centro en conseguirlo. A estas alturas, ya he aprendido que hay cosas que están fuera de mi alcance. Algunas chicas jamás conseguirán ciertas cosas, y sé perfectamente que yo soy una de esas chicas.

El caso es que estoy en la fiesta, medio pedo después de haberme bebido unas dos cervezas porque no he comido nada antes y porque estoy en esa edad en la que aún no sabes que emborracharse como un piojo es bastante aburrido y hace que el entrenamiento del día siguiente sea infernal. Además, tengo unas ganas terribles de encajar con el resto del equipo, y todavía no he comprendido que nunca voy a encajar, me ponga como me ponga.

Las demás chicas hacen mucho ruido, y los altavoces que alguien ha enchufado al equipo están a todo volumen. Al principio no me doy cuenta de que Penny está ahí, sobre todo porque mi amigo Remington no hace más que traerme cervezas y luego botellas de agua para que no me deshidrate, porque así es Remi: le gusta tanto preocuparse como a Penny.

Me paso toda la fiesta viendo de reojo a Penny y a Jayden, y tratando con todas mis fuerzas de no prestarles atención. En serio. Pero cuando un tío se pone a berrear en plan borracho que piensa «mirarle las tetas a quien le dé la gana», es difícil no hacerle caso.

Jayden Thomas es un baboso. Un baboso que se pasa la vida mirando las tetas de todas las chicas que se encuentra.

Penny echa a correr, convertida en un manchurrón lloroso de pelo cobrizo y tela de colores pastel. Oigo que Remi me llama, pero no le hago caso.

Hacer caso no se me da muy bien. Por eso echo a correr tras Penny, salgo del cobertizo y me meto en el granero en el que se ha escondido. El interior en penumbra huele a todos los parterres que le he ayudado a plantar a Marion.

Para cuando llego, Penny se ha preparado un sillón con varias pacas de heno, con reposapiés incluido.

–Y ahora, ¿qué? ¿Vas a hacerte un fuerte de paja alrededor? –le pregunto.

–Déjame en paz, Tate –responde ella, y el corazón me da un saltito al ver que me ha reconocido sin darse la vuelta.

–Quería ver cómo estás.

–Estoy bien –responde con voz un poco temblorosa–. Ya puedes irte.

Apoya los pies en la paca de paja y cruza los brazos. Y yo podría marcharme en ese momento, debería marcharme... Una versión más sobria de mí quizá lo habría hecho. Pero mi yo medio borracho piensa que Penny parece triste y humillada, así que no me queda más remedio que apartar un poco sus pies para acomodarme en el reposapiés de paja, frente a ella.

No se le ha corrido el rímel, y me alegra ver que no se ha disgustado tanto –o tal vez no le importara tanto– como para que ese imbécil la emborrone. Ese tipo no se merece que Penny llore por él.

–Jayden es un gilipollas.

–Estoy enamorada de él –dice, y aún no ha terminado la frase cuando se me escapa un bufido.

–Ni de coña, Penny. Eso es imposible.

Ella me fulmina con la mirada.

–Tengo que estar enamorada de él –sentencia.

–¿Y eso quién lo dice? –replico alucinada–. ¿Jayden?

–No –responde, de nuevo con voz trémula–. Es parte de mi plan.

–¿Tu... plan? –repito.

Está empezando a asustarme; es algo que me pasa a veces con ella, porque tiende a llevar las cosas demasiado lejos. Como aquella vez, mientras estábamos en Primaria, que decidió que tenía que vivir de lo que le diera la tierra durante una semana, porque quería «comprender de verdad» un libro que nos habían mandado leer en clase. El libro no lo recuerdo, pero me acuerdo perfectamente de la semana que aquella Penny de nueve años se pasó vagando por el bosque con un hacha, alimentándose de moras y de los peces que atrapaba con una red hecha de tallos de hiedra.

–Mi plan para el instituto –aclara.

Pues claro que tiene un plan; tendría que haberlo imaginado. Seguro que está dividido en partes organizadas por colores, y lo mismo hasta contiene algún plano del instituto que Penny habrá localizado en el archivo del ayuntamiento. Y, al parecer, ese plan incluye a Jayden Thomas.

Esa última idea despierta algo en mi interior, algo punzante y rabioso. No lo puedo evitar: me lanzo al ataque sin pensar en lo que estoy haciendo.

–¿Tu plan para el instituto dice que tienes que salir con un tipo que no os respeta, ni a ti ni a ninguna otra chica, lo suficiente para dejar de miraros las tetas descaradamente? Venga ya, Penny. Las tetas son estupendas y a mí también me molan, ¡pero no me paso la vida mirándoselas a todo el mundo!

–Es cierto que es un imbécil –gime, tapándose la cara con las manos–. Y besa fatal... No sé cómo se me ocurrió salir con él, la verdad.

Estoy tan aliviada por su reacción que no me doy cuenta de lo que acabo de soltar hasta que ella levanta la cabeza y me mira fijamente.

–Eh, un momento. ¿Qué has dicho de las tetas?

–¿Cómo? –respondo, con el corazón martilleándome en el pecho.

–Has dicho que... –sus ojos siguen clavados en mí, y de repente comprendo lo importante que es saber huir a tiempo.

Porque acabo de salir del armario sin querer delante de Penelope Conner.

–¿Eres...? –se interrumpe, dejándome una vía de escape por si quiero volver a meterme en el armario. Es un gesto tan generoso, tan dulce, que me encojo de hombros y termino la frase sin más.

–Sí, soy bi.

Inclina la cabeza a un lado, con un destello de curiosidad en los ojos.

–Ajá, vale. Eso responde algunas de mis dudas sobre Jessica Adams y tú en séptimo.

Le lanzo un poco de paja con la punta del pie.

–Eh, para. Jessica y yo nunca...

Penny me mira sonriente, sin rastro de lágrimas en los ojos.

–¡Que no nos liamos! –insisto.

–Pues tendríais que haberlo hecho antes de que ella se marchara del pueblo. Era una monada... Pero tal vez fuera más mi tipo que el tuyo.

Y así, sin más, soy yo la que la mira asombrada.

Porque, con una sola frase, lo ha puesto todo patas arriba. Hasta hace cinco segundos, yo estaba segura de que sabía todo lo que había que saber sobre Penny. La tengo –¿la tenía?– completamente controlada.

Pero esto... Bueno, esto no me lo esperaba para nada.

–Penny, ¿cuánto has bebido?

–¿Y tú? –replica sin perder comba.

Su sonrisa se ensancha, y las sombras de las vigas se oscurecen sobre su cara dándole un aspecto salvaje.

Porque esa es la cosa con Penny: por fuera es la chica perfecta, la eterna delegada de curso. Pero, cuando rascas un poco, te das cuenta de que no solo se pasó una semana en el bosque con un hacha; es que, además, disfrutó de cada segundo.

–No eres la única que guarda secretos, ¿sabes? –me pincha con voz cantarina.

–La que acaba de rajar sobre su gran plan eres tú.

–Jayden solo era una parte –replica, quitándole importancia con un gesto como si fuera una mosca pesada.

–¿Y cuántas partes tiene tu plan?

–Quince.

–¿Has hecho un plan de quince pasos que tienes que completar antes de acabar el insti?

–Bueno, forma parte de mi plan de treinta y cinco pasos para la vida.

Ahora sí que estoy segura de que se ha pasado con el alcohol; si no, no tendría la lengua tan suelta. Y yo también he debido de beber demasiado, porque sigo aquí sentada, tan pendiente de sus palabras como si fueran el borde de un precipicio por el que acabo de resbalar. Pero, en vez de soltarme de una vez, me agarro fuerte.

–Son muchos pasos, ¿no? –digo.

–¿Y tú? ¿Cuántos tiene el tuyo?

–Mi plan de vida tiene un solo paso: largarme de este pueblo.

Penny se echa a reír y, aunque no debería contemplar la forma en que la luz roza sus labios, lo hago.

Aquí, en el granero, siento que un montón de malas ideas están tomando forma en mi cabeza. Ideas nuevas. Aunque quizá no sean nuevas, y antes estuvieran borrosas. Pero ahora mis ojos se han aclarado, como si alguien los hubiera frotado para quitarles el vaho de encima, y la veo por primera vez: Penny en todo su afilado esplendor. Más zarza que chica, lista para atraparte y no soltarte.

A ninguna de las dos se nos da bien soltar las cosas.

–Siempre has querido largarte de aquí –dice.

Se despereza sobre su trono de paja y doy gracias para mis adentros por la penumbra, porque sé que me he puesto colorada incluso antes de que su camiseta se levante, revelando una franja de piel. Es mínima, un trocito de piel más pálida que la que queda a la vista, y no sé por qué de repente me parece tan distinta. Por qué esa franja sobre la cintura de sus vaqueros me importa más que la piel de sus brazos o su cuello, por qué me parece tan suave.

Pero Penny es cualquier cosa menos suave; necesito recordármelo. Aunque por fuera lo parezca, por dentro es la chica que iba por el bosque con un hacha. La chica que se queda todos los días hasta tarde estudiando para poder irse los fines de semana al río con su padre.

La chica que se zampa para desayunar un par de rápidos que asustarían a los piragüistas más experimentados.

Si yo soy buena en el agua, Penny es un genio encima de ella.

Es terrorífica, como una yonqui de la adrenalina que no conoce el miedo. Y su padre la anima; la última vez que fui a hacer rafting con los dos, pensé que no iba a salir viva de allí.

–¿Tú no quieres marcharte de aquí? –pregunto sin poderme contener, ahora que hemos empezado a decir verdades.

–Para mí, esto no es una jaula –responde.

Levanta la cara hacia el horizonte de pinos y rocas volcánicas, visible a través de las paredes abiertas del granero, y siento en mi estómago algo a lo que ni siquiera sé poner nombre.

–Estas montañas, este río... –dice–. Podría pasarme la vida entera recorriéndolos, y siempre me quedarían cosas por aprender.

–No me digas que marcharte no es uno de los treinta y cinco pasos del plan ese que has hecho –replico.

–Pues sí que te lo digo –me espeta levantando una ceja, y me doy cuenta de que lo he vuelto a hacer: la he ofendido sin querer, porque llevamos toda la vida raspándonos la una a la otra como dos piezas mal ensambladas.

–¿Piensas quedarte aquí toda la vida?

–A diferencia de ti, yo no odio este lugar.

–No lo...

–Claro que lo odias.

Silencio. Porque tiene un poco de razón sobre lo de mi odio, y mucha razón sobre lo de la jaula. Y porque me doy cuenta de que es cierto que ella podría pasarse la vida entera en estos bosques, con su puñetera hacha, sin parar de descubrir cosas nuevas. De pronto, lo veo tan claro como la veo a ella.

No sé por qué la idea de que se quede aquí para siempre me molesta tanto.

(O quizá lo que me moleste sea la idea de dejarla atrás. Porque, aunque Penny me irrite, jamás podría odiarla. Por mucho que choquemos, sé de dónde viene. Y, cuanto más nos empeñamos en separar las hebras de nuestra vida que nuestras dos madres han trenzado, más me doy cuenta de lo duro que sería hacerlo).

Hace un ruido entre la risa y el resoplido.

–Al menos, no me has dicho que soy demasiado inteligente para quedarme aquí.

–Y tú te estás portando bien –respondo y, al ver su mirada perpleja, se lo explico–: No me has dicho que no voy a poder marcharme ni de coña.

Penny frunce el ceño. Sus cejas son notables –dos tajos oscuros sobre la piel bronceada y pecosa–, y verlas fruncidas es toda una experiencia.

–¿Por qué voy a decir eso? –replica–. Será difícil, seguro. Pero hacer cosas difíciles es más o menos lo tuyo, ¿no?

Se inclina hacia delante, con los codos apoyados en los muslos, y sus pies se mueven hasta casi rozar los míos. Lleva las uñas pintadas de verde. O quizá de azul, no lo veo bien. Pero, de pronto, me abruma la necesidad de saberlo, de memorizar hasta el último de los detalles de este momento.

Está muy cerca. (¿Demasiado? ¿No lo bastante? No sabría decirlo). Sus rodillas acarician mi pierna mientras ella busca mi mirada con calma, como si aún quedara aire que respirar entre nosotras, y me dice:

–Si alguien puede escapar de este pueblo, eres tú.

–Penny... –digo, porque en este momento no sé pensar nada salvo su nombre, y no veo nada que no sea ella.

No debería haber entrado en este granero.

–Aunque tú no te lo creas, yo sí –declara.

Si lo hubiera dicho en plan grandilocuente o con un aspaviento, le habría echado la culpa al alcohol que ha bebido y no le habría dado importancia.

Pero su voz no suena grandilocuente, y tampoco ha hecho ningún aspaviento.

Solo están sus manos, que aferran mis muñecas y las aprietan mientras lo dice. Su forma de centrarse en mí, la seguridad de sus ojos. Y al sentir que no me suelta, mi cuerpo se pone en marcha con una sacudida y empiezan a girar engranajes que jamás habían funcionado.

Doblo los codos, pensando que me va a soltar las muñecas.

No lo hace. En vez de hacerlo, se deja arrastrar hacia mí.

(No sé qué hacer / Sé lo que quiero hacer).

(No sé cómo conseguirlo / Si intentarlo siquiera).

(¿Será mejor que no me mueva?).

Antes de que pueda tomar una decisión, ella lo hace por mí. Así es Penny.

–Qué largas son tus pestañas –dice, y no sé ni cómo interpretar la forma en que se me acelera el corazón mientras habla–. Nunca me había dado cuenta.

–Son solo pestañas.

¿Esa ha sido mi voz? Ni siquiera lo sé. El corazón me late demasiado rápido, mi piel está demasiado caliente mientras roza la suya.

(Ya lo he decidido: no está lo bastante cerca).

–Mmm... Qué bonita –dice y, como si quisiera comprobar algo, me suelta por fin.

Pero, antes de que pueda reponerme, siento que su dedo traza la curva de mi ceja y se detiene en la comisura de mi ojo y, de pronto, no puedo pestañear ni moverme ni hacer nada de nada.

–Eres muy guapa –murmura, y siento que un destello helado me atraviesa. Sigo sin apartarme de ella, pero sé que cada vez es más urgente.

–Has bebido demasiado –replico.

Su boca vuelve a curvarse en una sonrisa, y ahora sí que sé que estoy perdida. Sus dedos están ahora posados en mi mejilla, con la palma casi pegada.

–Me bebí media cerveza hace dos horas. ¿De verdad piensas que tengo que estar borracha para pensar que eres muy guapa?

–Pues...

–Porque la verdad es que siempre has sido muy guapa.

Ahora sí que me rodea la mejilla con la mano. No podría ignorar lo mucho que quiero hundirme en su contacto, aunque quisiera hacerlo.

(Está cerca, muy cerca. Sus manos no son suaves; están encallecidas por los remos y las cuerdas, y la aspereza de su piel contra mi mejilla es... es...).

Es como sentirme amada por primera vez.

Murmuro su nombre. ¿Lo hago para que se detenga, o para pedirle que siga? No soy lo bastante sincera conmigo misma para responder a esa pregunta.

(Tan cerca...).

Y entonces, alguien llama a Penny desde fuera del granero, y las dos nos apartamos tan deprisa que me mareo por un instante.

–Penny, ¿estás ahí?

Meghan, su mejor amiga, entra a la carrera.

–¡Por fin! Llevo no sé cuánto rato buscándote para... Ah, hola, Tate. ¿Le estabas haciendo compañía?

–Solo hasta que tú la encontrases –respondo con una sonrisa falsa mientras me levanto.

–¿Estás bien? –le pregunta Meghan a Penny.

Pero Penny no responde: solo me observa como si yo fuera un tramo de río especialmente complicado, que aún no sabe cómo navegar. Querría apartar la mirada, pero ¿cómo hacerlo mientras ella me contempla como si no hubiera en el mundo nada más fascinante que yo?

–Estás hecha un desastre –insiste Meghan–. Tienes que limpiarte un poco antes de volver a casa. Vamos, anda.

–Estoy bien –replica Penny, permitiendo que Meghan se la lleve. Pero, mientras anda, no deja de volver la cabeza para mirarme, con las cejas fruncidas en una línea oscura como si estuviera determinada a desentrañar qué acaba de ocurrir, o más bien qué-no-ha-ocurrido-pero-ha-estado-a-punto-de-hacerlo.

Aunque tal vez solo fueran imaginaciones mías. Tal vez no hubiera nada de eso.

Solo sé que Penny nunca intentó desentrañarlo, o tal vez no le diera tiempo. Porque esa Penny, la que lloraba –pero poco– porque un chico la había humillado, la que tenía un plan de treinta y cinco pasos para la vida, la que rodeó mi cara con las manos en aquel granero...

Esa Penny murió tres meses más tarde, al mismo tiempo que su padre. Y la chica que sobrevivió al accidente era una nueva Penny. Una Penny que no solo conocía el miedo, sino que estaba abrumada por él.

(Porque algunas chicas jamás consiguen ciertas cosas, ¿recuerdas?).

SEGUNDA PARTE

Tregua

(o la vez más triste)

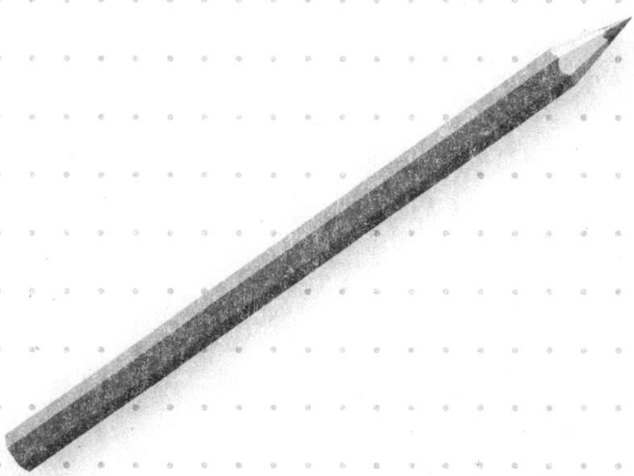

5

Tate

22 DE JUNIO

–¿DE VERDAD CREES QUE ESTÁ BIEN? –me vuelve a preguntar mi madre.

Es una suerte que tenga tan controlada mi respiración, porque a duras penas logro contener un suspiro.

–A Penny no le pasa nada –le aseguro por tercera vez–. Ya nos lo dijo antes Lottie, ¿recuerdas? –remarco al ver que alza las cejas con escepticismo.

–Sé que es un gran cambio para vosotras dos –comenta, y luego se acomoda en el sillón y se queda callada.

Es su táctica de costumbre: dice algo y me mira con insistencia para ver si estoy de acuerdo y, si no lo estoy, para animarme a que le cuente mis penas.

–Lo único que va a cambiar es el sitio en el que voy a dormir y el camino que tendré que recorrer para ir a la piscina y al instituto –respondo con firmeza–. Además, también está el asunto madre-con-nuevo-hígado-que-funciona, claro; eso compensa bastante. Me parece que añadir media hora a mis trayectos diarios es un precio de lo más razonable.

Mi madre sonríe.

–Estás quitándole importancia, cariño, y sé que lo haces por mí. Pero me gustaría que me hablaras con franqueza. No voy a dejar de hacer de madre solo porque vayan a operarme. De hecho, cuando esto termine, lo haré con el doble o el triple de entusiasmo, en vista de que tendré mucha más energía.

–Me estás dando miedo, madre –replico–. Soy mayor, ¿recuerdas? Si fuera una tarta, ya estaría horneada.

–Si fueras una tarta, estarías horneada, pero te faltaría la decoración.

–No estoy segura de que ese símil sea muy... –empiezo a decir; pero en vista de que mi madre ha agarrado la comparación con ganas, y prefiero verla así que preocupada, la dejo seguir.

–Con diecisiete años, aún no eres adulta –continúa–. Y tú... Has renunciado a tantas cosas que solo quiero que... –se interrumpe, con los ojos humedecidos.

–Mamá –digo con voz suave, porque no estoy dispuesta a dejar que esta conversación termine entre lágrimas–, ayer fue el mejor día de mi vida. Lo sabes, ¿verdad?

Vaya. Quería despistarla para que no llorase y he conseguido justo lo contrario.

–Lottie y tú estáis exagerando –añado–. Sé que Penny y yo no nos llevábamos bien de pequeñas...

Mi madre resopla con sarcasmo.

–Vale, sí, nunca nos hemos llevado bien –rectifico–. Pero ya no tenemos siete años para pelearnos por los juguetes. Además, ya lo hemos planeado todo: los horarios, los viajes en coche... Todo va a salir bien, ya lo verás. Estoy segura de que, a estas alturas, Penny ya ha hecho un esquema semanal.

Es mentira: después de dejarme plantada en el prado, Penny ha ignorado todos mis mensajes. Da igual; por ahora, lo único importante es empaquetar nuestros trastos y llevarlos a casa de Penny antes de marcharnos a Sacramento.

–Es cierto que le encanta hacer esquemas –asiente mi madre. Pero siempre se le ha dado fatal jugar al póker, y su expresión muestra a las claras lo poco que me cree.

En todo caso, no le voy a decir a mi madre ni una sola palabra en contra de esta mudanza, por mucho que ella me pinche y por mucho que la perspectiva me inquiete, me aterrorice, me preocupe y me haga sentir puñeteras mariposas en el estómago. Y tengo muchas de esas, porque mudarme a la casa de una chica que jamás me he podido quitar de la cabeza es un error garrafal. Lo sé perfectamente; no en vano me he tenido que tragar docenas de rom-coms hetero.

Pero nada de eso importa. Estoy dispuesta a hacer lo que sea para que esto salga bien: seguir el rollo a mi madre y a Lottie, vivir donde me digan... Lo que sea.

No hay nada como este sentimiento; esta prueba, tan concreta que es casi tangible, de que hay otra persona que quiere a mi madre tanto como yo.

A lo largo de los años, he pensado muchas cosas sobre Lottie. No es que se hayan borrado, porque he visto cómo se perdía en su pena sin hacer caso a nadie más, y cómo Penny se marchitaba para no molestarla, y nunca he sido capaz de ignorar ese tipo de cosas o de olvidarlas. Me gusta darles vueltas, examinarlas desde todos los ángulos, considerar los porqués, los cómo y todos los «y si...».

Cuando pienso en Lottie, se me ocurren muchísimos «y si...» y otros tantos porqués. Los cómo los tengo más claros; al fin y al cabo, viví desde los márgenes todas sus consecuencias.

Jamás se me habría ocurrido pensar que ella sería nuestra salvadora, porque, hasta ahora, ha sido ella quien necesitaba que la salvasen. Pero aquí estamos: ha llegado el momento que tanto hemos esperado, y el mundo se ha renovado de una forma que nos atrevíamos a desear, pero no a imaginar por completo.

Va a sobrevivir. Mi madre va a sobrevivir.

Es lo único que puedo pensar cada vez que la miro. «Va-a-sobrevivir». Cuando le dije a Penny esas palabras, me sentí como si estuviera en un acantilado sobre el mar, preparada para tirarme al fin después de años de espera.

Porque en mi vida siempre ha habido dos constantes: tener a Penny hasta en la sopa y a mi madre al borde de la muerte. No queda muy bonito decirlo así, pero tampoco es bonito ver cómo tu madre se consume. Además, dejé de preocuparme por decir las cosas en plan bonito cuando tenía cinco años, más o menos.

–Mañana tenemos que llevar las camas –le digo–. Haz el equipaje con lo que necesites para ir a Sacramento. Yo empezaré a meter las cosas en cajas hoy y me ocuparé de la mudanza mientras tú estés allí.

–Siento mucho las prisas –responde.

–No te preocupes, anda. Estamos en verano; Penny y yo tenemos tiempo para hacerlo.

–Corazón... –me llama mi madre cuando ya estoy a medio camino de mi cuarto.

Vuelvo la cabeza y, al ver su sonrisa, sé que quiero guardarla para siempre. Quiero recordar a mi madre así, en el antes, porque ahora sé que esto es el antes y que va a haber un después. Años y años de después.

–Sois estupendas. Las dos –dice.

–Soy una crack, lo sé –respondo para aligerar el ambiente, porque no quiero que vuelva a ponerse llorosa. Ahora mismo, lo que tiene que hacer es descansar, estar en calma y esas cosas.

–Sobre todo, por la humildad que te caracteriza –dice con una sonrisa.

Cierro la puerta de mi cuarto y examino el caos de cosas tiradas. ¿Se enfadaría mi madre si embutiera todos nuestros trastos en bolsas de basura y los llevara así a casa de Penny? Lo pienso un momento y decido que sí que se enfadaría. Nuestro apartamento es enano, pero no deja de ser una casa en la que viven dos personas. Y si estropeo los cacharros de cocina al transportarlos o pierdo alguno de los cuchillos de mi madre, sé que me puede matar.

Necesito alguien capaz de organizar todo esto.

Saco mi teléfono y busco su nombre tecleando con fuerza. Como no nos pongamos de acuerdo, esto va a ser un desastre.

Si no me contestas, iré a tu casa. T

Clavo la mirada en la pantalla y espero a ver las palabras «Penny está escribiendo». Esta vez, los puntitos aparecen un momento y se desvanecen. Al cabo de unos segundos, vuelven a aparecer, seguidos de un mensaje que me hace lanzar el teléfono al otro lado de la habitación, sobre mi cama.

P Has vendido tu camioneta, recuerdas?

Voy corriendo a recoger el teléfono de entre la pila de almohadas.

T: De verdad vas a ponerte así de gilipollas?

Y luego, al ver que no me contesta:

T: Si no vienes a recogerme para que podamos pensar cómo nos organizamos, iré andando hasta allí. Sea como sea, esto lo vamos a hablar.

T: Tú decides.

Penny está escribiendo...

P: Llego en una hora.

6

Tate

22 DE JUNIO

MI MADRE LLAMA A LA PUERTA de mi cuarto y asoma la cabeza.

–Me voy al trabajo –dice–. ¿Te pasas cuando cerremos y cenamos juntas?

–Vale.

Hasta ahora, solo he conseguido despejar de ropa una parte del suelo de mi cuarto. No quiero ni pensar en lo que va a ser recoger mi mesa. Necesito cajas, un montón de ellas. Y precinto y plástico de burbujas y...

Un golpe en la puerta interrumpe mi lista mental. Respiro hondo y me preparo para encontrar a Penny al otro lado. Pero, cuando abro, veo a Meghan con su falda vaporosa y su ropa en tonos tierra.

–¡Hola! –exclama mientras entra, dejando a su paso un rastro de olor a azahar–. He traído una fuente de macarrones con queso y espinacas de parte de mi padre, para que cenéis tu madre y tú. Solo hace falta gratinarlos. Mis padres os mandan besos, por cierto, y mi madre dice que tiene que contestar al mensaje de la tuya.

Penny está plantada en el umbral, mirándome fijamente.

–¿Te has traído una carabina? –le pregunto, y Meghan, que estaba a punto de entrar en la cocina, se da la vuelta de golpe.

–¿Una carabina? ¿Para qué? –pregunta.

–Para ya, Tate –masculla Penny al mismo tiempo.

–Uf, aquí hay una energía rara –comenta Meghan. Luego, dado que, afortunadamente, posee el tacto que nos falta a Penny y a mí, añade–: Hemos traído plástico de burbujas y precinto. También algunas cajas, pero no muchas –me advierte antes de desaparecer en la cocina.

–Te has traído una carabina –repito, ahora ya sin preguntar.

–Meghan estaba conmigo cuando me escribiste para exigir que viniera, y se ofreció a ayudarnos. Iremos más rápido con dos manos extra.

–Ah, ahora te veo impaciente por vivir conmigo.

–Estoy aquí, ¿no?

–Ignoraste mis mensajes.

–Estaba ocupada despejando las habitaciones que vais a usar –responde como si tal cosa–. Tendríamos que llevar las camas en primer lugar.

Respiro hondo y me lo recuerdo una vez más: mi madre va a sobrevivir. Trato de no pensar en el tacto rasposo de las mantas de aquel motel, en las lágrimas de Penny, en el pequeño infierno particular que es el cloro de las piscinas cubiertas y en la forma en que se adhiere a todo.

–Si crees que lo mejor es empezar por las camas, lo hacemos. Yo te sigo.

Penny pestañea, como si no se esperase mi reacción.

–¿No te importa que tome yo las decisiones?

–Estaba pensando meterlo todo en bolsas de basura –confieso.

En parte lo he dicho para hacer que reaccione, y lo consigo.

–Joder, pues sí que me necesitabas –gruñe, entrando por fin en el apartamento para dirigirse a la sala de estar–. ¿Ni siquiera tienes cajas? –pregunta con incredulidad.

–Remi nos ha guardado un montón en la tienda. Tengo que ir a por ellas.

–Las camas cabrían mucho mejor en tu camioneta –comenta. Al principio pienso que lo está haciendo para fastidiarme, pero luego me doy cuenta de que frunce el ceño nada más decirlo–. Perdona, no me acordaba –dice meneando la cabeza–. Podemos ir al sitio ese de alquiler de coches que hay cerca del lago para conseguir una furgoneta.

–No hace falta. Mañana Remi nos presta su camioneta, y también podemos usar el remolque de su abuelo.

–¿En serio? –dice, con la cara iluminada por una sonrisa–. ¡Eh, Meghan! Mañana nos prestan una camioneta y un remolque para las camas.

–¡Perfecto! –responde ella desde la cocina–. ¿Y las cajas?

–Tengo que ir a buscarlas –contesto.

–¿Por qué no vais las dos? –sugiere Meghan–. Yo tengo plástico suficiente para empezar a embalar los platos y los cacharros de cocina.

–Buena idea –asiento. Quiero hablar con Penny en un lugar en el que no pueda escaparse corriendo, y el coche es ideal para eso, sobre todo si lo conduce ella.

–Yo... –empieza a decir Penny, pero se interrumpe al ver la cara de expectación de Meghan.

La miro con gesto inocente, como si no tuviera ni idea de por qué no quiere meterse en un coche conmigo.

–Vale –dice al fin–. Vámonos.

Caminamos en silencio hasta su coche. Hay dos bloques de apartamentos de alquiler en el pueblo, uno caro y otro barato. Mi madre y yo vivimos en el barato.

Ronnie, el casero, es un mierda integral, pero hemos tenido que aguantarlo hasta ahora. Cuando apenas puedes permitirte ni siquiera el alquiler más bajo, tus opciones son limitadas, así que mi madre y yo llevamos aquí desde que yo tenía once años.

Me va a extrañar no venir aquí después de los entrenamientos. Mis pies saben cómo evitar los desconchones en el cemento de las escaleras y las cucarachas que se acumulan junto a los contenedores, y mis manos conocen hasta la última astilla del mugriento pasamanos.

Penny sigue callada mientras abre la puerta del coche, pero se pone a hablar en cuanto arrancamos.

–Si llevamos las camas mañana, el jueves podemos salir todas juntas desde mi casa para ir a Sacramento.

–¿De verdad has sido capaz de despejar las dos habitaciones en quince horas? –pregunto, y ella se encoge de hombros.

–Si se lo dejara a mi madre, la tuya volvería a casa después del trasplante y se encontraría en una habitación llena de obras de arte sin vender. ¿Te acuerdas de cuando le dio por la escultura?

–Esos chismes me daban pesadillas –respondo con un estremecimiento.

–Grant aún las usa para montar el Festival del Terror Cervecero en el Brewery.

–Penny, tenemos que hablar.

–Lo estamos haciendo. Estamos hablando de cómo organizarnos –responde, y tengo la impresión de que, si no estuviera al volante, me miraría pestañeando con cara de inocencia.

–Tenemos que hablar de cómo nos las vamos a arreglar después de mudarnos.

–Es fácil: esperamos a que vuelvan nuestras madres y mi abuela y procuramos no matar las tomateras del huerto de mi abuela mientras tanto –contesta con tono monótono, como si lo tuviera ensayado.

–Penny, por favor.

Sus labios se afinan. Conecta el intermitente con gesto brusco y sale de la carretera para aparcar frente al almacén de productos agrarios. El aroma del heno se cuela en el coche, a pesar de que tenemos las ventanillas cerradas.

–De acuerdo –dice. Apaga el motor, se desabrocha el cinturón y se vuelve hacia mí, con las manos enlazadas sobre el regazo–. A ver, ¿qué quieres?

–¿Cómo?

–He arreglado las habitaciones. He hecho hueco en la nevera, en mi baño y en el zapatero de la entrada. Estoy dispuesta a ayudar, Tate. Mi madre ha tomado una decisión y, por una vez, entiendo sus razones. Pero eso no quita que, al final, tenga que tragarme las consecuencias de lo que ella elige hacer. Así que, por favor, dime de una vez lo que quieres y yo lo haré, ¿vale?

Su pequeño discurso empieza en tono antipático y termina como una súplica derrotada. De pronto, sus ojos se llenan de lágrimas y yo me siento la persona más miserable del mundo.

–Quiero que... que hagamos una tregua, supongo.

–No sabía que estábamos en guerra.

–Venga ya, Penny.

Sus dedos tamborilean en el volante. Desde este ángulo distingo las cicatrices de sus palmas y la forma en que se le engarfian tres dedos de la mano derecha, incapaces de enderezarse sin esfuerzo.

–No tengo intención de pelear contigo –dice con voz suave–. Lo que pasa es que estoy acostumbrada a pincharte. Es lo que nos sale, ¿no?

–Sí –asiento, porque entiendo lo que dice; la entiendo–. Pero... tenemos que hacer un esfuerzo por no discutir. Las dos. Por el bien de nuestras madres.

–Tienes razón –asiente. Endereza los hombros y clava la mirada en sus manos, que ahora aferran el volante.

–¿Se te ocurre alguna idea para que sea más fácil?

Se echa a reír.

–Eres tú la que lo ha propuesto. ¿No tienes una lista o algo así?

–Ese es más tu estilo.

De repente, se inclina hasta invadir mi espacio –siento que mi corazón se detiene al sentir su aroma a bosque, profundo y afilado y peligroso– y saca un cuaderno y un estuche del bolso que hay a mis pies. Luego, sube los pies a su asiento para sentarse a lo indio y se ladea hasta encararse conmigo. Yo soy demasiado alta para imitarla, de modo que me retuerzo lo más que puedo. Penny saca un rotulador, abre el cuaderno por una página en blanco y empieza a escribir:

(ACUERDO DE TREGUA ENTRE PENNY Y TATE)

(Firmado el 22 de junio)

–¿Primer punto? –pregunta, y me doy cuenta de que ponerme en manos de la exdelegada de curso ha sido un error garrafal. Pero ya estoy metida en esto, así que tengo que seguirle la corriente.

–Prohibido discutir delante de las madres.

–De acuerdo –dice, y lo apunta rápidamente con una letra mucho mejor de la que yo puedo hacer en el mejor de mis días.

–Prohibido chivarse.

Me mira con una ceja enarcada.

–¿Lo dices por lo de tu camioneta? Al final se va a enterar, y lo sabes.

–Pero no por ti.

–Vale, pero tú tampoco te puedes chivar.

–¿Tienes muchos secretos, Pen? –la pincho, y ella esboza una sonrisa enigmática.

–Puede.

Doy un golpecito en el cuaderno porque, si la sigo mirando, me voy a meter en problemas. Y eso sería absurdo, en vista de que es justamente lo que queremos evitar.

–Escríbelo, anda.

Asiente y lo hace: «Prohibido chivarse a las madres».

–Tengo otro –anuncia–. No puedes gastar toda el agua caliente cuando te duches.

Hago una mueca. Joder... Compartir el baño con ella va a ser una pesadilla. Conozco su cuarto de baño, y sé que es una especie de selva llena de plantas y botellitas de sales que debe de fabricarse ella misma.

–De acuerdo –accedo–. Pero tú tienes que quitar unas cuantas plantas y velas aromáticas.

Se muerde el labio mientras se lo piensa, pero termina por añadirlo a la lista.

–Bueno, sigamos. ¿Y los entrenamientos?

–¿Qué pasa con ellos?

–¿Cómo vas a ir y volver?

Trato de ignorar el pellizco en el estómago que me produce pensar en eso, porque lo cierto es que no tengo ni idea. Llevo dándole vueltas desde que le entregué a Pete las llaves de mi camioneta y volví a casa andando, antes de que mi madre llegara de su turno en la cervecería donde trabaja.

–Ya pensaré algo –respondo, y Penny suelta un bufido de impaciencia.

–Eres una cabezota.

–No es cierto.

–Te puedo llevar yo –propone de pronto, con una voz más fina y suave de lo habitual.

–No hace falta –respondo por reflejo.

–Lo sé, pero te puedo llevar si quieres. Lo único es que igual te toca venir al Blackberry y esperar una hora o dos en el aparcamiento si terminas de entrenar antes de que yo acabe mi turno.

–Ah, no pasa nada. Yo... Muchas gracias.

Penny asiente.

–De todos modos, cuando tu madre descubra que tu camioneta no está en el taller, te va a caer una buena.

–Cosa mía –le recuerdo.

–Cierto. ¿Quieres que lo añada?

–Pues sí, ahora que lo dices. Tu madre es cosa tuya. Mi madre es cosa mía.

Seguimos proponiendo puntos, a veces ella y otras veces yo, debatiendo hasta ponernos de acuerdo. Nos lleva unos veinte minutos, pero, por fin, conseguimos reunir una lista bastante aceptable. Pero entonces...

–Una última cosa –dice mientras escribe algo.

Tarda tanto en terminar que, para cuando coloca el cuaderno de cara a mí, la curiosidad me pincha en el estómago. Leo el punto que ha añadido al final de la lista:

«Prohibido hablar de lo de Yreka».

(El traqueteo del aparato de aire acondicionado del motel. La señora Rawlins asomándose a las habitaciones de la planta que ocupaba el equipo de natación, para comprobar que todo estaba en orden antes de irse a dormir. «¿Todo bien por aquí?», preguntó, y yo dije que sí, mientras Penny ocultaba bajo el edredón su cara mojada por las lágrimas y su corazón roto para que la entrenadora no se diera cuenta de que era ella quien estaba en aquella habitación, en vez de Theresa).

A veces, Penny me mira como si yo fuera una aventura a la que le gustaría lanzarse, pero no recordara cómo hacerlo. Ahora, sin embargo, mientras le devuelvo el cuaderno, me contempla con una expresión distinta.

¿Me equivoco al interpretarla como un reto?

(«¿Ahora?», me gustaría gritarle. «¿¡Ahora haces esto!?». Pero no lo hago. No voy a morder el anzuelo, ya sea real o imaginario. No me lo puedo permitir).

–Me parece bien –digo.

(No es cierto).

7

(ACUERDO DE TREGUA ENTRE PENNY Y TATE)
(Firmado el 22 de junio)

- Prohibido discutir delante de las madres (o de la abuela).
- Prohibido chivarse.
- Prohibido gastar toda el agua caliente (Tate).
- Despejar un poco la selva del baño (Penny).
- Compartiremos viajes de ida y vuelta al pueblo.
- Tu madre es cosa tuya. Mi madre es cosa mía.
- Cooperaremos para vaciar el apartamento y hacer la mudanza.
- Nos repartiremos todos los recados/tareas para que las madres no tengan que hacerlos.
- Prohibido estresar a las madres. Para ellas, todo marcha de maravilla.
- En caso de problema de vida o muerte, lo solucionamos entre nosotras sin que se enteren las madres.
- Tate le enseñará a Penny cómo hacer los brownies de Anna si Penny le enseña a Tate cómo hacer la tarta de limón de Marion.
- Prohibido hablar de Yreka.

8

22 DE JUNIO

M: Bueno, qué vamos a hacer con Penny y Tate?

R: Quién eres?

M: Quién más va a escribirte sobre P y T??

R: Meghan, de dónde has sacado mi número?

M: Me lo dio Tate. La estoy ayudando a hacer cajas. Dice que mañana nos echas una mano con las camas. No?

R: Sí.

M: Guay. Nos hemos pasado la tarde vaciando la cocina y desmontando las camas. Bueno, cómo lo vamos a hacer?

R: Deberíamos llevarlo todo por la mañana, antes de que empiece el calor. Tate y yo vamos a ir a correr a las 6. Quedamos a las 7:30?

M: No hablo de las camas, sino de Penny y Tate.

R: Qué pasa con ellas?

M: No me digas que no te has dado cuenta... Hay una ENERGÍA entre ellas.

R: ???

M: Remington! Sé perfectamente que eres un tipo observador.

R: No tengo por qué meterme en eso.

M: Ajá! Así que que hay *algo* en lo que meterse, eh!? Algo... ROMÁNTICO?

Remington está escribiendo...
Remington está escribiendo...
Remington está escribiendo...

M: Suéltalo ya, pesado!

R: No es cosa nuestra. Olvídalo.

M: Esto no ha terminado aquí!

R: Voy a matar a Tate por haberte dado mi número. Haz el favor de no empezar a mandarme miles de fotos de flores, como haces con todo el mundo.

Meghan ha enviado una foto.

R: Muy maduro, Meghan.

M: Qué?? Dijiste que no querías flores. No te parece cuqui el anillo que llevo en el dedo?

Remington está escribiendo...
Remington está escribiendo...
Remington está escribiendo...

R: Avísame cuando necesites mi camioneta y voy.

M: El miércoles a las 8. Si tienes suerte, a lo mejor hasta llevo galletas caseras.

9

Tate

23 DE JUNIO

–LE DISTE MI NÚMERO A MEGHAN.

Levanto la vista de los cordones de mis zapatillas, y la luz de la mañana me hace guiñar los ojos. Normalmente, Remi llega a las pistas deportivas antes que yo, pero hoy le he ganado. Solemos correr juntos tres días a la semana. Remi se dedica al atletismo, no a la natación. Pero siempre nos hemos sentido identificados porque, en dos deportes solitarios como los nuestros, ambos somos una especie de descastados.

–Buenos días para ti también –replico, y él me fulmina con la mirada.

–Le diste mi número a Meghan –repite, como si eso fuera un crimen contra la humanidad.

–Dijiste que hoy nos ayudarías a llevar las camas.

–Sí, me pareció buena idea. Sobre todo, cuando me enteré de que habías vendido tu camioneta sin decirle nada a nadie.

–Claro, porque tú me podrías haber prestado los siete mil dólares que necesitaba –replico con sarcasmo.

–No, pero a lo mejor se me habría ocurrido algo.

Desecho el comentario con un gesto.

–Ya está hecho. Además, Meghan es encantadora y me ayudó un montón ayer. No sé por qué te pones tan gruñón cada vez que hablamos de ella.

–Me va a mandar fotos de flores –gime.

–Oh, qué terrible. Meghan es una buena fotógrafa. Sus fotos de flores son muy bonitas, y a ti te vendría bien tener más cosas bonitas en tu vida. ¿No vas a estirar conmigo? Hemos quedado con ellas dentro de hora y media; ya vamos justos.

–Mira lo que me mandó –dice, y me muestra la pantalla de su teléfono.

Lo miro y veo a Meghan sonriente, enseñando a la cámara el dedo corazón. Lleva un anillo con un corazoncito.

Toso para disimular una carcajada y Remi me lanza una de sus miradas. Otra cosa no tendrá, pero mi amigo posee una cara muy expresiva.

–¿Qué pasa? –protesto–. Es divertido, y no es una foto de flores.

–Entonces, ¿así va a ir la cosa?

–¿A qué te refieres?

–Te vas a mudar al culo del mundo. ¿Sabe tu madre ya lo de la camioneta? ¿Y cómo piensas ir a los entrenamientos?

–Ya pensaré algo.

–Esto es una mierda. Solo nos vamos a ver en el insti –suspira, enfurruñado y triste.

En este momento, lo abrazaría si fuera ese tipo de chica. Pero los dos somos más de codazos y puñetazos cariñosos, lo cual explica por qué le está costando tanto decir lo que creo que me está queriendo decir.

–De modo que me vas a echar de menos, ¿no es eso?

–Cállate, anda –refunfuña con las orejas coloradas–. Me alegro un montón por tu madre, y entiendo por qué os tenéis que mudar.

–Yo también te voy a echar de menos. Y no te preocupes, que no voy a empezar a colorear calendarios solo por vivir bajo el mismo techo que Penny.

–No es eso lo que me da miedo –replica sacudiendo la cabeza, y suelta una carcajada más pícara de lo que me gustaría–. Esa es la última de mis preocupaciones con respecto al huracán Penny.

–¿De qué estás hablando?

–No me preocupa que te conviertas en alguien como ella. Lo que me inquieta es que te abra el pecho para sacarte por fin el corazón y estrujártelo hasta hacerlo polvo.

Por un momento, solo soy capaz de escuchar el eco de sus palabras y ver las imágenes que ha descrito, porque... Joder, menudas palabras y menudas imágenes.

–Yo no...

–Venga ya, Tate.

–No. No –repito, cada vez con más firmeza–. No hay ningún peligro.

Resopla con escepticismo, y los puños se me aprietan sin querer.

–Os conozco a las dos desde que ibais a la guardería –me espeta.

–Eso no tiene nada que ver con...

–Estaba allí el día del accidente –me recuerda.

Odio el respingo que doy al oír eso. No me gusta que se me noten las cosas, pero ese día...

–Tate, cada vez que entras en un sitio, la buscas con la mirada.

–Bueno, aquel día hacía falta buscarla, ¿no crees?

–Sabes perfectamente lo que quiero decir.

Sí, claro que lo sé.

–Y las dos os vais a quedar solas en esa casa... ¿Cuántas semanas? ¿Dos? ¿Tres?

–Cuatro, seguramente –reconozco con voz débil.

–¿Y qué vas a hacer mientras vivas con ella?

Lo miro fijamente, porque eso mismo es lo que me pregunto todo el rato desde hace unos días.

–Sufrir, supongo –reconozco.

Tanta sinceridad me abruma. Ni siquiera soy capaz de mirarlo a los ojos, así que me pongo a correr. No he terminado de estirar, pero me da lo mismo; lo único que quiero es dejar esto atrás cuanto antes.

Remi me conoce lo bastante para dejar que dé una vuelta a la pista yo sola antes de reunirse conmigo.

10

23 DE JUNIO

M Gracias por ayudarnos con las camas.

M Pero estabas un poco raro. Te pasa algo?

Creo que la jodí con Tate esta mañana. R

Por culpa tuya. R

M Por culpa mía!?

Fuiste tú la que empezó a hablar de que Penny y Tate están hechas la una para la otra. R

M Yo no dije NADA de eso.

M Eres tú quien lo ha dicho.

M No yo.

M Le dijiste algo de eso a Tate?

M Qué le dijiste?

M Y QUÉ DIJO ELLA?

M Habéis hablado de eso alguna vez? Porque Penny no suelta prenda.

M Por cierto, puedes recoger más cajas mientras ellas están en Sacramento?

M Seguro que están mal de pasta, con todas las facturas médicas. Podríamos organizar una cena para recaudar dinero, no? Hacer pasta o algo fácil por el estilo.

M Qué te parece?

Me parece que me has mandado seis preguntas sin darme tiempo a responder ni a la primera. R

1: Sí. R

2: Le dije cosas que tendría que haberme callado. R

3: Tate se mosqueó. R

4: Ni de coña. Prefiero no meter las narices ahí. Lo único que voy a conseguir si le hablo de eso es 🔥. R

5: Vale, juntaré todas las cajas que pueda. R

6: Me parece bien lo de la comida para recaudar fondos, pero creo que es mejor una barbacoa.
R

7: Creo que es muy buena idea y flipo con todo lo que estás haciendo para ayudar.
R

M
Remington, no doy crédito. Acabas de reconocer que soy una tía guay??

Meghan ha enviado una foto

Por favor, empieza a mandarme fotos de flores como haces con todo el mundo. Cualquier cosa menos corazoncitos con las manos.
R

M
Pienso mandar corazoncitos a quien me dé la gana, sobre todo si son tan majetes como tú.

11

Tate

23 DE JUNIO

–NO ME PUEDO CREER que hayáis hecho todo esto en menos de un día –dice mi madre mientras observa la habitación de invitados de Lottie.

Me ha llevado un buen rato, pero al final he conseguido encajar todos los muebles de su dormitorio y colocar la ropa de cama.

–Remi consiguió meter la cómoda en su camioneta, así que decidimos traerla.

–Gracias –responde mi madre mientras se acuesta.

Agarra el mando de la cama articulada y aprieta un botón para levantar la cabecera hasta quedar casi sentada.

–Ah, qué gusto... –suspira.

–Te dejo para que descanses un poco antes de la cena.

–Uy, me tengo que levantar en un momentito. Le he prometido a Marion que jugaría con ella a las cartas –replica–. Pero quiero cerrar los ojos dos minutos.

–Vale –asiento, sabiendo que se va a quedar dormida antes de que yo llegue al piso de arriba.

El cuarto de mi madre está abajo, junto al de Lottie. El mío está arriba, enfrente del de Penny.

Llevo todo el día subiendo muebles por las escaleras, y la puerta de Penny está ya cerrada, así que no me molesto en asomarme a saludarla.

Los pisos de arriba de las casas tienen algo especial, un aire privado y secreto. He venido a esta casa cientos de veces a lo largo de los años, y no puedo contar las horas que he pasado en ella. Sin embargo, desde que Lottie se vino a vivir aquí, solo he subido cuatro o cinco veces a la segunda planta. No sé cómo no me he dado cuenta antes.

En la planta baja no hay fotos de George. Es como si Lottie lo hubiera borrado de esa parte de la casa, y si me he dado cuenta ahora de esa omisión es porque aquí arriba sí que hay fotos de él. En el grupo de cuadros y fotos enmarcadas que rodea el tubo de la chimenea, al final del pasillo, hay una de él con una Penny de diez años, los dos con chalecos salvavidas. Cerca de esa hay otra en blanco y negro de George y su padre, y un cuadro, claramente pintado por Lottie, que representa una mano de hombre con un reluciente anillo de plata en un dedo.

–¿Qué haces?

Giro la cabeza, sobresaltada, y veo a Penny detrás de mí.

–Nada, mirar este cuadro –contesto, mientras ella me clava la mirada desde el umbral de su habitación–. No me suena haberlo visto nunca.

–Conseguí rescatarlo para que mi madre no lo quemara –explica con calma, como si lo que está diciendo no fuera una locura.

–Tuviste que...

–Mi madre metió todas las cosas de mi padre en un trastero de alquiler –continúa, aferrándose al marco de la puerta como si temiera caerse–. Se niega a dejar que yo las vea. Supongo que tengo que estar agradecida porque no las quemara también... Pero los cuadros que hizo de él, o de él y ella, o de él y yo, todos los cuadros en los que retrataba nuestra vida... Hizo una hoguera enorme y los quemó.

–Penny –susurro, sin saber qué decir.

–Me dijo que no sabía por qué me había enfadado. Que, al fin y al cabo, los cuadros eran de ella.

–Pero eran tus recuerdos.

Algo destella en sus ojos, pero aparta la mirada.

–Voy abajo para ayudar a mi abuela con la cena.

Sé que lo dice para alejarse de mí, pero si algo tengo claro es que tengo que colaborar con el trabajo en esta casa. Si Marion está haciendo la cena, yo le voy a echar una mano sí o sí.

Sin embargo, cuando llegamos a la cocina, nos encontramos con una escena inesperada.

Marion y mi madre están jugando a las cartas en un extremo de la encimera, cada una con un montoncito de caramelos de menta delante. Lottie, en el otro extremo, está inclinada sobre su cuaderno de bocetos. Si alguien les hiciera una foto en blanco y negro, el resultado sería una escena hogareña y pintoresca titulada *Mujeres en un rato de descanso.*

–La cena estará lista en veinte minutos, chicas –dice Marion–. Después de que le pegue una paliza a Anna con las cartas.

Me siento junto a mi madre y robo un caramelo de su montón.

–¡Eh! –protesta ella–. ¿Es que no quieres que gane?

–A estas alturas, me temo que es imposible –la pincha Marion.

Empiezo a quitarle el envoltorio, y mi madre da un respingo teatral al verlo. Lo siento en el alma: si hay que esperar veinte minutos para la cena, necesito ir comiendo algo antes. Al fin y al cabo, estoy en edad de crecer.

–¿Acaso carece usted de modales, señorita? –me dice mi madre.

–Si hay caramelos delante, sí –respondo, y me lo meto en la boca.

–Eres terrible –comenta ella con una sonrisa.

–Y que lo digas –asiento.

–Sois terribles las dos –comenta Lottie meneando la cabeza, sin despegar la mirada de su cuaderno.

Penny se asoma por encima de su hombro.

–¿En qué estás trabajando, mamá? –pregunta.

Pero antes de que pueda acercarse lo bastante para distinguir el boceto, Lottie gira la página y lo oculta.

–Nada, solo son garabatos.

Es como si no fuera capaz de ver la desolación en la cara de su hija cada vez que la rechaza. Me viene a la cabeza la imagen de Penny mirando cómo arden todos esos cuadros, los óleos y las acuarelas que retrataban la cara de su padre.

Una capa más de dolor, aplicada cuidadosamente por Lottie.

–¿Habéis hecho ya vuestro equipaje para ir a Sacramento, chicas? –pregunta.

–Lo tendremos listo el jueves –responde Penny–. Por cierto, tenemos que hablar.

Lottie y mi madre responden al mismo tiempo:

–No hay nada de lo que hablar –dice Lottie.

–¿De qué quieres hablar, cariño? –pregunta mi madre.

–Penny está exagerando una vez más –afirma Lottie con una risita.

–De todos modos, ya no voy a jugar más. Marion me ha ganado esta mano –replica mi madre.

Marion suelta una carcajada exagerada mientras se apodera de todos los caramelos.

–La mitad de mi equipaje para Sacramento van a ser chuches de estas –se ríe.

–No te confíes; si me paso casi un mes jugando al rummy contigo, al final mejoraré –le advierte mi madre, y Marion resopla con desdén.

–Te llevo años de ventaja, cordera.

–¿De qué querías hablar, Penny? –insiste mi madre, y me doy cuenta de que Penny revive un poquito al darse cuenta de que su petición no ha caído en el vacío.

–Bueno, es que he hecho un plan –responde, mientras coloca su cuaderno sobre la mesa y lo abre.

–Vaya por Dios, otra lista –suelta Lottie con tono ligero.

–Ya hemos hablado de todo lo que tenemos que hacer para que la mudanza esté terminada antes de que volváis de Sacramento –digo, porque Penny sigue con la mirada fija en su cuaderno y no dice nada.

–Le he pedido a Graham que me dé algún turno de fin de semana en el Brewery –suelta ella de pronto.

Todas la miramos desconcertadas.

Mi madre frunce el ceño.

–¿Has ido a hablar con nuestro jefe? ¿Por qué?

–Para compensar un poco lo que vais a dejar de ganar. Graham ha dicho que le parece bien. Me va a poner en el turno de mediodía para que no tenga que aguantar el jaleo que se monta por la noche.

–Pero si ya tienes un trabajo –protesto. ¿Cómo se las va a apañar para trabajar en el Brewery, además de en el Blackberry?

–Puedo compaginar los dos –afirma ella.

–¿Para qué has hecho eso? –le espeta Lottie.

–Penny solo quiere ayudar, Lottie –protesta mi madre.

–No debería molestar a Graham ni pensar en el dinero –insiste Lottie–. Cuando me compren las vidrieras que estoy terminando, tendremos ingresos suficientes. Siempre te preocupas demasiado, Penny.

–¿Y si tardan en comprarlas? –replica Penny, levantando la barbilla.

–No sé por qué no confías más en mí –le suelta Lottie–. Hay mucha gente de San Francisco interesada en mis nuevas piezas, y Anna y yo ya hemos hecho todos los planes necesarios. Por eso nos hemos mudado a la misma casa para recortar gastos. Deja que las adultas hagamos nuestro papel de adultas y ocúpate de tus cosas, ¿de acuerdo?

La expresión de mi madre, normalmente plácida, se crispa un poco.

–Me encanta que colaboréis tanto las dos, chicas –dice.

–Pero no nos hace falta que vengáis a ordenarnos la vida –remacha Lottie, con un tono que rezuma una condescendencia corrosiva.

Penny da un respingo, como si sus palabras la hubieran quemado de verdad.

–¿Cuánto va a ser el impuesto de propiedad de este año, mamá? –pregunta–. ¿Y cuándo van a pasar el cobro?

Se hace un silencio tan espeso como si sus palabras hubieran expulsado todo el aire de la habitación. Mi madre y yo intercambiamos una mirada inquieta antes de clavar los ojos en la encimera. Marion contempla a su nieta y su nuera, tan concentrada y fiera como una madre pitbull dispuesta a atacar para proteger a su cachorra, si hace falta.

–Penelope –suelta Lottie, tan enfadada que me parece ver las ondas de furia que brotan de ella.

Pero Penny no se deja impresionar.

–¿Cuántos kilos de madera nos van a hacer falta para calentar la casa este invierno? –añade, dando un paso al frente–. ¿Cuánto nos van a pasar de electricidad este mes? El año que viene tendremos que cambiar la bomba del pozo...

–Ya basta –la interrumpe Lottie, y Penny hace una mueca inflexible.

–El impuesto de la casa vence en septiembre –afirma–. Son mil cuatrocientos dólares, y solo tenemos ahorrados cuatrocientos. Para calentar la casa hacen falta tres mil kilos de leña, y propano para la caravana de Marion. Eso nos costará casi mil dólares, que ahora mismo no tenemos. La electricidad...

–He dicho que ya basta –corta Lottie.

–Lottie... –dice Marion con voz suave.

–¡No me agobies tú también! –explota y, sin más, se levanta, agarra su cuaderno de bocetos y se marcha a grandes zancadas. Escucho cómo se alejan sus pisadas hacia su estudio en el garaje, donde nadie irá a molestarla.

El silencio aún dura un momento más. Luego, mi madre, tan calmada y bondadosa como siempre, se atusa el pelo y dice:

–¿Qué decías de la electricidad, Penny?

De la boca de Penny brota un ruidito que interpreto al instante: es alivio.

–Lo tiene todo organizado en el ordenador –interviene Marion–. Si no fuera por ella, no sé cómo me las arreglaría para pagar todos los suministros.

–Hago transferencias todos los meses –le explica Penny a mi madre–. No quiero domiciliar nada porque, si estás en números rojos...,

–... te cobran una comisión –gemimos mi madre y yo al mismo tiempo.

–Eso es, sí. A veces, a mi madre se le olvida comprobar el saldo de nuestras cuentas antes de encargar materiales y suministros. Por eso he hecho un calendario con todo. También os puedo dar la clave para entrar en la web de la compañía eléctrica, si queréis.

–Estupendo –asiente mi madre–. Pero eso que has dicho de trabajar en el Brewery...

–Puedo hacerlo yo –me oigo decir.

Mi madre se vuelve para mirarme.

–¿Estás segura, Tate?

–Penny ya tiene un trabajo. Si es solo los fines de semana, puedo ir a la piscina antes y hacer el resto del entrenamiento al acabar. Cuando Lottie vuelva, lo dejo. Y, mientras tanto, lo que gane puede ir a las facturas de las que hablaba Penny.

Al ver que mi madre vacila, lanzo mi baza definitiva:

–Así puedo echarle un ojo a Drew para ver qué hace mal cuando prepara la masa de los pretzels –sugiero, con la esperanza de arrancarle una carcajada.

Misión cumplida.

–Mira, eso me parece fenomenal –accede mi madre entre risas.

–A ti y a todas las personas que querríamos volver a comer pretzels en el Brewery –masculla la abuela de Penny.

–Cariño, no voy a oponerme a que cojas un trabajo este verano, siempre y cuando estés convencida de que puedes compaginarlo con los entrenamientos –dice mi madre al fin–. Y tú, Penny... Habla con tu madre para explicarle por qué te pusiste en contacto con Graham por tu cuenta, ¿vale?

–Solo pretendía ayudar –responde Penny entre dientes.

–Lo sé, corazón –asiente mi madre–. Y ten por seguro que tu madre lo sabe también, porque las dos estáis haciendo lo mismo: ayudar en todo lo que está en vuestra mano. Os parecéis muchísimo, ¿sabes?

Los ojos de Penny se humedecen.

–No quiero parecerme a ella, Anna –dice.

Creo que jamás he oído una confesión tan sincera como esa.

Estoy desvelada. No es nada nuevo; siempre he tenido el sueño ligero, lo cual es una faena cuando sueles levantarte antes del amanecer. Tengo un ritual que hago antes de irme a la cama, con tapones para los oídos y toda la pesca; pero es mi primera noche en esta habitación, que es mucho más grande que la del apartamento y, por si fuera poco, no está en medio del pueblo, sino en pleno bosque. Todo es diferente. Los sonidos, por ejemplo, porque el bosque puede ser silencioso, pero, cuando el viento sopla entre los pinos o las rocas, no lo es. La casa también, con todos esos crujidos y zumbidos a los que no estoy acostumbrada. Mi cama es la mía, y los objetos que llenan la habitación también lo son, pero nada de lo que hay fuera de estas cuatro paredes es mío.

(Tampoco lo es la chica que duerme al otro lado del pasillo).

Hablando de Penny...

Eso es lo que me ha despertado: un crujido demasiado fuerte para ser un ruido de la casa. Me levanto, me acerco a la ventana y la veo a la luz del porche. Antes de pararme a pensarlo, estoy bajando las escaleras para ir a su encuentro.

(No soy capaz de pensar, cuando se trata de Penny).

En la caravana de Marion no hay luz, pero el foco automático del garaje se ilumina cuando Penny pasa por debajo de él.

Salgo al porche sin hacer ruido. Penny ya está en su coche. Arranca y se dirige hacia el camino. Me oculto tras la camioneta de su abuela mientras ella sale del coche para abrir la verja. Luego, saca el coche de la finca, se apea para volver a cerrar la verja y se aleja por la carretera.

Y yo la sigo. Cojo la llave de repuesto que Marion guarda debajo del parachoques, me monto y arranco.

(¿Adónde narices va Penny?).

La carretera –una sucesión de curvas cerradas que serpentean por la ladera boscosa– ni siquiera tiene dos carriles. Distingo el brillo de sus faros en cada curva; pero, para cuando llego al acceso a la autopista, Penny me lleva la ventaja suficiente para no preocuparme porque me descubra.

La sigo durante treinta kilómetros por el tramo difícil de la autopista, en el que hay accidentes día sí, día también, porque los camioneros se embalan deseosos llegar al trecho recto que hay antes de Sacramento. Cuando veo la salida que toma, paso de largo sin frenar en lugar de seguirla. No lo he hecho para que no me descubra, sino porque estoy tan alucinada que no he podido reaccionar.

Penny va de camino al lago. No puede ser, me digo una y otra vez.

Salgo por el siguiente cambio de sentido, retrocedo y, ahora sí, tomo la misma salida que ella, con la cara y los dedos entumecidos por la incredulidad. No puede ser.

Pero es: cuando llego al muelle, veo su coche aparcado al lado. Vacío.

Salgo de la camioneta de Marion y me quedo de pie por un segundo, petrificada. Porque, aunque mi mente me está diciendo un millón de cosas, mi cuerpo reacciona como si solo hubiera una opción posible, y esa opción es...

(No).

Echo a correr hacia el muelle y el lago que se estremece a luz de la luna. ¿Qué cojones pinta Penny aquí?

Mis pies golpean el asfalto y luego la madera. No la veo por ninguna parte. Pero no puede estar...

Está en el agua.

(No puede ser).

La idea me paraliza, porque Penny jamás se mete en el agua. Ya no.

Y, sin embargo, ahí está, alejándose a buen ritmo del muelle. Veo su espalda, la linterna frontal encendida, el remo que se hunde en el agua con golpes firmes y fluidos mientras el kayak surca la superficie del lago.

Me quedo ahí plantada, porque ya me da igual que se gire y me vea. Contemplo cómo su figura se encoge, cómo sale del estrecho canal y se interna en la superficie inmóvil del lago Shasta. Durante el día, el lago se llena de motos de agua y lanchas; pero ahora mismo solo están ella, la luna y el chapoteo del remo en el agua. Siento un pinchazo en el corazón al recordar la razón por la que Penny dejó de hacer piragüismo..., y me pregunto por qué (cuándo / cómo) ha vuelto a hacerlo (y por qué lo ha mantenido en secreto).

De pronto, alza los brazos y el kayak se tambalea.

Y, sin más, Penny se sumerge. Cae a un lado como una muñeca de trapo y el kayak se vuelca, hasta que lo único que veo es la superficie del agua. Los rayos de la luna ya no iluminan a Penny, porque Penny está debajo. Desde donde estoy, casi parece como si alguien hubiera tirado de ella para arrastrarla a las profundidades del lago. Y yo solo puedo reaccionar de una forma.

Salto.

Mientras me sumerjo, en mi cabeza solo hay sitio para un pensamiento: *Otra vez no*.

12

ACTO I: EL RÍO

Penny

(A LOS QUINCE AÑOS)

EL RÍO ESTÁ MOVIDO ESE DÍA. Me gusta, y a mi padre también. Hace un día perfecto, soleado y tranquilo.

El agua está perfecta, calmada hasta que deja de estarlo en una sucesión gloriosa de remolinos.

Los rápidos están perfectos, blancos como la nieve.

Mi padre es el padre perfecto: *Mantén firme el brazo, Pen.*

El día entero es perfecto: *¿Hoy vamos tú y yo solos, papá?*

Hasta que empieza la pesadilla perfecta.

¡Papá! ¡A tu izquierda!

Cuando las cosas se tuercen, lo hacen todas al mismo tiempo. Acabamos de entrar en un tramo al que llamamos la Encrucijada, en la parte estrecha donde hace un remolino. Está tranquilo –aún nos quedan unos diez metros para el inicio de los rápidos–, pero algo se engancha en el fondo de la balsa –¿una rama, restos de la última tormenta? Nunca lo sabré– y nos hace entrar dando vueltas en el primer tramo difícil. Es imposible enderezar la balsa, imposible remar, imposible recuperar el control. Noto el agua que empieza a empaparme los pies hasta lamerme los tobillos, mucha agua que entra muy rápido. Me concentro en lo que tengo ante los ojos, mientras el mundo se sacude a nuestro alrededor. Siento la caricia del miedo y la rechazo. Ahora no.

Enderézate, me digo. Agarra el remo. Céntrate en lo que haces. Deja que tu padre marque el rumbo. Rema hacia la orilla.

Una palada. Otra. Esfuérzate. Tienes que recuperar el control.

Pero es imposible recuperarlo. La orilla parece inalcanzable; apenas he logrado dar dos paladas cuando el agua nos arrastra a los rápidos marcha atrás. Ocurre tan deprisa que ni siquiera tenemos tiempo para amarrarnos a un punto firme o para tratar de desviarnos hacia alguna roca que corte la corriente. Estamos metidos en pleno remolino, achicando agua como locos para evitar hundirnos, lanzando fuera todo el equipamiento para evitar que su peso y el nuestro nos hundan más aún.

Mi padre grita algo sobre mi chaleco. Ni siquiera tengo tiempo de comprobar si lo llevo bien abrochado, porque en ese momento entramos en el siguiente tramo de rápidos con una sacudida que me hace entrechocar los dientes.

Es imposible dirigir la balsa ni controlarla; estamos a merced del río, y lo único que puedo hacer es sujetarme fuerte. Mi padre, en el otro extremo, intenta en vano equilibrar la balsa o torcer el rumbo.

Vamos a perder la balsa. Aferro las cuerdas húmedas con todas mis fuerzas hasta que me cortan la piel. Nos estrellamos contra una roca, y oigo un chasquido que me pone los pelos de punta. Un instante más tarde, me doy cuenta de que lo ha causado el casco de mi padre al chocar con la piedra.

Me olvido del remo y gateo chapoteando hacia mi padre, mientras nos adentramos aún más en ese infierno. Tiene la mejilla machada de sangre, y le cae más en un hilillo por la frente. Se saca el casco abollado de un tirón y sacude la cabeza como si necesitara despejarse. Luego empieza a gritarme instrucciones otra vez, y me digo que si grita tiene que ser porque está bien. Sí, eso es: está bien.

Tira esa mochila al agua. Agarra el remo. No pasa nada, Pen; lo tenemos controlado. Ahora vienen unos rápidos de nivel seis, y luego hay una caída bastante grande. Pero después de eso, el río se estrecha y podremos agarrarnos a algo. Está todo bajo control.

No lo está, y los dos lo sabemos. Jamás había visto a mi padre tan asustado; de hecho, jamás lo había visto asustado. Siento el río en el fondo de mi garganta, girando dentro de mis pulmones, empapando hasta la última célula de mi cuerpo. Lo conozco bien –llevo toda la vida sobre él–, y por eso lo sé sin ninguna duda: nos va a matar.

Si entramos en la zona de nivel seis con una balsa como esta, no saldremos vivos de ella.

Él lo ve antes que yo: un tronco caído sobre el río, que se interpone en la corriente. Una de las ramas se mete en el agua, y más allá solo hay agua blanca y espumeante y demasiado aire, caídas profundas causadas por la última tormenta. Hay tanta agua, y está tan revuelta, que los rápidos son más bien cascadas. Mi padre mira el tronco por un instante y luego se gira hacia el tramo de más allá. Vuelve a fijarse en la rama y yo sigo su mirada, sin entender aún qué se propone, uno o dos segundos por detrás de sus pensamientos...

De pronto, me enrosca una cuerda en la mano y me agarra de la cintura. La balsa se ladea, estamos a punto de volcar... *¡Agárrate, Penny!*, está gritando, y yo lo hago sin pensar porque es una cuestión de vida o muerte. Me alza sobre la balsa y me estampo de barriga contra el tronco, a tal velocidad que se me escapa un chillido de dolor. La cuerda que me rodea la muñeca se tensa –es lo único que impide que la balsa siga avanzando–, tira de mi brazo con tanta fuerza que ni siquiera oigo el rugido del agua sobre mis gritos. La voluntad del río trata de vencer a la mía; el agua está decidida a avanzar, a forzar su camino a través de cualquier obstáculo. Eso es precisamente lo que más me gusta de ella.

Pero ahora, el obstáculo somos mi padre y yo. Y el río odia que se le resistan.

Tranquila, Pen. Apenas puedo oír su voz sobre el estruendo. ¿Estoy llorando? ¿Chillando? ¿Hay siquiera un verbo para lo que estoy haciendo? Tiro de la cuerda, esforzándome por ignorar la fuerza que tira de mi brazo, la quemazón de los músculos deformados, el chasquido del hueso al desencajarse de su articulación. Mi cuerpo es capaz de aguantar casi todo; es útil, adaptable y fuerte, pero no creo que pueda soportar esta tensión. Miro a mi padre, rodeado por la furia del agua. La balsa ya no es más que un amasijo de goma deshinchada del que sale una cuerda que se enrosca en su brazo.

Sé que no puedo vencer esta batalla, pero lo sigo intentando. Consigo desenroscar la cuerda de mi muñeca para agarrarla con las dos manos. Bien, es un progreso. Puedo conseguirlo. Siento la sangre pegajosa en mis palmas, la cuerda que resbala sobre la carne abierta. Tira, Penny, joder. Tira. Necesito volverla a enroscar alrededor de mi mano. Quince centímetros; solo me hacen falta quince centímetros. Puedo hacerlo.

Resbalo un poco sobre el tronco, impulsada por la cuerda y por la fuerza de la corriente. Mi cuerpo se estira en un ángulo imposible, y el chasquido rasposo que hace mi codo al descoyuntarse es aún más doloroso que el del hombro.

Mi padre está gritando algo. Lo repite una y otra vez, chapoteando sin parar. Por un momento, pienso que no lo entiendo a causa del miedo –el suyo, el mío, el rugido del agua que nos ensordece–, pero entonces lo comprendo al fin.

No es que esté asustado.

Si se agita es porque está tratando de desenredar la cuerda que lo sujeta.

La cuerda que nos une.

Y está rogando que lo ayude.

No a salvarse, sino a salvarme a mí. *¡Penelope, suelta la cuerda! ¡No puedo desenredarla! ¡Suéltala!*

Estoy empapada, colgando del tronco a duras penas, zarandeada por la corriente y la cuerda y el peso de la balsa y el de mi padre. Ya ha conseguido desengancharsela del brazo; ahora solo le rodea la muñeca. Ya casi se ha soltado.

No, no. Papá, te tengo sujeto. Te tengo. Puedo hacerlo, de verdad. Aún me quedan fuerzas.

Me tienen que quedar.

Tiro y la cuerda se me escapa. La atrapo a tiempo, aunque estoy a punto de soltarme del tronco.

¡Penny, no! ¡Para!, grita él, y su voz chirría en mis oídos.

Lo ignoro. Veinte centímetros, no me hace falta más. Veintidós, tal vez. Puedo hacerlo. Puedo sacarlo de ahí.

Puedo hacerlo. Puedo hacerlo. Puedo...

–¡Penny! ¡Mírame, Penny!

Mis ojos se deslizan hasta los suyos, azules sobre el azul del agua.

La cuerda está en sus manos.

–Dile a tu madre que la quiero.

Grito. No pronuncio ninguna palabra; lo que sale de mi boca ni siquiera es un sonido, sino puro dolor, pura comprensión de lo que hay en los ojos de mi padre en ese momento. Porque él lo sabe.

Y entonces,
mi padre
se deja
ir.

13

Penny

23 DE JUNIO

AQUÍ ES RARO que las noches refresquen durante el verano. Es como si los árboles y la tierra conservaran el calor del día y lo dejaran marchar poco a poco. El lago, sin embargo, sí que se enfría cuando el sol se pone.

Hace tiempo, me daba miedo meterme en el agua en la oscuridad. Después del accidente, empecé a sentir un montón de temores que tardé mucho en olvidar.

Aún no los he olvidado todos, de hecho. *Has sufrido un episodio muy traumático*, me decía con voz suave Jane, la psicóloga a la que me envió mi abuela. Como si etiquetar las cosas sirviera de algo... En todo caso, el día del río adquirí un montón de etiquetas que no tenían nada que ver con el trastorno de estrés postraumático, y que ya me pesaban demasiado. Añadir una más como punto de arranque para mi terapia no era un buen comienzo, sino un camino directo hacia un ataque de ansiedad.

Sin embargo, eso cambió a medida que avanzamos en la terapia. Como no era capaz de hablar del accidente, empecé a hablar de otras cosas. De mi vida, de mis peculiaridades, de la brecha que siempre había existido entre mi madre y yo

–y que ahora se había convertido en un abismo–, de la capacidad que antes tenía para escapar de mis pensamientos cuando empezaban a girar en espiral, y que ahora había perdido...

Cuanto más hablaba yo, más aprendía Jane sobre mí, hasta que un día sacó a relucir un término que yo nunca había oído: «pensamientos intrusivos». Y esta vez, la etiqueta no me pesó, sino que fue una revelación; un resquicio en una puerta que siempre había estado cerrada.

Cuando recuerdo aquel momento, no puedo creer lo tonta que fui. Accedí a ir con mi madre a una de las sesiones, pensando que me entendería mejor si era Jane quien le explicaba las cosas. No podía estar más equivocada.

En cuanto Jane le dijo que los pensamientos intrusivos a menudo estaban relacionados con la ansiedad o con el trastorno obsesivo compulsivo, todo lo demás pareció borrarse de la mente de mi madre. Se centró de inmediato en lo del TOC, ignorando por completo lo de la ansiedad. Jane trató de explicárselo, insistiendo en que los pensamientos intrusivos no solo podían estar asociados al TOC, sino también al trastorno de ansiedad e incluso al estrés postraumático. Pero mi madre se cerró en banda, repitiendo una y otra vez que yo no podía tener un TOC porque mi habitación estaba demasiado desordenada para eso.

Quizá habríamos podido reconducir las cosas si mi madre no se hubiera mostrado tan despectiva, y si Jane no hubiera empezado a hablar de la posibilidad de medicarme y de reintroducir el rafting en mi vida para combatir la ansiedad y los pensamientos intrusivos. En cuanto mi madre oyó eso, explotó. Y ahí quedó la cosa: a partir de ese día, la terapia se acabó.

Aún hago los ejercicios de respiración que Jane me enseñó. Me ayudan. Pero, en realidad, lo que más me ayudaba era hablar. Y, no sé, quizá la medicación me hubiera ayudado más aún, o la posibilidad de reflexionar en voz alta hasta averiguar quién soy ahora y cómo enfrentarme a la ansiedad. En todo caso, supongo que nunca lo sabré.

Porque, cada vez que intento sacar el tema con mi madre, ella salta como una fiera. *Ya conoces las reglas*, dice.

Que les den a sus reglas. Estoy harta.

Jane me lo explicó en la penúltima sesión, antes de que mi madre lo arruinara todo. Me dijo que cada persona tiene una caja de herramientas, y que algunas veces, cuando no te diagnostican, te construyes una caja propia sin ser consciente de ello. Te fabricas mecanismos para sobrellevar las cosas, disfrazados de otras cosas.

Antes del día del río, el rafting era una de las principales herramientas de mi caja. Mi vida entera giraba en torno a ello. Cada vez que me subía a la balsa, mi mente entraba en un estado de calma. Y cuando dejé de poderlo hacer, mi tranquilidad mental se acabó.

Meghan me ha dejado el kayak atado al muelle, como siempre que se lo pido. Me coloco la linterna frontal y lanzo tres destellos hacia la orilla sur del lago, al otro lado. Me responden tres destellos gemelos: Meghan está en su puesto.

Meto los dedos en el agua y la agito. Ni siquiera me esfuerzo por acallar el eco de la voz de mi padre, diciéndome que me asegure de que llevo todo lo necesario antes de arrancar. Aunque la intentase ignorar, no podría; mi padre está dentro de mi cabeza, en cada línea de mi rostro, en cada camino que he recorrido por estos bosques, en el río y también aquí, en el lago. Me parezco tanto a él que, al final, esa ha sido mi condena. Porque ahora mi madre no ve me como a una hija, sino como una memoria dolorosa.

Me meto en el kayak y cojo el remo antes de desatar la amarra y empujar para alejarme del muelle.

El suave movimiento de la embarcación sobre el agua hace que se me contraiga el estómago. Una parte de mí aún espera sentir los zarandeos de los rápidos cada vez que me llega el olor del agua fresca y de los pinos.

Empiezo a remar para internarme en el lago de camino a la orilla opuesta, donde brilla la linterna de Meghan. Ese es mi faro. Seguro que está editando fotos en su teléfono, mientras espera a que yo me ponga las pilas de verdad y empiece a remar con fuerza.

En principio, mi plan es atravesar el lago, sin más. Ya lo he hecho una docena de veces. Al principio, tuve que volver a aprender a manejar el kayak, y también me hizo falta ponerme en forma otra vez. La terapia de rehabilitación me ayudó mucho. Aun así, jamás recuperaré del todo el manejo de los dedos índice y anular, y al cabo de un rato de remar, la mano me duele. Y, si me paso, me duele aún más.

Nunca se me dio muy bien detectar donde está mi límite, pero todo esto me ha obligado a hacerlo.

Engancho el remo al lateral del kayak y estiro los brazos hacia la luna. Mi cuerpo entero vibra bajo su resplandor mientras tomo una decisión repentina.

Uno, dos... y vuelco.

No me sumerjo con fluidez; volcar a propósito en un kayak no es algo grácil ni elegante. Es un chapoteo estruendoso, un esfuerzo que tensa los abdominales, un frío repentino que te pone la carne de gallina, y después...

Silencio. Paz. Este es mi elemento.

Me permito disfrutar de la sensación, y más porque, hasta hace poco, no podía hacerlo. Ahora sí. Y no es que haya habido un gran punto de inflexión: han sido muchos pequeños pasos, algunos hacia delante y otros hacia atrás. No estoy nada segura de que lo hubiera conseguido si Meghan no... no estuviera ahí cerca, sin más. Siempre ha venido conmigo, pasara lo que pasara. Incluso cuando yo me echaba a llorar nada más acercarme a la orilla, o cuando me dejaba llevar por la ira, o cuando me daba un ataque de pánico porque sentía que el agua se me iba a llevar, como se lo llevo a él. En todas esas ocasiones, Meghan ha estado ahí. Sí, a veces me ha echado la bronca diciendo que cómo se me ocurre hacer esto, pero, aun así, ha venido. Y eso para mí es mucho, porque a estas alturas de mi vida me da cierto pavor que la gente me abandone.

Dejo escapar una bocanada de burbujas, lenta y controlada. Empiezo a quedarme sin aire –me falta mucho para recuperar toda la capacidad pulmonar que tenía–, y estoy a punto de moverme para volver a salir cuando noto un movimiento en el agua. Un segundo después, algo me aferra la muñeca.

Mi mente no se detiene a considerar qué puede ser. Abro la boca y dejo escapar todo el aire en un chillido silencioso antes de que mi cerebro se ponga en marcha. El miedo se derrama en mi interior, y aprieto la mandíbula. *No tragues agua*. Mi cuerpo reacciona luchando, consciente de que todo tenía que terminar así, con el agua engulléndome, y por eso a mi madre le daba tanto miedo...

... y, de pronto, estoy fuera del kayak. Ni siquiera sé cómo lo he hecho, porque tengo la mente en blanco por el pánico. Pero mis piernas están libres y se ponen a patalear por su cuenta hacia la superficie. Sin embargo, a mis pulmones se les olvida que aún no pueden respirar y, para cuando saco la cabeza, estoy medio ahogada.

Justo después, emerge un bulto a mi lado, y me lleva un momento eterno y acuoso distinguir lo que es: el rostro empapado y borroso de Tate.

–¿¡Se puede saber qué haces!?

Nunca sabré quién lo grita; quizá hayamos sido las dos al mismo tiempo. Creo que, en ese instante, las dos sentimos exactamente lo mismo, pero por motivos opuestos.

Su brazo engancha el mío, y me quedo tan perpleja que me dejo llevar mientras nada tirando de mí. Las dos pataleamos para avanzar, con sus piernas rozando las mías en círculos ansiosos. La linterna se me desprende de la cabeza y se aleja flotando hasta dejarnos a oscuras. Trato de dar una brazada, y mi mano resbala por la curva de sus hombros. Mis dedos arrastran hacia abajo el tirante de su camiseta, y es ese detalle lo que hace que mi cerebro vuelva a ponerse en marcha.

–¡Suéltame! –exclamo, y me muevo para apartarme.

Aunque no la he empujado con mucha fuerza, el impulso es suficiente para separarme de ella. Contemplo el resplandor de su piel bajo la luna, sintiendo el roce del agua en mi cuerpo. Ella saca un brazo para apartarse el agua de los ojos y recoger los mechones que se han escapado de sus trenzas.

–¿¡De qué vas, Penny!? –me grita.

–¡Eres tú la que se ha lanzado sobre mí! ¡Podría haberme ahogado por tu culpa!

–¡Te dejaste caer al agua de repente! Pensé que...

Se interrumpe y, entre las dos, se extiende un silencio atronador a medida que me doy cuenta de lo que estaba a punto de decirme. Ha saltado al agua sin quitarse la ropa.

Ha creído que...

Un arrebato de furia se apodera de mí antes de que tenga tiempo de pensarlo bien. Estoy tan rabiosa que empiezo a salpicarla, como cuando teníamos ocho años y me obligaban a ir una vez más de excursión con ella al arroyo.

–¿De verdad piensas que les haría eso a mi madre o a mi abuela?

¿O a ti?, añado para mis adentros.

–¡Te dejaste caer al agua! –repite, como si se hubiera quedado enganchada en esa frase. Me fijo bien en ella: tiene los ojos desorbitados, y sus hombros están temblorosos.

De pronto, oigo un chapoteo de remos que se acerca. La linterna de Meghan nos ilumina como si estuviéramos en un escenario, y las dos retrocedemos con prisa para poner agua y distancia entre nosotras, guiñando los ojos para protegernos del resplandor.

–Salid ahora mismo del agua las dos –gruñe Meghan.

–Yo... –empieza a decir Tate, que, por lo visto, aún no se ha dado cuenta de que es mejor obedecer sin rechistar a Meghan cuando se pone así.

–¡Ahora mismo!

Hago lo que dice y Tate me sigue. Meghan, por su parte, engancha mi kayak al suyo y rema hasta colocarse a nuestra altura, con la boca fruncida en una mueca de irritación.

Me esfuerzo por avanzar. Yo no soy Tate; no soy capaz de imprimir fuerza y velocidad a cada brazada ni tengo un cuerpo diseñado para cortar el agua, con hombros anchos, piernas largas y unas manos tan grandes que en cada una de ellas cabrían las mías juntas. Enseguida me adelanta y se aleja, a pesar de que no está haciendo ningún esfuerzo.

Pero la primera que llega a la orilla es Meghan, que ya ha sacado los dos kayaks del agua cuando yo aún estoy a medio camino.

Cuando mis pies por fin tocan el fondo arenoso, que deja paso al cemento al aproximarme al muelle, Tate ya está fuera. Se ha sentado en el borde de la rampa, y chapotea con los pies sin decir nada. Me detengo delante de ella, con el agua por los tobillos. Me siento inútil y cansada. Aún estoy tan enfadada que, por un momento, me dan ganas de sacudirme como un perrillo delante de ella para volver a empaparla. No me puedo creer que me haya seguido. ¿Y cómo narices ha podido hacerlo sin su camioneta?

De pronto, distingo la respuesta detrás de ella, algo más allá. La camioneta de mi abuela está en la explanada.

–¿Me has seguido hasta aquí? –pregunto indignada–. ¿Y le has robado la furgoneta a mi abuela? ¡Es que alucino, Tate!

–Marion me dijo que podía coger su camioneta cuando la necesitara –masculla ella–. Y perdona, pero yo también alucino: ¿cómo se te ocurre ponerte a remar en un kayak en mitad de la noche, sin más luz que la del frontal? ¿Y desde cuándo has vuelto tú al agua?

–Eso no es asunto tuyo –mascullo, justo al mismo tiempo que Meghan dice:

–¡Volvimos a coger el kayak hace un montón de tiempo!

La fulmino con la mirada.

–¿Qué pasa? –replica Meghan, mirándonos a las dos desde el final del muelle–. Tate no se lo va a decir a nadie. ¿Verdad que no le irás con el cuento a Lottie, Tate?

Ella se queda callada, y el mundo gira ante mis ojos con más fuerza que cuando volqué el kayak. Si se lo cuenta a mi madre, esto habrá terminado antes de empezar, y no puedo permitir que eso ocurra de nuevo. Mi madre ya destruyó todo la otra vez; ahora tengo la oportunidad de recomponerlo, y no voy a dejar que lo estropee solo porque le haya cogido manía al río.

–Firmamos un acuerdo de tregua, ¿recuerdas? –le digo a Tate–. Punto número dos: no podemos chivarnos.

–¿Pero tu madre sigue prohibiéndote que te acerques al agua? –replica, y el asombro que transmite su tono despierta una chispita de esperanza en mi interior.

–Ya ves –confirma Meghan–. La norma de la piscina sigue en vigor.

–¿La qué? –pregunta Tate, aún más perpleja.

–Tengo prohibido acercarme a cualquier masa de agua en la que no haga pie, salvo a las piscinas con socorrista –le explico.

–¿En serio?

–De ahí que montemos esta parafernalia tan misteriosa y nocturna para hacer kayak –añade Meghan–. De alguna manera tenemos que practicar.

–¿Practicar para qué?

Miro a Meghan y niego con la cabeza, pero ya es tarde.

–Bueno, voy a dejaros para que aclaréis las cosas por vuestra cuenta –dice, estirando las manos para mostrar las palmas–. Pen, Tate tiene razón: tenemos que buscar la forma de hacer esto durante el día. Y más cuando... –se interrumpe y cierra los labios con firmeza–. Bueno, os dejo que habléis.

Y, sin más, se aleja y me deja plantada. Aun así, dado que se ha llevado los kayaks y los va a limpiar y guardar ella sola, no me puedo poner muy furiosa. Sobre todo, porque es cierto que me toca a mí explicar esto, aunque, en el fondo, sea cosa de las dos. De Meghan y mía, quiero decir.

Pero antes de eso, fue cosa de mi padre.

Me siento junto a Tate y contemplo cómo las ondas acarician nuestros pies. El cemento de la rampa es rugoso y me raspa las piernas a través de los leggins. Me remuevo tratando de encontrar una postura más cómoda, pero acabo acercándome más a Tate sin querer.

–¿Para qué estás practicando? –me pregunta Tate–. ¿Vas a volver a hacer rafting?

–¿Y si contesto que sí?

Sé que Tate y mi madre no se parecen en nada, pero no puedo sacarme de la cabeza la reacción de mi madre cuando Jane le habló de ello. Cómo, después de aquella sesión, vendió el negocio de mi padre sin consultarme, y cómo estalló más tarde cuando le pedí explicaciones.

–Era lo que más te gustaba en el mundo –observa.

–Es cierto –asiento–. Lo que más me gusta, de hecho –añado, porque mi amor por el río está oxidado, pero sigue ahí.

–Pues si te hace feliz, estupendo. ¿Y puedes...? ¿Te funcionan bien las manos para remar?

–He tenido que volver a hacerlo poco a poco, buscando la forma de agarrar los remos. También hago ejercicios de rehabilitación. Por ahora, parece que avanzo.

–¿Te duele?

Me quedo callada un par de segundos. Mientras trataba de tirar de mi padre, me destrocé los tendones de la mano derecha y estuve a punto de amputarme dos dedos. Los médicos dijeron que era una típica «lesión de sogatira». Entendí que la llamaran así, pero me molestó que sonara a juego infantil en lugar de a lo que era: la representación física de una pérdida de la que no puedo escapar. En todo caso, tuve suerte con los cirujanos que me reconstruyeron la mano, y mi abuela se aseguró de que no me saltara ni uno solo de los ejercicios de rehabilitación. Ahora hay cosas que me resultan difíciles, pero no imposibles. Al menos, de momento.

–Creo que nunca dejará de dolerme de vez en cuando –respondo.

–Qué mierda.

Me encojo de hombros: así son las cosas.

–Entonces, estás preparándote para volver a hacer rafting y no quieres que Lottie se entere.

–Exacto.

Tate me mira sin decir nada.

–No me estás diciendo la verdad –afirma por fin.

Señoras y señores, les presento a Gillian Tate, testigo de los momentos más dramáticos de mi vida y adivina capaz de pillar todas mis mentiras.

–Además, ¿por qué has metido a Meghan en esto? –añade.

–Porque necesito que alguien me eche una mano –contesto. Es verdad, pero no es toda la verdad, y Tate me mira como si lo supiera perfectamente–. Además, las dos tenemos un plan –confieso.

–¿Qué plan?

–Mi padre montó un negocio de expediciones por el río junto a un socio, ¿recuerdas? Y mi madre le vendió la parte de mi padre a su socio.

–Sí, claro que me acuerdo.

–No tenía ningún derecho a hacerlo.

–Penny, ¿qué tiene eso que ver con que hayas vuelto a hacer kayak?

–Tom, el socio, solo se ocupaba de la gestión y los números; no le van los deportes de aventura, como a mi padre. Ahora quiere deshacerse del negocio, y ha accedido a traspasarnos a Meghan y a mí todo el material y el fichero de clientes cuando nos graduemos.

Se queda callada un par de segundos.

–¿Y de dónde vas a sacar el dinero?

–Del seguro de vida de mi padre. Tenía dos pólizas, una con mi madre como beneficiaria y otra conmigo. Me darán el dinero cuando cumpla dieciocho. Y Meghan ha heredado algo de sus abuelos. Vamos a juntarlo todo para pagar el traspaso entre las dos.

Se queda callada, mirándome fijamente, y un hormigueo de inquietud me recorre el cuerpo.

–Es lo que él hubiera querido –alego–. Quería que yo siguiera con el negocio. De hecho, mi plan era empezar a trabajar con él después de graduarme.

–Lo sé –responde.

Dos palabras. ¿Por qué me importan tanto? ¿Por qué estaba tan segura de que Tate reaccionaría con una carcajada o un sermón?

–¿De verdad lo entiendes? –pregunto, con la voz tan temblorosa como las manos.

¿Me gustaría que sus manos rodearan las mías para calmar su temblor? Quizá, pero no puedo pedírselo. Aun así, me acuerdo bien del día del entierro. ¿Mantendrá la promesa que me hizo entonces?

–Tu padre te comprendía –afirma.

Mis ojos se llenan de lágrimas antes de que acabe de decirlo porque es verdad, es verdad. Y ahora no queda nadie que me comprenda... ¿O sí? ¿Me entiende Tate?

–Nada le hubiera gustado más que trabajar contigo –continúa–. Tu madre... quiere que uses el dinero del seguro para ir a la universidad, ¿verdad?

–Eso es.

–¿Y cuándo tienes pensado hablarle de tu plan?

–Después de cumplir dieciocho, cuando Meghan y yo ya le hayamos pagado el traspaso a Tom. Así no podrá sabotearnos.

Tate silba con suavidad.

–Si se lo digo antes, intentará impedirlo –insisto.

–Ya, ya. Entiendo que no se lo quieras decir. Pero se va a poner...

–Es cierto –reconozco al ver que Tate no termina la frase, porque no hay palabras para describir cómo se va a poner mi madre cuando lo descubra, y Tate lo sabe mejor que nadie. Meghan lo entiende porque le he contado muchas cosas, pero Tate las ha visto con sus propios ojos.

Incluso algunas que yo no he presenciado, porque mi madre había escapado para no estar conmigo.

–¿Y no vas a hacer un plan en diez o doce pasos para contárselo poco a poco? –sugiere.

Me suben los colores. ¿Se está burlando de mí? Pero, cuando la miro de reojo, me doy cuenta de que va en serio.

–¿No te vas a chivar?

–No, a no ser que sigas haciendo esta locura nocturna.

–Vale, pero entonces tienes que ayudarme con las coartadas –digo, y el destello de sus ojos me indica que se lo ha tomado como un reto.

–De acuerdo –responde–. Te ayudaré.

–¿Por qué?

–Porque tu madre se equivoca. Y porque, como te dije una vez, si aquí hay bandos, yo estoy en el tuyo. Lo cual no me resulta muy difícil, porque creo que llevas razón.

–¿Y si...? ¿Y si no la llevara?

Hace otra de sus pausas, como si necesitara masticar lo que va a decirme.

–Te conozco de toda la vida, Penny, y jamás he visto que te equivocaras en las cosas que importan de verdad. Contigo, sin embargo, se han cometido muchas equivocaciones.

Se levanta, con la camiseta de tirantes y los pantalones del pijama empapados, y me tiende la mano.

La acepto como si, al hacerlo, diera un paso adelante.

De hecho, es un paso adelante.

14

ACTO II: LA BÚSQUEDA

Tate

(A LOS QUINCE AÑOS)

EL DÍA DEL ACCIDENTE, Marion ha quedado en recogerme de la piscina porque mi madre ha ido a Sacramento para hacerse unos análisis.

Cuando se presenta Remi en lugar de ella, me doy cuenta de que algo va mal. Remi acaba de sacarse el carné, pero a su madre le da tanto miedo que conduzca que no le deja el coche jamás. Y, sin embargo, ahí está, esperándome con las llaves en la mano. A duras penas contengo el impulso de echarme a correr hacia él. ¿Por qué está aquí? ¿Ha pasado lo peor que podía pasar?

¿Me he quedado sin madre?

Por suerte, Remi es como es y, en cuanto me ve acercarme, suelta:

–Tu madre está bien.

–¿Qué...?

–Ha pasado algo en el río.

El alivio que me invadía se esfuma de repente.

–¿Penny?

–No lo sé. Marion llamó a mi madre hace un par de horas y le dijo que Penny y su padre no habían llegado al punto de encuentro.

–George siempre alarga las excursiones –replico, mientras oigo unos golpes sordos que resuenan en el interior de mi cráneo. Caigo en la cuenta de que es mi corazón. Está latiendo demasiado deprisa, tratando de alcanzar a mis pensamientos acelerados. (¿Cuándo fue la última vez que vi a Penny? ¿Qué fue lo último que me dijo? ¿Qué es esta realidad en la que me he metido al salir de la piscina?).

Nunca tengo problemas para respirar, pero ahora no puedo hacerlo.

–Ha aparecido la balsa –dice Remi.

Bum, bum, bum.

–Estaba destrozada.

Bum, bum, bum.

–Parece que tuvieron que saltar.

Y, de repente, se pone a soltar tacos y me sujeta por las axilas porque, si no lo hiciera, ya me habría derrumbado en mitad del aparcamiento.

–Estoy bien –le digo. Planto los pies en el suelo y me aparto para sostenerme sola.

Bum, bum, bum.

–¿Dónde encontraron la balsa? ¿Por dónde están buscando? –pregunto.

–Están rastreando los alrededores de la Horquilla del Diablo, donde apareció.

–Tendrían que ir a la Encrucijada –replico–. La última vez que estuve con ellos, George habló de llevar allí a Penny por su cumpleaños. Llama a tu madre y díselo.

–En el río no hay cobertura, Tate.

–Vale. Entonces, llévame hasta allí.

Enarca las cejas.

–Se supone que tengo que llevarte a casa.

–Remi.

–Vale –responde–. Monta, anda.

Remington es mi mejor amigo. Me conoce lo bastante para dejar que yo ponga música con mi teléfono en el camino hacia el río, y para guardar silencio mientras yo miro por la ventanilla y me muerdo las uñas hasta hacerme sangre.

Penny estará bien, seguro.

Aunque tuvieran que saltar de la balsa, siempre ha sido buena nadadora. Y, además, estoy segura de que llevaba chaleco. George jamás dejaría que le pasara nada.

(Lo primero es cierto. Lo segundo, no lo sé. Y lo tercero... Creo que me estoy mintiendo a mí misma, porque hay cosas que nadie puede evitar, por fuerte o habilidoso que sea).

Me encanta mirar los pinos en cualquier época del año, pero ahora solo veo borrones mientras la carretera asciende por la montaña. Serpenteamos entre árboles y precipicios, distinguiendo de vez en cuando el destello azul y blanco del río entre los gruesos troncos. Intento fijarme en su brillo –en cualquier cosa que me centre–, pero, para cuando Remi frena en un cruce de caminos, estoy hecha un manojo de nervios.

–Podemos ir a buscar a mi madre –empieza a decir, pero yo niego con la cabeza. La Horquilla del Diablo está a varios kilómetros al sur, y la Encrucijada se encuentra a más de veinte kilómetros al norte. No podemos perder el tiempo. Si les ha pasado algo...

–Vamos a la Encrucijada. Ya.

–Mi madre me va a matar –suspira, pero me hace caso y enfila hacia el norte.

En el bosque nada es fácil; esa fue la primera regla que aprendí sobre él. El bosque es exigente. Demanda esfuerzo. Te obliga a ganarte las cosas.

Tienes que respetarlo. Saber qué puede darte y qué te puede quitar.

(¿Me la habrá quitado?).

–En el asiento de atrás hay una bolsa para emergencias –indica Remi cuando paramos–. Deberíamos cogerla cuando nos bajemos.

Me quito el cinturón para alcanzarla. Es una pesada mochila de lona, cerrada con una cremallera. La madre de Remi sabe lo que hace, de modo que me aferro a ella como si fuera un salvavidas. Lo es.

La carretera desciende siguiendo el curso del río y, de repente, se inclina hacia arriba en una sucesión de zigzags que me revuelven el estómago. Al llegar a otro cruce, Remi gira a la derecha. Al cabo de tres o cuatro kilómetros, el asfalto deja paso a la gravilla, y el camino pronto se convierte en una pista de tierra con más socavones que suelo firme. Algo más allá, nos detenemos delante de una verja que cierra el camino.

–Mierda –masculla Remi.

Me bajo para tratar de abrirla, pero tiene una cadena y un candado y no hay forma de rodearla con el coche. Remi se apea también, con la mochila para emergencias al hombro.

–Antes de nada, vamos a comprobar qué tenemos –propone, recurriendo a sus mañas de antigua scout. Por una vez, no me parece mal.

Revisamos el contenido de la mochila: hay un botiquín de primeros auxilios, varias botellas de agua, una manta térmica, algo de ropa, unas cuantas barritas energéticas, dos silbatos, una navaja y una linterna. Remi se pasa por el cuello la cuerda de uno de los silbatos y me da el otro.

Saco mi teléfono y enciendo el cronómetro.

–Vamos a caminar durante treinta minutos; deberíamos cubrir al menos tres kilómetros. Cada diez o quince pasos gritamos sus nombres, para que tengan tiempo de contestarnos sin que los tapen nuestras voces.

–De acuerdo. Vamos.

Echamos a andar a buen paso.

–¡Penny!

–¡George!

(Cuento los pasos. Uno. Dos. Tres. *Por favor*. Cuatro. Cinco. Seis. *No puede ser que...* Siete. Ocho. Nueve. *Si aparece sana y salva...* Diez. Once. Doce. *Haré lo que sea*).

–¡Penny!

–¡George!

La suela de mis chanclas de piscina resbala en las agujas de pino secas que recubren el camino de acceso al río. Por aquí no ha pasado nadie en mucho tiempo. Quizá desde el verano, cuando patrullan los bomberos forestales.

–¡Penny!

–¡George!

Un hilo de sudor resbala por mi espalda mientras avanzamos sin pausa por la pista.

–¡Penny!

–¡George!

De repente, Remi me agarra del brazo.

–Mira, Tate –susurra.

Me lleva un instante descubrir qué me está señalando: entre los troncos se atisba un destello de un naranja brillante.

La esperanza es el sentimiento más cruel. Lo he aprendido a las malas.

Echo a correr. La pendiente se hace más pronunciada, y los árboles se van despejando hasta que puedo distinguir el panorama de abajo. Desde aquí puedo ver el río... y a ella en la orilla. Está sentada. Está viva. (Joder, joder, está viva).

El destello naranja era su chaleco salvavidas. Aún lo lleva puesto. Está de espaldas, mirando el agua fijamente.

–¡Penny!

Ni siquiera se mueve. ¿Me habrá oído?

–¡Penyyy! –grito más fuerte.

No reacciona.

Tengo que bajar con ella.

¿Dónde estará George? Lo busco con la mirada, frenética, mientras Remi se acerca por detrás.

–Remi, ve a por el coche.

–La verja...

–Encuentra la forma de abrirla. Ve a buscar a tu madre, seguro que ella puede hacerlo.

–No me puedo ir... –se interrumpe, mira a Penny y después me mira a mí. Traga saliva–. Vale. Me las apañaré.

–Date prisa.

Remi asiente sin decir nada y se aleja. Oigo el rumor de sus pisadas, pero toda mi atención está puesta en Penny. Tengo que bajar junto a ella. Podría dar un rodeo para buscar un camino más fácil, pero la tengo justo ahí, debajo de mí. Y es como si no pudiera oírme.

De modo que me siento en el borde de la pendiente, aprieto los dientes y me impulso ladera abajo. Noto cómo las piernas se me despellejan, los cortes de las ramas y los guijarros en la espalda. Mis chanclas salen volando a medio camino, pero por fin alcanzo el final.

–Penny –murmuro mientras me acerco a ella a gatas.

Está... destrozada. Sus manos... Dios, sus manos.

–¿Penny?

Tarda un segundo, pero ahora que estoy justo delante de ella, por fin advierte mi presencia.

–Tate –dice, y luego suelta una risita estridente y desquiciada que me produce un fogonazo de pánico–. Me has encontrado. Cómo no... Cómo no.

Cíñete a los hechos, Tate.

–Todo el mundo te está buscando. Penny, creo que te has hecho mucho daño. Tus manos...

–Están bien –declara, agitando una de ellas. Entre las heridas y la hinchazón, veo algo blanquecino que parece... Joder, joder, parece hueso. Y la voz de Penny es... no es la suya.

–Penny... –murmuro, mirando alrededor.

No veo ninguna de sus cosas por aquí cerca: ni siquiera una botella de agua, un remo o... Yo qué sé, cualquier otro objeto. El río está más de dos metros por debajo de nosotras. ¿Cómo ha podido trepar hasta aquí, con esas manos?

–¿Dónde está tu padre? –pregunto.

–Está muerto –responde, tan segura de sí misma que doy un respingo.

–No...

–¡Está muerto! –gruñe, con una agresividad repentina y salvaje.

Y, de pronto, vuelvo a ver a Penny, solo que no es la Penny que conozco. Sus ojos nunca me han quemado, pero ahora siento que me carbonizo ante ella, arrodillada sobre el suelo lleno de guijarros.

–De acuerdo –asiento–. Está muerto.

Es como si le hubiera disparado con una pistola: da una sacudida al oírme, y luego, lentamente, su cuerpo se va aflojando como si se apoyara en mi respuesta.

–Gracias –musita.

Y luego lo repite en un sollozo, ahogada por la pena, y yo siento que el corazón me estalla de horror.

No sé qué hacer ahora. Siento algo que burbujea por debajo de mi piel; pánico, tal vez. Tengo que mantener la calma. Tengo que ser una roca.

(Tengo que ser una roca para ella... Porque, ahora mismo, lo necesita. Mucho).

Está destrozada.

Su cara y sus brazos están arañados y magullados por las ramas. Dos de los cierres de su chaleco se han roto, y solo queda una hebilla en su sitio. Sus manos son un amasijo de carne roja y amoratada, y algunos de sus dedos se doblan en ángulos extraños. ¿Los tiene todos, siquiera?, pienso, y mi mente se engancha en esas palabras mientras trato de contarlos. Uno de sus brazos cuelga de forma rara, como si no lo pudiera enderezar. ¿Estará roto? Tengo que llevarla al hospital.

–Se soltó. En el agua. Soltó la cuerda. Yo le dije que lo tenía sujeto. Lo tenía, aún me quedaba fuerza suficiente. Lo tenía, Tate, te lo juro. Lo tenía. De verdad que lo tenía. Lo tenía, lo te...

–Te creo, Penny.

El pelo le oculta la mitad de la cara. Alargo la mano para apartárselo y, de pronto, me doy cuenta de que no debería hacerlo, porque tiene sangre seca en un lado de la cabeza. ¿Se habrá dado un golpe? ¿Dónde tendrá el casco?

–¿Por qué se soltó? –dice.

Dios, tiene las manos despedazadas.

–No quería soltarse –dice.

Vuelvo la cabeza para mirar la cuesta. ¿Podrá andar? ¿Debería ayudarla a subir hasta el camino?

–Pero se soltó –remacha. Al moverse, una de sus manos roza su rodilla, y se le escapa un grito de dolor.

¿Cuánto llevará así? ¿Desde la mañana? ¿Más? Su pelo no está mojado, de modo que ha estado aquí el tiempo suficiente para que se le haya secado al aire. Para que la sangre se coagule en su pelo y en las heridas de los brazos y las piernas. Para que sus magulladuras estén hinchadas y amoratadas.

Demasiado tiempo.

Mi cerebro es un caos de ideas. Necesita que la vea un médico. Necesita sedantes y antibióticos. Y una operación, seguramente. ¿Dónde estarán Remi y el coche? Tenemos que llevarla al pueblo... No, hay que seguir bajando la montaña, pasar el lago. Hay que llevarla a un hospital en condiciones.

–¿Por qué se soltó? –repite una y otra vez, incapaz de salir del bucle.

Su extraordinaria capacidad de concentración –esa atención penetrante con la que parece traspasarte cuando te mira– se ha enganchado de repente en esa horrible pregunta, y me doy cuenta de que no es capaz de liberarse.

Extiendo la mano hacia ella, esforzándome por tratarla con dulzura (por favor, por favor), y le apoyo la palma en la cara. Ella se tensa, pero no se aparta. Su mirada encuentra la mía y, poco a poco, las sacudidas que la estremecen se van suavizando hasta quedar reducidas a un leve temblor alimentado por el dolor, la adrenalina o lo que sea que la está manteniendo consciente.

–Tate –dice otra vez, ahora con tono perplejo–. Eres de verdad.

(Por un momento, siento que me está concediendo esa categoría, la de persona de verdad).

–Sí –respondo con sencillez–. He venido a buscarte.

Me humedezco los labios. Tengo que seguir así, con frases sencillas. Hacer que siga hablando y que se concentre en otras cosas, que no piense en lo que ha ocurrido, sea lo que sea.

–Deberíamos... Deberíamos volver a casa –añado–. Te apetece ir a casa, ¿verdad?

–A casa –repite con tono distante y, de pronto, su cara se frunce, se arruga sobre sí misma como un pañuelo de papel estrujado en un bolsillo–. A casa... Mi madre... Joder.

–Se pondrá muy contenta cuando te vea llegar.

Apenas he acabado de decirlo cuando me doy cuenta de que he cometido un error.

Penny se echa a reír. No es una risa desquiciada, como la de antes, sino algo aún peor: un lamento consciente y amargo.

–Me va a odiar –dice, con la misma seguridad con la que antes ha dicho: «Está muerto».

Por más rechazo que me produzca, creo que tiene razón. Si Lottie es un imán, George es su metal.

No, ya no lo es. Lo era. Dios...

–¿Por qué se soltó? –dice una vez más con desamparo.

–No lo sé –respondo, aunque creo que no es verdad.

Se soltó para salvarla.

(Yo habría hecho lo mismo).

15

Tate

23 DE JUNIO

PENNY, DE PIE bajo una farola del aparcamiento que hay junto al lago, se escurre la coleta, y el agua humedece el asfalto.

Yo también estoy calada. Los pantalones del pijama y la camiseta se pegan a mi piel de una forma bastante incómoda porque no llevo sujetador. La trenza que me hago siempre por la noche gotea sobre mi estómago, y considero si deshacerla para escurrirme el pelo, como está haciendo ella.

–¿Ni siquiera has traído una toalla? –le pregunto. La mía está en mi bolsa de entrenamiento, pero la bolsa no está en la camioneta (lógico, teniendo cuenta que es la de Marion).

–No creía que fuera a mojarme tanto.

–¡Pero si volcaste a propósito!

–Se me ocurrió sobre la marcha. Estaba viviendo el momento... Algo que arruinaste dándome un susto de muerte, por cierto.

La miro con indignación y ella suspira.

–Tengo un par de mantas en el coche –dice–. Ven, anda.

Abre la puerta, rebusca en el maletero y reaparece con dos mantas de forro polar. Me ofrece una, y yo me doy la vuelta para envolverme en ella. Luego, me retuerzo hasta quitarme los pantalones y la camiseta y me anudo la manta en el pecho.

Me agacho para recoger las prendas empapadas, y al volver a enderezarme... No lo hago a propósito, pero mis ojos se posan en su figura y no soy capaz de apartarlos.

No está desnuda.

Si lo estuviera, sí que apartaría la mirada. (No es eso lo que quiero; al menos, no así).

Se ha enroscado la manta al torso, como he hecho yo, y por encima sobresalen sus hombros desnudos. Está enroscándose el pelo para recogerlo en un moño, con la cabeza ladeada, y mis ojos siguen sus movimientos de la misma forma en que querrían hacerlo mis manos. Es algo muy simple, cotidiano; ni siquiera es la primera vez que se lo veo hacer, así que no sé por qué me desgarra de la forma en que lo hace. (Pero sí lo sé, porque, de alguna manera, es distinto verla aquí, a la luz de la farola, después del miedo y del chapuzón y de las nuevas cosas que ahora sé sobre ella).

–¿Estás bien?

(No, Tate: no es diferente. ¿Cómo se te ocurre pensar eso? Algunas chicas jamás consiguen ciertas cosas).

–Sí, tranquila –respondo–. Gracias por la manta.

–Tendríamos que volver ya. Son casi las dos.

–Tienes razón. Voy a... –señalo la camioneta de Marion con el pulgar y empiezo a alejarme de Penny marcha atrás. (No soy capaz de apartar la mirada, y solo me doy la vuelta cuando lo hace ella. Soy lo peor, joder).

Me meto en el coche, pero Penny arranca antes que yo. Lo cual es una suerte, porque solo logro contenerme durante los segundos que tardan las luces traseras de su coche en desaparecer.

Mi respiración lleva desacompasada desde que me tiré al agua. En cuanto Penny se pierde de vista, me echo a llorar como una loca.

No hay una forma más suave de describirlo: empiezo a llorar a gritos, aferrando el volante mientras las lágrimas se unen a las gotas de agua que resbalan por mi pecho.

(De verdad creí que...

Ni siquiera tuve que pensármelo.

Salté sin más).

Siento la mente algodonosa, amortiguada; son los efectos de la adrenalina. (Y Penny tiene un talento especial para despertar mi adrenalina, está claro).

De pronto, veo por el rabillo del ojo algo que se mueve fuera, y lo siguiente que sé es que Penny está golpeando la ventana con los nudillos. Ni siquiera me sobresalto, a pesar de que no la he oído volver. En mi cerebro solo hay sitio para unas ganas irresistibles de traspasar el suelo de la camioneta y hundirme en la tierra de debajo, porque ahora sí que no hay forma de disimular que estoy llorando con mocos y todo.

Bajo el cristal y enarco las cejas, como si no tuviera los ojos y la nariz tan rojos como tomates.

–Me extrañó que no me siguieras –explica–. Pensé que la camioneta no arrancaba.

–No, no pasa nada.

Apoya las manos en el borde de la ventanilla, y me pregunto si lo habrá hecho para impedir que la cierre (la verdad es que se me ha pasado por la cabeza). Sus dedos –con las uñas pintadas de un tono cobrizo y triangulitos negros en las puntas– se curvan sobre el cristal.

–Supongo que te asusté tanto como tú a mí –dice.

Se me escapa un suspiro tembloroso y bastante humillante. Aún me falta el aire.

–Sí, supongo.

–Lo siento.

–¿De verdad?

Ella se sonroja, como si yo acabara de hacerle un reproche. No lo pretendía, pero mi pregunta ha sonado a eso.

–No es muy cómodo tenerte como testigo de todos los desastres de mi vida, Tate.

–Yo... ¿Eso piensas de mí? –pregunto con voz trémula, porque su comentario me ha desestabilizado. ¿Eso soy para ella? ¿Una figura que aparece en sus recuerdos dolorosos?

Sus ojos se abren de par en par.

–No, no. Solo es que... –sus dedos aferran con más fuerza el borde de la ventanilla, haciendo que se aproxime a mí en vez de alejarse–. Tú y yo... estamos jodidas, cada cual a su estilo. ¿No?

Asiento sin decir nada.

–Pero tú, sin embargo... Es como si no te costara nada mantener el control de tu vida. Y yo no puedo hacerlo, soy incapaz. Voy de un lado a otro intentando arreglar las cosas, pero la mitad de las veces me explotan en la cara y tú siempre estás ahí para verlo. Y yo solo... Solo quiero ser...

–¿El qué?

–Me gustaría dejar de cagarla delante de ti, ¿vale?

–Penny, yo...

Mi boca no sabe qué decir; pero parece que mi cuerpo sí que lo sabe, porque mi mano se desliza hacia la suya hasta cubrir sus dedos, aún aferrados al borde de la ventanilla, y ella suelta el aire de golpe como si...

¿Habrá sentido el mismo calambre que yo, ese fogonazo en el estómago que explota cuando te tiras a la piscina –cuerpo cálido, agua fría–, esa conmoción inevitable?

Sé que el momento terminará si la miro, así que clavo la mirada en nuestras manos. La suya, la mía. Mis dedos superpuestos a los de ella, helados después del baño en el lago. Pero esa no es la razón por la que tenemos la carne de gallina.

Al menos, en mi caso.

–Igual parece que tengo mi vida en mis manos, pero eso no significa que sea así de verdad –digo.

Pero, en este instante, sí que tengo algo en mi mano: la suya. Y ella también me tiene a mí en sus manos, tanto literal como metafóricamente..., para siempre, quizá.

–Se te da mejor cuidar a la gente que a mí, Tate. Todo lo del hospital, lo que se nos viene encima... Me abruma –susurra, y la conozco lo bastante para saber lo mucho que le ha tenido que costar admitir eso.

–Es cierto que tengo más práctica como cuidadora de una enferma –asiento–. Pero hay cosas que tú conoces de primera mano. Al fin y al cabo, eres la única que ha tenido que recuperarse en un hospital después de una operación.

Sus cejas se estremecen como si quisieran fruncirse.

–No es lo mismo, Tate. Mis manos... Eso fue otra cosa.

–Es cierto, pero, aun así, tienes más experiencia como paciente que yo. Apuesto lo que quieras a que sabes cuál es el mejor sabor de la gelatina que dan en los hospitales.

–El verde, obviamente.

–¿La lima? Puaj –replico para pincharla.

Ella resopla.

–Perdona, pero, en lo que respecta a las gelatinas, no tienes ni idea.

–Me gusta la roja.

–Sabe a jarabe para la tos.

–Mmmm, me encanta.

–Como comprenderás, a partir de ahora me haré cargo de forma oficial de elegir la gelatina para tu madre y la mía, si hace falta.

–Lo comprendo –respondo muy seria–. No podemos permitir que sufran por la mala gestión de sus postres gelatinosos.

–Sé lo que pretendes hacer –me espeta, y sus dedos se curvan bajo los míos. No lo hace como si quisiera liberarlos, sino como si quisiera rozar mi palma con sus nudillos (aunque quizá sean imaginaciones mías).

–¿Qué se supone que pretendo hacer?

–Estás tratando de distraer mi atención.

–Eh, has sido tú quien ha vuelto aquí para distraerme a mí. Si no fuera por eso, hace rato que estaría en casa.

–¡Pensé que estabas hecha polvo!

–Pues no lo estoy. Solo intentaba recuperarme después de que me hayas quitado diez años de vida por el susto.

–¿Cuántos años tienes, setenta? Porque estás empezando a sonar como mi abuela.

–Marion aún no tiene setenta años, que lo sepas.

–¡Tate! –protesta exasperada.

Levanto la cara para mirarla (grave error). La expresión de su cara hace que el estómago se me contraiga (gravísimo error), y muevo la mano sin querer hasta que uno de mis dedos roza la cicatriz que tiene en el anular (error catastrófico).

–Solo falta un día para que se vayan –murmura.

–Lo sé –respondo. Este viernes, todo va a cambiar.

–Es demasiado pronto... A ver, ya sé que no, que cuanto antes lo hagan, mejor, pero...

–Quieres lo que no tenemos: más tiempo.

–No es solo... –se interrumpe. Noto cómo el pulso se acelera, cómo su sangre palpita bajo mi piel–. Es cierto que pensé que tendría más tiempo.

Espero a que siga, porque ahora su mano está casi temblorosa bajo la mía.

–Creí que tendría más tiempo para hacer que me volviera a querer –termina.

Me quedo callada. El silencio se alarga hasta que ella levanta la mirada.

–¿No me vas a decir que mi madre ya me quiere? –pregunta, y sé que es un reto. Un desafío.

Quizá yo sea la persona que presencia sus peores momentos, pero ella es el reto de mi existencia (el desafío al que se enfrenta mi maldito corazón).

–Hace tiempo que a tu madre se le da fatal querer a nadie, ella misma incluida –respondo.

–Pues le va a dar a tu madre un trozo de su hígado.

–Es cierto, y le estaré agradecida durante el resto de mi vida. Pero eso no quiere decir que...

–¿Qué?

–Eso no borra lo que pasó. No puede ser una especie de salvoconducto para salir de la cárcel de las malas madres. No debería serlo, al menos.

–No es una mala ma...

–Pero se portó como si lo fuera –la interrumpo. Me niego a andarme con paños calientes, porque esto es lo que significa estar en el bando de Penny–. No lo digo porque se perdiera en su duelo, sino porque, cuando mejoró y logró salir de él, no te pidió perdón ni trató de compensarte. Hizo como si no hubiera ocurrido, y punto. Pero ocurrió, y tú lo sabes tan bien como yo. Por eso a veces tu madre evita mirarme a los ojos: porque yo estaba ahí mientras mi madre la cuidaba. Y por eso evita hacer demasiadas cosas contigo. A mi madre no le hace falta evitarla porque son amigas hasta la muerte, ya sabes. Cada una es todo lo que le queda a la otra.

–¡No es cierto! Les quedamos nosotras –protesta Penny.

–Sí, también. Pero lo de ellas dos es distinto. Nosotras ya somos casi adultas; con algo de suerte, nos independizaremos pronto. Nos iremos. Ellas, sin embargo, son...

–... para siempre –termina ella, casi con amargura.

–Dos ancianitas que hacen calceta en el porche –remacho, porque es lo que dicen siempre Lottie y mi madre entre risas.

Pero a Penny no le hace gracia. Aparta la mano, y la mía se enfría por esa ausencia repentina.

–Deberíamos volver –comenta, y me doy cuenta de que ha omitido deliberadamente el final de la frase: «a casa».

Y, sin embargo, ahora lo es: nuestra casa, la de las dos. Tenemos que acostumbrarnos a las nuevas dimensiones de nuestra familia, y también a compartir espacios que siempre nos pertenecieron en exclusiva. Las dos estamos demasiado acomodadas en nuestro papel de hija única.

–Te sigo –respondo simplemente. Si digo algo más, me da miedo que se me escape todo de golpe.

(Porque ella no estaba allí, por suerte. Pero yo sí que presencié la época más brutal del duelo de Lottie, y es como si aquellos meses hubieran dejado mi corazón lleno de surcos profundos. Lottie abrumada de dolor, tan impulsiva y peligrosa como un disparo en la oscuridad, y yo contando pastillas, comprobándole el pulso y repasando obsesivamente toda clase de escenarios hipotéticos).

Me mantengo cerca de las luces traseras de su coche durante todo el camino de vuelta. Luego, me bajo y las dos recorremos el jardín en silencio hasta colarnos en la oscura casa. Al llegar al recibidor, tengo que frenar porque no veo nada. No recuerdo si el perchero estaba a la derecha o a la izquierda, y lo último que me falta para rematar esta noche es derribar esa monstruosidad de hierro forjado.

Avanzo con cautela. Ya distingo al fondo la sombra de las escaleras. De pronto, se enciende una luz en el salón.

–Hola, chicas.

Me quedo helada. A mi lado, Penny deja caer las llaves del susto. Mi madre, por su parte...,

... se limita a observarnos con una sonrisilla divertida desde el sofá.

16

ACTO III: EL FUNERAL

Penny

(A LOS QUINCE AÑOS)

DESPUÉS DE ENTRAR EN EL HOSPITAL, todo se vuelve borroso, probablemente porque los médicos me inyectan varios litros de sedantes y antibióticos en cuanto caigo en sus manos. Entiendo el porqué de los sedantes algo más tarde, cuando queda claro que me tendrán que operar las manos y recolocarme el hombro (también tengo varias costillas rotas, pero lo único que pueden hacer en ese frente es vendarme el torso y drogarme un poco más). Yo trato de resistirme. Estoy empeñada en luchar contra todo y todos, salvo Tate, pero no consigo nada.

Me quedo ingresada en el hospital varios días, o quizá varias semanas. Después del tercer día, pierdo la cuenta.

El tercer día, los equipos de rescate lo encuentran. El único momento en el que mi abuela se despega de mí es cuando tiene que ir a identificar el cuerpo.

A mi madre no la veo ni una vez en todo ese tiempo.

–Está mal, cariño –me dice mi abuela–. Necesita descansar.

Pero yo sé la verdad: mi madre no quiere verme.

Y mi suposición se convierte en certeza cuando al fin me dejan volver a casa... Pero no vuelvo a la mía, sino a la de mi abuela.

Me quedo con el cuarto en el que dormía mi padre de niño. Intento una y otra vez sentirlo en las paredes, en los libros y en las cañas de pescar que ha dejado atrás, pero no siento nada. No solo estoy entumecida: estoy ausente.

Penny ha abandonado el edificio, el país y hasta el planeta. Estoy flotando en la nada. Soy la nada.

La sensación me resulta más agradable de lo que debería.

Anna viene a verme. Trae a Tate, pero las dos no nos miramos en ningún momento.

Se arrodilló junto a mí sobre la tierra. Me apoyó la mano en la cara.

Me ancló al mundo.

Ni siquiera le he dado las gracias.

No le he dicho nada.

Antes de marcharse, Anna me da un beso en la frente. Veo que vacila un poco antes de hacerlo, como si le diera miedo hacerme daño.

–Ha estado bien que viniera Tate, ¿verdad? –me dice mi abuela, mientras se aleja el rumor de las ruedas sobre la gravilla.

Me encojo de hombros. Me gustaría girarme en la cama para darle la espalda, pero me duele demasiado.

Mi madre decide enterrarlo. Cuando mi abuela me lo dice, la miro sin decir nada hasta que aparta la vista. La vergüenza brilla en sus mejillas encarnadas.

Estoy fallándole a mi padre. Otra vez.

–Es una decisión de tu madre, Penny –dice mi abuela.

Esta vez, no me importa que el costado me duela al darme la vuelta. El dolor es lo único que me ayuda a no gritar.

La mañana del funeral, veo a mi madre por fin. Mi abuela tiene que llevarme a mi antigua casa para recoger mi vestido negro. Ella se encuentra en el salón, ya vestida e impecable; ni siquiera tiene corrido el rímel. Está sentada en el sofá, inmóvil y mirando al frente. Cuando la puerta se cierra detrás de mi abuela, los ojos de mi madre nos enfocan con tal rapidez que tengo que contener un respingo.

–¿Marion? –llama Anna desde la parte trasera de la casa–. ¿Eres tú?

–Sí, somos nosotras –responde mi abuela, y me rodea los hombros con un brazo–. Lottie –dice suavemente–, hemos venido a buscaros. Así podremos ir todas en el mismo coche, ¿recuerdas?

Mi madre asiente lentamente, con un segundo de retraso. Sus ojos están clavados en los vendajes de mis manos, y tengo que contener el impulso de ocultarlas. Aún me duele moverlas e incluso pensar en ellas. No hacer nada también me duele.

–Hola, cariño –dice mi madre.

–Penny, ¿no quieres ir a vestirte? –sugiere mi abuela al ver que yo no digo nada.

Pero es demasiado tarde: ya estoy lanzada. Niego con la cabeza y empiezo a andar. No me detengo hasta que estoy justo delante de mi madre, invadiendo su espacio, con mis magulladuras y mis vendajes delante de su cara.

Querría decirle tantas cosas... Que la odio y la quiero y la necesito, que la he necesitado y ella se ha quedado aquí todo este tiempo aunque lo sabía, lo sabe aún, y aun así está...

Congelada. Inmóvil.

Es cierto. No significo nada para ella.

–¿Por qué lo vas a enterrar?

Es lo primero que digo desde hace varios días. Se lo escupo, casi, porque es una frase que no merece decirse de otra forma. Es algo ridículo. Feo. No es lo que él quería.

–Penny –grazna–, cariño. Por favor, no me hagas esto. Hoy no.

–Pues no lo metas en una caja.

–Penny... –sacude la cabeza–. Necesito mis pastillas.

–Vamos, corazón –dice mi abuela a mi espalda–. Ven, tienes que vestirte.

Pero no puede agarrarme de las manos ni de los brazos, ni tampoco empujarme por los hombros, y aprovecho que no es capaz de moverme para insistir.

–Esto no es lo que él quería.

Mi madre sigue sacudiendo la cabeza como si no me oyera.

–¿Anna? –llama–. Necesito mi medicina.

–Corazón... –insiste mi abuela, inquieta.

Pero yo no lo dejo estar. Desde que mi abuela me lo dijo, no he podido pensar en otra cosa: mi padre metido en una caja. Mi padre encerrado para siempre. Él, que amaba estar al aire libre sobre todas las cosas, envuelto en una oscuridad total y viciada.

–Sabes muy bien lo que él habría querido –continúo–. Quería terminar en el agua. Quería descansar en el rí...

–No te atrevas a decir eso –me corta mi madre, reviviendo de pronto como una víbora sacada de su letargo. Se ha levantado del sofá y está delante de mí; soy casi tan alta como ella, pero aún me saca unos centímetros–. ¿Crees que le voy a dar a ese maldito río algo más de él? Estás loca.

–¡Lottie!

No es mi abuela quien dice eso, sino Anna. Acaba de entrar en el salón a la carrera, seguida de Tate.

–¿Tú la has oído? –exclama mi madre en un tono casi burlón–. El río lo ha matado, y ahora ella pretende que lo vuelva a echar ahí. ¡Está loca! –repite, casi gritando.

Por un instante, estoy a punto de acurrucarme.

Pero no soy nada, y supongo que eso tiene algunas ventajas.

–Ya basta –gruñe mi abuela.

–Lottie, ya está bien –añade Anna–. Penny, cariño, sal un poco con Tate, ¿quieres?

–No –respondo.

Mi madre trata de apartar la mirada, pero yo no se lo permito. Me muevo con ella; me niego a dejar que me despache así.

–Si haces esto, nunca te lo perdonaré –le digo.

Entonces, vuelve a mirarme.

Y suelta una carcajada.

–No soy yo quien necesita que la perdonen –dice.

Y así es como mi abuela termina abofeteando a mi madre el día del funeral de mi padre.

Me niego a ir al funeral. Mi abuela me lo ruega, mi madre me ignora, Anna trata de razonar conmigo. Pero yo soy incapaz de ir.

Me quedo en el porche trasero mientras ellas se mueven dentro de la casa. Mi abuela me llama por última vez y, al ver que yo no contesto, suspira. Sus pasos se alejan. Cuando el ruido del motor se aleja, me relajo al fin.

... Y vuelvo a tensarme al momento cuando la puerta corredera se abre detrás de mí. Me doy la vuelta lentamente

–me exaspera la lentitud con la que me muevo ahora– y veo a Tate de pie, con su vestido negro y el pelo trenzado como siempre.

–Tu madre está desquiciada –me dice. Atraviesa el porche y se deja caer a mi lado–. Entiendo por qué lo está, pero no deberías hacerle caso.

No respondo nada. No sé qué responder.

¿Es que siempre va a presenciar mis peores momentos? ¿Me verá tan débil y rota como yo me siento?

¿Se dará cuenta de lo que hizo por mí aquel día?

Debo darle las gracias. Pero, si lo hago, tendría que reconocer lo que ocurrió.

Mi mente estaba flotando sobre ese río, a punto de dejarse arrastrar por él hasta perderse para siempre. Deseaba dejarme ir; de hecho, creo que aún lo deseo. Pero, antes de que pudiera hacerlo, vi a Tate allí, en un lugar en el que no podía estar.

Cómo no, pensé. Cómo no iba a alucinar con ella... Debía de estar moribunda, porque estaba viendo visiones.

Aquella no podía ser Tate de verdad.

Pero entonces la toqué y me di cuenta de que sí que lo era. Tate estaba allí.

Me había encontrado.

Y, por primera vez desde que había soltado aquella cuerda, quise seguir respirando. Solo un poquito más.

–Mi madre tiene razón –le digo, porque, ya que Tate ha visto lo peor de mí, no me importa que vea mi verdad.

–Tu madre está hasta arriba de tonterías, autocompasión y Valium –me espeta Tate–. Ahora mismo, ni siquiera sabe bien cómo se llama. En todo caso, no me importan sus excusas: debería haber estado contigo en el hospital.

La emoción se hincha en mi pecho tan rápido que ni siquiera puedo prepararme para esquivarla o para desinflarla. Es como si Tate hubiera roto el dique que hay en mi interior de un puñetazo, y lo que se derrama es...

—Joder, Penny, lo siento —dice ella cuando empiezo a llorar—. Lo siento, no era mi intención que... Sé que tu madre también lleva mucho encima. Pero estuviste a punto de morirte, y...

No puedo abrazarla, porque me aterra que mis manos choquen con algo duro. Pero, con mucho cuidado, apoyo mi mano derecha —la que solo tiene un clavo— en su rodilla, y luego apoyo la izquierda, aún con más cautela. Tate se queda en silencio, y oigo cómo expulsa el aire de golpe. Sus manos juguetean sobre su regazo, a centímetros de las vendas de las mías.

Nos quedamos así durante mucho rato: tocándonos, pero con tantas capas de tela interpuestas que es como si no lo hiciéramos. Sus dedos rozarían las yemas de los míos si los enderezase un poquito.

—Gracias —le digo al fin, y sus cejas se enarcan.

—¿Por qué? —responde, y sus dedos se estiran. ¿Habrá sido a propósito?

—Por encontrarme. Por quedarte. Por estar en mi bando.

Los dedos de Tate rozan por fin los míos, y el leve peso de su mano sobre mis vendajes me da ganas de llorar otra vez.

—Te encontraré cada vez que lo necesites —afirma—, y me quedaré a tu lado si es lo que quieres. Pero, Penny, aquí no debería haber bandos.

Sus dedos recorren con delicadeza el dorso de mi mano. Se humedece los labios. Sus ojos son un salvavidas que no puedo soltar.

—Siempre hay bandos —replico.

Debería apartar la mirada. Porque, si no lo hago...

La pena puede hacer que cometas locuras. Eso es lo que dicen, al menos. Y mi madre tiene razón: estoy loca.

Pero, ahora mismo, solo puedo pensar en que necesito que me abracen.

Al final, es Tate quien aparta la mirada.

Es Tate quien se inclina...

... para posar sus labios en las vendas de mis manos.

Primero, en la derecha; luego, en la izquierda.

Y también es Tate quien vuelve a anclarme a la tierra cuando dice:

–Si hay bandos aquí, Penny, yo estoy en el tuyo.

TERCERA PARTE

Cirugía

(o la vez de la piscina)

17

Tate

23 DE JUNIO

LAS DOS NOS QUEDAMOS mirando a mi madre, apostada en el sofá como una reina triunfante. Dios, está feliz de haberse conocido... Esto me lo va a recordar hasta el día en que me muera.

–¿Os lo habéis pasado bien en vuestra escapadita? –nos pregunta.

Penny se recoloca la toalla en la que va envuelta y se atusa el pelo, como si así fuera a notarse menos que lo tiene húmedo. Es evidente que las dos nos hemos metido en el agua. Cualquier madre de nadadora podría distinguirlo, incluso una tan despistada como la mía.

–Solo estábamos... –empieza a decir Penny, y me mira desesperada para que complete su mentira.

–¿Bañándoos en pelotas? –sugiere mi madre, alzando las cejas en un intento fallido por esconder la gracia que le hace todo esto. A pesar de la penumbra, me doy cuenta del brillo divertido de sus ojos.

Me encanta que mis cagadas adolescentes le provoquen tanta hilaridad. Lo digo en serio: ahora mismo, mi madre necesita reírse todo lo que pueda.

–¡No! –exclama Penny, tan horrorizada que casi parece que está fingiendo.

–Penny quería enseñarme los ciervos que van a abrevar al arroyo –digo rápidamente, antes de que Penny meta la pata más aún–. Solo van de noche... Yo me acerqué demasiado y me resbalé en la orilla, y Penny tuvo que meterse para ayudarme a salir.

–Ajá –repone mi madre–. Penny, cariño, deberías irte a la cama.

–¿Vas a...?

–Mañana terminaremos de hablar –la corta mi madre con suavidad.

Penny me mira por última vez y forma con los labios la palabra «tregua», antes de lanzarse escaleras arriba. Como si se me fuera a olvidar nuestro pacto... En todo caso, con tregua o sin ella, jamás la delataría. Especialmente, porque la prohibición de hacer kayak que le ha impuesto Lottie no es para protegerla a ella, sino a sí misma.

Por desgracia, yo no puedo irme a la cama aún. Todavía tengo que hablar con mi madre.

Yo nunca hago cosas prohibidas. Soy una buena hija. Jamás salgo a escondidas, porque no me hace falta. Mi madre y yo confiamos la una en la otra. Y soy muy consciente de lo valioso –y lo infrecuente– que es eso, porque he visto lo que le ha pasado a Penny por no tenerlo.

–Ven a sentarte, anda –dice mi madre, dando un golpecito a la montaña de cojines que hay en el sofá–. ¿Necesitas una toalla?

–No, no hace falta.

–¿Tienes algo que decirme?

–En serio, solo hemos bajado al arroyo para ver a los ciervos. Siento mucho que te hayas preocupado.

Por un instante, mi madre parece decepcionada.

Luego, recoge su teléfono de la mesita, pulsa algo y me lo pasa. Examino la pantalla: es la aplicación de su tarjeta de crédito, y en la lista de ingresos y pagos aparece el que yo hice.

–Me ha llegado un email que dice que mi tarjeta ya no está en descubierto –dice–. Al principio creí que era un error.

–No lo es.

–Sí, ya me he dado cuenta. Tate, cariño, ¿qué has hecho?

No soy capaz de mirarla, de enfrentarme a esa cara que siempre me ha dicho: «Puedes hablar conmigo de lo que quieras». Es algo que siempre he sabido. A veces lo he odiado, y otras, lo he apreciado más que a nada. «Nosotras dos contra el mundo».

Y, al hacer esto sin contárselo, he traicionado nuestra promesa.

–Mi camioneta. La vendí y usé el dinero para compensar el saldo de la tarjeta y pagar algunos recibos.

–¿Por qué lo hiciste, hija?

–Porque la tarjeta ya no daba para más, y nos hace falta disponer de crédito para las emergencias, porque siempre tenemos alguna. Y tenía razón, ¿no? Entre el alquiler del piso de Sacramento y los inmunodepresores que vamos a tener que pagar...

–Tate, cariño, el hecho de que puedas predecir los baches económicos de una enferma crónica no te convierte en una pitonisa. Sigues siendo mi hija, y mi hija no debería hacerse cargo de mis finanzas.

–Yo no...

–Actuaste a mis espaldas en lugar de hablarlo conmigo. Nosotras no lo hacemos así, Tate.

–Solo quería quitarte esa preocupación de la cabeza. Ya tienes bastante con lo que tienes.

–Marion te ayudó a reparar esa camioneta. No era más que un montón de chatarra, y tú la rehiciste con tus propias manos. Era importante para ti.

–Ya ahorraré para comprarme otro montón de chatarra y repararlo antes de graduarme –replico–. Esto era más importante. Era... Es importante para mí.

–¿Por qué?

–Porque... –respondo–. Porque... –vuelvo a decir, pero no soy capaz de continuar. Sacudo la cabeza, notando cómo me arden los ojos.

Hay cosas que, una vez dichas, ya no se pueden borrar. Cosas que una madre no debería oír.

Porque nunca voy a dejar de sentir en el fondo de la garganta el miedo a perderla, porque siempre me preocuparé más por ella que por mí misma, porque soy lo bastante irresponsable para seguir persiguiendo lo que yo quiero, pero, al mismo tiempo, soy lo bastante honesta para comprender que eso me hace egoísta. Porque quienes nos miran desde fuera quizá piensen que ella es una carga para mí, cuando, en realidad, la carga soy yo.

–Vale –susurra. Su mano empieza a trazar círculos sobre la humedad de mi espalda, y me esfuerzo por no estremecerme ante su contacto–. No pasa nada. Pero vamos... Vamos a hacer un trato. Si quieres ayudar, habla primero conmigo, como hiciste con lo del trabajo de fin de semana en el Brewery. No puedo formar parte de tu equipo si no me cuentas tus planes. Y ahora necesitamos más que nunca estar en el mismo equipo, hija.

–Lo sé. Perdona.

–Soy yo quien debería cuidar de ti –me recuerda–. Y sé que llevamos tiempo funcionando al revés...

–Me da igual.

–Ya, pero has perdido cosas.

–Lo único que me importa es no perderte a ti.

–Ay, cariño...

–Solo falta un día, mamá –le digo, y ella me agarra la mano y la aprieta fuerte.

–Solo un día –repite, y las dos nos recreamos en la idea de que tal vez este sea el momento que lo cambie todo.

Al día siguiente, me levanto temprano. Tengo que seguir recogiendo cosas de nuestro piso antes de marcharnos mañana a Sacramento, y también me hace falta idear una estrategia de limpieza que nos permita recuperar la fianza. Ronnie, nuestro casero, es muy aficionado a retener las fianzas con cualquier excusa.

De modo que me levanto a las cinco y media y, para cuando amanece, a eso de las seis, tengo puestos el bañador y el chándal y he preparado mi bolsa.

Balo las escaleras sin hacer ruido, porque anoche me fijé en cuáles eran los peldaños que crujían. Pero mis precauciones no sirven de nada: cuando llego abajo, veo que Penny me espera sentada en el primer escalón.

–¿Qué haces levantada tan temprano? –le digo.

–Tenemos que empezar a empaquetar las cosas de vuestra cocina, ¿no?

–Puedo hacerlo yo.

–Sí, y yo puedo ayudarte. Mi turno empieza a las doce, así que me tienes cinco horas a tu disposición. Y, cuando salga, podemos volver al mismo tiempo para cenar todas juntas, como quieren nuestras madres. Ah, por cierto: he preparado algunos materiales de limpieza para dejarlos allí –añade, dando un golpecito con el pie a una caja que hay a su lado.

–Pensaba ir a nadar primero –confieso, disgustada por lo culpable que me hace sentir.

Ella se encoge de hombros como si no le importara nada.

–Vale. Empezaré a meter cosas en cajas mientras tú entrenas.

–¿Seguro?

–Seguro. Pero tenemos que marcharnos antes de que se despierten las madres; si no, la mía se empeñará en venir para supervisarnos y luego se marchará dos horas para comprar el almuerzo de todas, y la tuya intentará hacerlo todo ella sola. Y no puede ser, porque las dos necesitan descansar antes de lo de mañana.

–La única persona sensata de esta casa es Marion –mascullo.

–Muy bien dicho –dice Marion desde la cocina, y se echa a reír en voz baja al ver que las dos nos quedamos calladas.

–Hasta luego, abuela –se despide Penny en susurros.

Mientras ella alza la caja con los productos de limpieza, yo me echo mi bolsa al hombro. Las dos echamos a andar a paso ligero y, al salir de la casa, Penny gira la cabeza y me mira con una sonrisa, como si estuviéramos cometiendo una travesura.

Abro la verja para que Penny saque su coche. La vuelvo a cerrar cuando ya está fuera, me monto, me abrocho el cinturón y empiezo a revolver en mi bolsa.

Saco la botella de agua morada de tres litros que siempre llevo encima, y Penny se echa a reír al verla.

–¡Es monstruosa!

–Es útil –replico.

–No me extraña que tengas el cutis tan resplandeciente, con toda esa hidratación.

–¿Resplandeciente? Ni de coña.

–No sé cuántas veces me ha pedido Meghan que te pregunte por tu rutina de *skincare*... Lo siento mucho, Tate, pero tu cutis resplandece.

–Mi rutina de *skincare* es echarme crema solar.

–Joder... Tendría que haberlo supuesto. La vida es injusta: tú sin hacer nada, y yo comprando la mitad de la producción de parches antigranos del país. El acné hormonal es lo peor.

Seún mi madre, beber poleo viene muy bien para eso –contesto, mientras avanzamos por las curvas que llevan a la autopista.

–Estoy dispuesta a hacer lo que sea. Como si no tuviera ya bastante con los retortijones de la regla... –sacude la cabeza–. Oye, ¿estaba muy cabreada tu madre ayer?

–Sí, pero no porque hubiéramos salido.

–Entonces, ¿por qué...?

–Se enteró de lo de mi camioneta.

–Mierda.

–Bueno, al final no ha sido para tanto.

Me mira de reojo, escéptica.

–¿En serio? –pregunta mientras se incorpora a la autopista–. ¿No se ha enfadado? Estabas tan preocupada que...

–Creo que, ahora mismo, a mi madre le falta energía para castigarme.

–Te diría que has tenido suerte, pero en este caso no sé si es muy adecuado –comenta. Se incorpora al carril y adelanta a un camión cargado de troncos de pino.

No sé por qué, pero su comentario me arranca una sonrisa.

–No es suerte... Mi madre y yo tenemos un trato.

–¿Un trato? ¿Cuál?

–No hacer caso a las cosas pequeñas y centrarnos solo en las importantes. Hace unos días, creía que lo de la camioneta era algo importante; por eso estaba preocupada. Pero ahora tenemos entre manos cosas mucho más importantes... Hasta hace nada, no sabía que íbamos a tener que alquilar un piso en Sacramento durante un mes entero, mientras se recuperan. Ahora que lo sé, supongo que te doy la razón: es una suerte haber vendido la camioneta.

–No, no ha sido suerte: eres tú, que nunca te das por vencida –replica–. Nunca.

Al oír eso, tengo que volverme hacia la ventanilla para contemplar los árboles borrosos.

Si no lo hago, no podré evitar que mi mano busque la suya para ver si aún recuerda el tacto de mi piel. Porque la mía aún lo siente desde anoche.

18

Penny

24 DE JUNIO

ME RESULTA RARO estar yo sola en la casa de Tate. Después de dejarla en la piscina, he venido directa aquí, con mi kit de productos para limpiar escaleras de cemento cutres y antiguas.

Al llegar, veo que el cubo de la basura está a rebosar, así que lo agarro y bajo al patio para tirarla.

Los contenedores están en el lado opuesto. Mientras me dirijo hacia ellos con el cubo a cuestas, se abre una puerta en un lado del patio y un hombre se asoma. Se apoya en el marco y me da un repaso que me pone los pelos de punta. Por un momento, me planteo si dar la vuelta y volver a subir rápidamente; a veces, la mejor estrategia es evitar el conflicto. Al final, decido mirarle con mala cara, porque ignorar a los babosos como este puede hacer que se esfuercen aún más por captar tu atención. Con un poco de suerte, si me hago la dura, escapará con el rabo entre las piernas.

Pero esta vez no hay suerte: el tipo me sigue mirando fijamente, y las alarmas se disparan en mi cerebro. Mierda, mierda, mierda: me he equivocado con él. Tendría que haber agachado la cabeza y haberme escabullido con discreción.

Tiro la bolsa al contenedor y vuelvo a cruzar el patio, intentando disimular que tengo prisa por refugiarme en el piso. El tipo no se mueve de su sitio.

Me alegro de que Tate y Anna se hayan marchado de aquí. Nuestra casa en el bosque es mucho más segura que esto.

Cuando al fin llego, me aseguro de cerrar con llave antes de ponerme a montar cajas. Abro mi aplicación de ruido blanco y empiezo a pegar las solapas con precinto, envuelta en el canto de los grillos, el rumor del viento en los árboles y los graznidos de los pájaros. Más tarde, seguro que Tate querrá poner su música; pero ahora que estoy sola, puedo relajarme con la música del bosque.

Mientras relleno las cajas, empiezo a divagar, como si mi mente flotara sobre el lago. Llevamos menos de veinticuatro horas viviendo juntas, y Tate ya ha averiguado mi gran secreto.

No creo que Anna se haya tragado nuestra excusa. Y, si se entera de lo que estábamos haciendo, estoy segura de que se lo contará todo a mi madre, porque así son las dos: siempre se lo cuentan todo.

Cuando mi padre murió, una parte de mí se alegró de que mi madre tuviera a Anna. La otra parte, sin embargo, se puso furiosa porque, si tenía a Anna, eso quería decir que no me necesitaba a mí. Quizá fuera egoísta por mi parte. Pero yo la necesitaba, y lo único que ella me ofreció fue una verja rota y una incapacidad total para reconocer la realidad; una mirada siempre vidriosa y unas normas que me daban más ganas de escapar cuanto más me ataban a una persona que apenas podía mirarme a la cara.

¿Serían las cosas más fáciles si las dos dejásemos de fingir? ¿O serían tan duras como las dos intuimos?

¿Acaso no es esa la razón por la que seguimos fingiendo?

Acabo de vaciar los armarios de la cocina cuando oigo el ruido de la puerta al abrirse.

–¿Tate? –llamo. Tiene que ser ella, porque antes cerré la puerta con llave.

–¿Eres tú, Penny? –pregunta Anna.

–Sí. Estoy en la cocina.

La cabeza de Anna asoma por la puerta.

–¿Qué haces aquí, cariño?

–Guardar cosas en cajas. Tate me dejó las llaves; está hasta las diez en la piscina.

–Ay, Penny... –suspira con una sonrisa–. No os merezco a ninguna de las dos.

–Pues claro que nos mereces. Vete a casa y descansa, anda, que mañana tenemos un viaje muy largo por delante. Hay té frío en la nevera y tumbonas en el cobertizo, y en el huerto de mi abuela se está fenomenal, con todas las mariposas.

–Pero tengo que ayudaros...

–Lo que tienes que hacer es descansar. Seguro que mi madre lo está haciendo.

Anna se apoya en la encimera y me mira con atención.

–¿Qué tal estás, Penny?

Recuerdo uno de los puntos de nuestra tregua: «Prohibido estresar a las madres».

–Muy bien –respondo.

–¿De verdad? Sé que todo esto da miedo. Lo que tu madre va a hacer por mí...

–Es algo estupendo.

Ella sonríe, con una expresión demasiado comprensiva.

Anna tiene algo especial, una especie de sabiduría cariñosa e implacable de la que no se puede escapar. Su forma de ser te atrae, te da la bienvenida, hace que quieras confiar en ella. Pero ahora mismo necesito resistirme.

En realidad, la quiero con locura. Y también le estoy agradecida, porque, aunque ahora sea mi madre quien vaya a salvarle la vida, no me cabe duda de que ella salvó la vida de mi madre después de que mi padre muriera. Anna siempre sabe qué hacer: supo cómo reparar el anillo de mi padre, y cómo preservar el corazón y la cordura de mi madre después del accidente. Eso hace que la aprecie y también que la odie un poquito, porque parece conocer todas las respuestas que mi madre no puede –o tal vez no quiere– darme.

–Sí, es estupendo, pero también da miedo –insiste–. Y tú has perdido muchas cosas en estos años.

–No quiero hablar de eso.

Dile a tu madre que la quiero.

–Lo sé –responde–. Pero si alguna vez quieres...

Siento un estallido de irritación injusta, un sentimiento que no debería albergar hacia ella.

–No creo que quieras escucharme, Anna –replico, y ella frunce el ceño.

En los últimos meses ha adelgazado; está tan desmejorada como cuando le daban la quimio. No debería ponerla en una situación como esta.

–Quiero escuchar todo lo que te apetezca decirme sobre lo que ocurrió, Penny.

–No te gustaría, de verdad –digo–. Quieres mucho a mi madre.

–Es cierto –asiente–. Y a ti también.

–Pero solo porque quieres a mi madre.

–Ay, Penny... –susurra.

Me parte el alma la forma tan triste que tiene de decirlo, porque no sé si se debe a que estoy diciendo la verdad o a que sabe que soy el tipo de chica que no es capaz de imaginar otra verdad.

–No te preocupes por ayudarme, de verdad –le digo mientras empiezo a montar otra caja–. Tengo esto controlado, y Tate vendrá dentro de una hora.

–Vale –contesta ella lentamente–. Pero tengo que recoger unas cosas de mi cuarto, y luego me pasaré por el Brewery para ver cómo le va a Drew antes de volver a casa.

–Por lo de la masa de los pretzels, ¿no?

–El pobre no es capaz de hacerse con ella, sí –responde, meneando la cabeza–. No sé cómo se las va a arreglar mientras yo no esté... Bueno, si Tate va a venir pronto para echarte una mano, supongo que me puedo marchar.

–Sí, llegará enseguida.

–Solo quiero decirte una cosa más, Penny.

–¿Sí?

–Es sobre lo de anoche.

Mi estómago da una voltereta, y mis dedos estrujan sin querer el rollo de precinto.

–Caminar sobre las piedras llenas de limo a la luz de una linterna no fue una gran idea, lo sé –comento, tratando de mantener un tono ligero y no implorante. ¿No podría dejarlo pasar, olvidarse por una vez del trato implícito que tiene con mi madre?

–Vale, veo que tampoco quieres hablar de esto... Y lo entiendo, porque es verdad que resulta un poco incómodo. Pero deja que te pregunte una cosa: ¿estás teniendo cuidado? ¿Estáis tomando precauciones Tate y tú?

Me quedo en blanco, porque la primera pregunta tiene sentido, más o menos, pero la segunda –combinada con el tono de su voz– no la puedo comprender. Y su expresión también es extraña: no parece preocupada porque yo haya roto las normas de mi madre, sino resignada y tal vez un poco divertida. La miro pasmada hasta que ella continúa:

–Me refiero a si estáis tomando precauciones cuando... cuando estáis juntas. Sé que la educación sexual que dan en el insti no suele tener en cuenta el asunto LGTBI, y... Bueno, solo quiero que recordéis que, aunque no os tengáis que preocupar por los embarazos, hace falta tener en cuenta otras cosas, especialmente si las dos tuvisteis otras relaciones antes de estar juntas.

La charla educativa acaba por aclarármelo todo. No está hablando de hacer kayak, sino...

Anna nos vio llegar ayer a las tantas, despeinadas y... y desnudas debajo de las mantas. Y eso, combinado con la excusa tan absurda que se le ocurrió a Tate...

Dios, no.

Anna piensa que hicimos una escapada para...

Se me suben los colores tanto y tan deprisa que estoy segura de que tengo ruborizado el cuerpo entero. Anna piensa que estamos juntas... en plan juntas-juntas. En plan haciendo-cositas-juntas.

Si antes estaba hecha un lío, ahora estoy horrorizada. Me pregunto qué será peor: ¿que Anna piense que estoy liada con su hija, o que se dé cuenta de que se ha equivocado, porque en realidad me estoy dedicando a hacer kayak a escondidas? Y lo peor es que, mientras mi cerebro se plantea esa duda, al mismo tiempo no puede dejar de ver lo que pasó anoche en plan película, como si el error de Anna hubiera destapado algo que me he escondido a mí misma. Mis dedos recorriendo el hombro de Tate bajo el agua, enganchados en el tirante de su camiseta... ¿Cómo habría sido si no me hubiera detenido ahí, si hubiera seguido hasta rozar las pecas de sus clavículas? Y cuando los dedos de Tate se cerraron sobre los míos en la ventanilla del coche, como si pudiera envolverme entera y guardarme en la palma de su mano, ¿cómo habría sido permitirle que lo hiciera?

¿Permitirle traspasar mis barreras?

–Perdona, no pretendía meterme en vuestra vida –continúa Anna–. Solo quería asegurarme de que estáis...

–¡Sí! –exclamo rápidamente, porque necesito interrumpirla antes de que empiece a preguntarme si necesitamos que nos compre barreras bucales, o algo así–. Sí, sí, tranquila.

Ella esboza una sonrisa de alivio.

–Muy bien. Me alegro –responde, y me aprieta el hombro con suavidad–. No solo por eso, sino porque al fin os hayáis dado cuenta de lo vuestro.

Y luego se va tan tranquila, y yo me quedo ahí plantada porque alucino con eso de que «al fin» nos hayamos dado cuenta de... ¿«lo nuestro»?

Acabo de dejar que la madre de Tate se marche convencida de que...

Con lo cual, mi madre también va a pensar que...

Así que, durante un segundo, me permito yo también pensar en ello. En ella.

Como aquella noche en el granero, cuando su piel me pareció tan suave que, a veces, pienso que estaba más borracha de lo que pensaba, o que tal vez me lo imaginara. O como el día del porche, cuando sus labios ni siquiera llegaron a tocar mi piel porque solo rozaron las vendas y, aun así, me parece recordar su tacto. O como la noche del motel de Yreka...

No. No puedo pensar en eso.

No voy a hacerlo.

19

P: !!!!!

P: Meghan! Emergencia!

M: Qué pasa? Se enteró tu madre de lo de ayer?

P: Anna nos pilló al volver.

M: Y se lo ha dicho a tu madre!?

P: No.

P: Anna cree que...

Penny está escribiendo...
Penny está escribiendo...

P: A ver, no sé por qué, pero Anna cree que Tate y yo hicimos una escapada para hacer... Tú ya sabes.

M: Espera.

M: Un.

M: Momento.

M Me estás contando que la madre de Tate cree que estabais echando un polvazo en medio del bosque!?

En el arroyo. P

Es donde le dijo Tate que habíamos ido. P

M Suena muy aventurero.

M Pero un poco frío y cutrón, no?

M Infección de orina garantizada.

Meghan! P

M Qué pasa? Me parto con Anna!

Pues yo NO! P

Por qué se le ocurrió pensar eso?! P

M Cierto: por qué extraña razón podría pensar Anna que Tate y tú estáis liadas en secreto? Misterio misterioso...

M Y qué dijo cuando le contaste que no es cierto?

La verdad es que no se lo dije. P

M Por? Te parece que no está el horno para bollos, o qué?

M (Ja! Ahora mismo me apetece un montón hacer un chiste con lo de los bollos, pero si lo hago te vas a cabrear como una mona, verdad?)

Pues sí. P

Y le dejé que se lo creyera porque Anna le habría contado la verdad a mi madre! Y entonces, a la mierda todos nuestros planes. P

Además, Tate y yo hemos quedado en que no vamos a hacer nada que moleste a nuestras madres. P

Mañana nos vamos a Sacramento!! No es el momento de meternos en líos raros! P

M Y crees que a Anna le molestaría que Tate y tú NO estuvierais liadas??

La verdad es que parecía más bien contenta... P

Yo qué sé. P

Pero... P

Qué le voy a decir a Tate ahora? P

M NPI.

20

M Vivimos en un culebrón, Remington.

Qué ha pasado ahora? R

M Parece que no somos los únicos que se han dado cuenta del rollito Penny / Tate.

Y eso? R

M ANNA cree que están saliendo.

Pero no es cierto, no? R

M Claro que no es cierto. Para que lo fuera, las dos tendrían que putorreconocer SUS SENTIMIENTOS.

A Tate no se le da bien el asunto sentimientos. Siempre los oculta. R

Me siento un poco traidor por decir eso, porque yo soy igual. R

M Todos lo somos. Creo que es inevitable.

M Quiero decir que...

M Penny escapa de sus sentimientos.

M: Y yo los entierro debajo de una montaña de aficiones.

M: A veces es más fácil así.

M: No crees?

R: Sí.

R: Tienes razón.

M: Perdona, no pretendía ponerme tan intensa. Solo es que quiero que Penny sea feliz. Se lo merece. Y Tate TAMBIÉN.

R: Cierto.

M: Bueno, cambiemos de tema para ir a cosas más ligeras. Alguna novedad con la recaudación de fondos?

R: ???

M: Lo de la barbacoa para recaudar fondos que habíamos hablado.

R: Creía que no ibas en serio.

M: Pues es que he estado buscando cosas sobre las operaciones de trasplante, y parece que son una cosa muy gorda, tanto para el donante como para el trasplantado.

M: Anna y Lottie se van a pasar una buena temporada sin currar.

M: Y los tratamientos les van a costar una pasta.

R: Hacemos un crowdfunding en internet?

M: Se lo comenté a Penny y me dijo que a sus madres no les hace nada de gracia lo de difundir su historia y tal.

R: Vale, pues hacemos lo de la barbacoa.

R: Pero con la parrilla de la tienda no vamos a ninguna parte. Nos hace falta otra, al menos.

M: En el Brewery hay una.

R: Sabes manejarla?

M: Me puedes enseñar?

R: Sí.

M: Podemos vender también patatas fritas y refrescos.

M: Y pedir al dueño del Blackberry que nos done algunas tartas.

M: Voy a escribir una lista y hacer algunas llamadas.

R: Vale. Yo le pido a mi jefe que nos preste la parrilla y le pregunto a cuánto nos deja la carne.

21

24 DE JUNIO

M: Cómo vas?

P: Haciendo las maletas.

M: No las tenías hechas?

P: Estoy tratando de terminar el equipaje de mi madre.

P: Creo que nunca aprenderá a organizar una maleta en condiciones.

M: Oye, al final le dijiste algo a Tate?

M: O le contaste la verdad a Anna?

P: Ahora mismo no tengo tiempo para eso.

Meghan está escribiendo...
Meghan está escribiendo...

M: Vale.

P: Sé que quieres decirme algo. Suéltalo.

M Sí que quiero, sí.

M Pero me doy cuenta de que no es el momento.

M Tienes un montonazo de cosas entre manos.

M Así que...

M Que sepas que estoy aquí, vale?

Sabes que te quiero? P

M Más te vale!

M Yo tb.

22

25 DE JUNIO

R: La barbacoa es nuestra!
Y una donación de carne.

M: Toma ya!

R: Sabes a qué hora salen mañana?

M: Creo que temprano.

M: He quedado en ir allí por la mañana para que Marion me enseñe cómo regar el huerto mientras ellas están fuera.

M: Quieres venirte? Así te puedes despedir de Tate.

R: Sí.

R: Me parece bien.

R: Gracias, Meghan.

23

25 DE JUNIO

M Tranqui, no hace falta que respondas. Sé que estarás conduciendo.

M Solo quiero mandaros mucha buena energía a todas.

M Os quiero un montonazo. Y si necesitáis algo, sabes que puedo estar allí en 6 horas. En 5, si le piso bien.

M Llámame, aunque solo sea porque estás aburrida o porque necesitas echarte una siesta o porque quieres ganar a alguien jugando al Scrabble. Si me necesitas, allí estaré.

M Tardaré un ratito, obviamente.

M Pero iré.

M Te quiero! Escríbeme en cuanto llegues!

24

25 DE JUNIO

R: Buenas.

R: Supongo que estarás aún en el coche.

R: Sé que la operación de mañana va a ser gorda.

R: Mi madre me ha dicho que te diga que reza por vosotras.

T: Ya sabes que yo no creo en esas cosas.

R: Sí, se lo dije.

T: Y qué contestó?

R: Nada, solo suspiró.

R: Yo no estoy rezando por ti porque sé que esas cosas no te van. Pero me acuerdo mucho de vosotras.

R: Todo irá bien, ya lo verás. Estoy seguro.

R Si me necesitas, me planto
en Sacramento en un ratito.

R Eso sí, puede que Meghan se me pegue.

Estamos parando en una gasolinera.
Te tengo que dejar. T

Gracias, Remi. T

25

Penny

25 DE JUNIO

LOS PROBLEMAS EMPIEZAN en cuanto llegamos a la recepción del motel, un edificio de dos plantas pegado a la autopista. Debe de estar lleno, porque en el aparcamiento casi no quedan huecos.

Está a tres cuartos de hora del hospital; demasiado lejos, si hacemos caso de la lista de recomendaciones que nos dieron para el preoperatorio. Pero supongo que los cirujanos que escribieron esa lista nunca han tenido problemas de dinero y no se dan cuenta de lo caros que salen los hoteles en el centro. O lo mismo sí, porque no todos vendrán de familias ricas, digo yo.

Al principio no estoy muy atenta a lo que pasa. Me acabo de sentar junto a Tate y a Anna, después de ayudar a Tate a apartar todas las maletas para que su madre pueda estirar las piernas.

–Gracias, chicas –nos dice Anna mientras mi madre se acerca al recepcionista.

–Buenas noches –le saluda–. Tenemos tres habitaciones reservadas para esta noche, a nombre de Tate.

–Sí, aquí están. Tres habitaciones con cama de matrimonio, ¿verdad?

–¿Qué tal estás? –le pregunto a Anna.

–Un poco cansada, pero bien.

–A ver si nos dan rápido las habitaciones para que puedas descansar –dice Tate, lanzando una mirada al recepcionista.

–Perdón –dice mi madre–, pero lo que habíamos reservado era una habitación con cama de matrimonio y otras dos con camas individuales.

Se gira hacia nosotros y nos pide con un gesto que esperemos.

–Vaya por Dios –responde el recepcionista mientras teclea algo en su ordenador–. Ha debido de haber un malentendido al hacer la reserva... Me temo que no nos queda ninguna habitación con camas individuales para esta noche. Lo siento mucho.

–Bueno, no pasa nada –suspira mi madre–. No os importa compartir cama esta noche, ¿verdad, chicas? –pregunta, volviéndose otra vez para mirarnos con una sonrisa.

Ninguna de las dos contestamos; supongo que no sabemos ni qué decir. Me esfuerzo por no mirar a Anna de reojo. ¿Le parecerá mal?

Pero ella se echa a reír.

–No me digas que tengo que sobar contigo esta noche –le dice a mi madre.

–Pues sí. ¿Algún problema?

–¡Me vas a quitar las mantas! De niñas dormimos juntas mil veces y lo hacías siempre.

–Entonces, ¿Penny y yo también tenemos que compartir? –las interrumpe Tate.

Noto que me pongo roja, porque Tate parece espantada por la perspectiva.

–Bueno, una de las dos podría irse con Marion... –empieza a decir mi madre.

–Ah, no –la corta mi abuela–. Las ancianitas no compartimos cama con nadie.

–Yo... –Tate me mira y aparta rápidamente la mirada, y yo me ruborizo más aún. Debo de estar como un tomate, porque la cara me arde. Anna nos mira a las dos con una especie de complicidad extraña.

Mierda... Claro que nos mira con cara rara. Anna piensa que estamos saliendo... Joder, piensa que estamos liadas. Debe de pensar que estamos encantadas de que haya pasado esto. Pero Tate no lo está ni de lejos. ¿Cómo iba a estar contenta, si...?

Tate y yo no tenemos buenos recuerdos de las habitaciones de motel. Después de lo de Yreka...

Mi vida es un culebrón, pero yo soy la única que lo sabe.

–Vale, no pasa nada –digo rápidamente, porque ¿qué más puedo decir? No hay otra opción.

Dormiré en uno de los sillones o en el suelo. Ya veré cómo lo hago.

Prohibido estresar a las madres. Y ahora más que nunca, cuando solo quedan unas horas para que la vida de Anna y Tate mejore.

–Vale, nos quedamos con las habitaciones –le dice mi madre al recepcionista, y luego se acerca a nosotras para repartir las llaves–. Esta es la vuestra, chicas –indica, ofreciéndome un llavero de plástico–. Vamos a instalarnos, ¿no? Anna y yo estamos al final, en la doscientos uno, y tu abuela está en la doscientos ocho.

Tomo el llavero, que tiene estampado el número doscientos quince.

–Voy a sacar mis cosas –dice Tate sin más.

Estoy a punto de salir de la recepción tras ella cuando mi abuela me engancha de un brazo.

–¿Me ayudas a llevar mi equipaje, Penny?

La sigo hasta el coche de Anna y agarro su maleta, una Samsonite enorme de los tiempos en los que esas cosas no llevaban ruedas. Es tan pesada que tengo que agarrarla con las dos manos mientras subo la escalera que lleva a las habitaciones.

–Perfecto –suspira mi abuela cuando entramos en su cuarto.

Se sienta en la cama, se apoya en el cabecero, con las manos entrelazadas detrás de la cabeza, y da unos golpecitos en el colchón con el pie.

–Siéntate un rato, anda –me dice, y yo la obedezco–. ¿Qué tal ha ido el viaje?

–Bien –respondo.

–¿Y Tate? ¿Os habéis pasado todo el camino peleando para ver quién ponía sus CD en la radio del coche?

–Nos hemos repartido el tiempo –explico–. Y hemos puesto música con los móviles. En serio, deberías dejarme que te descargue algo de música en...

–Tengo mis vinilos –me corta ella–. Y no me gusta tener el móvil lleno de chirimbolos.

–Se llaman aplicaciones, abuela. Y los vinilos se llenan de raspones con el tiempo.

–Los raspones les dan carácter. En la vida no hay nada que permanezca intacto.

–Eso es... Bueno, vale, es cierto.

–¿Qué tal vas?

La miro con mi mejor sonrisa.

–Muy bien.

Ella se remueve en el colchón y ladea la cabeza.

–¿De verdad? –pregunta.

–Sí, claro.

–Eres tan trolera como tu padre –replica, y luego se queda mirándome sin decir nada.

Debe de pensar que así se me va a soltar la lengua, pero se equivoca.

–No has vuelto al hospital desde que... –dice al fin.

–No te preocupes por eso. Ya no soy una niña.

–Eso no tiene nada que ver, Penny –replica–. Me refiero a que deberías reconocer que lo pasaste muy mal en ese hospital. Y yo también, por cierto.

–Pues mi madre no.

Silencio. Está lleno de sobreentendidos, como siempre me pasa con mi abuela.

En los meses después de la muerte de mi padre, me pregunté en más de una ocasión si mi madre vendría a por mí alguna vez..., y estoy segura de que a mi abuela le ocurría lo mismo. Mi abuela estuvo a mi lado durante todos los avances y los pequeños logros del proceso de curación. Traté de agradecérselo una vez, al principio, cuando todo me dolía –no solo en el cuerpo, sino también en el corazón–. Ella resopló, me dio un beso en la cabeza y me dijo, en un susurro intenso y casi inaudible: *Jamás te abandonaré, bichito.*

Porque sabía que no era solo mi padre quien me había abandonado: mi madre también lo había hecho.

–Si tu padre estuviera aquí, se sentiría muy orgulloso de Lottie por hacer esto –dice mi abuela de pronto.

Doy un respingo. Llevo mucho tiempo esforzándome por esquivar su recuerdo, como si mi madre me hubiera condicionado mediante su silencio. Estoy tan acostumbrada a hacerlo que ni siquiera se me había ocurrido preguntarme qué le habría parecido todo esto.

A veces me asusta que la forma en que mi madre ha tratado de borrar a mi padre –como cuando destruyó todos sus retratos– se extienda al resto de nuestra vida. Me aterra pensar que tal vez haya ocurrido ya; que el no hablar de él lo haga desaparecer más rápido de nuestra memoria.

¿Qué se supone que ocurre cuando pierdes a alguien? ¿Es un cúmulo de dolor que crece más y más, como una bola de nieve que termina por engullirte? Pero no puede ser: se supone que la pena se borra con el tiempo, en lugar de empeorar. ¿Estará mi madre intentando ahorrarme todo eso?

¿Y tendrá razón mi abuela? ¿Estaría orgulloso él de mi madre? Recuerdo su cara sonriente y busco la respuesta en mi interior.

Sí.

Sí, se habría sentido muy orgulloso. *Mi mujer, la superheroína*, habría dicho, y habría venido a Sacramento con mi madre y con Anna, en lugar de mi abuela. Ella se habría quedado en Salt Creek, cuidando de Tate y de mí mientras él atendía a las dos después de la operación. Mi padre habría recaudado fondos y habría puesto a todo el mundo en marcha para salir adelante.

El solo hecho de imaginar esa historia alternativa por un segundo me deja sin aliento. Mi padre ha desaparecido de la historia de nuestra vida, después de que la suya se cortara de una forma brutal. Y pensar en él de esta forma...

Es algo nuevo para mí. Es una herida abierta. Es algo que nunca se me ocurrió hacer porque... Ay.

Todo sería más fácil con él aquí.

Muchísimo más fácil.

–Penny –dice mi abuela.

Respiro hondo y sacudo la cabeza, rogando para mis adentros que no se me salten las lágrimas.

–Estoy bien –contesto–. Es solo que el viaje se me ha hecho largo.

La vida se me ha hecho larga, y eso que solo tengo diecisiete años.

–Tu madre... Hace falta tener mucho valor para hacer lo que está haciendo.

–Lo sé.

–Pero ha habido momentos en los que ha sido muy cobarde –añade mi abuela. Se inclina hacia mí, me agarra fuerte de los hombros y me mira a los ojos–. Quiero que sepas que yo también lo pienso. Lo veo.

Asiento con la cabeza.

–Gracias –logro mascullar.

–¿Por qué no te duchas y descansas un rato, y luego salimos Tate, tú y yo a cenar? Tu madre y Anna no pueden comer antes de la operación, así que se quedarán aquí. Antes me pareció oír algo sobre un maratón de películas.

–Dios, no... Van a pasarse la noche viendo comedias románticas y recitando los diálogos –gimo–. Sí, por favor, sácanos de aquí.

Mi abuela se echa a reír.

–Tus deseos son órdenes, bichito. Ve a por tu equipaje y cuéntale el plan a Tate. En una hora iré a buscaros para elegir un restaurante.

Me levanto y me inclino para darle un beso en la frente.

–Te quiero, ¿sabes? –le digo.

–Más te vale –contesta ella, atusándome el pelo–. Yo también te quiero, corazón. Todo saldrá bien, ya lo verás.

Bajo al aparcamiento, saco mi maleta del coche y vuelvo a subir al corredor del primer piso en el que está mi habitación... o, más bien, nuestra habitación. Me esfuerzo por no arrastrar los pies, pero, cuanto más me acerco a la puerta doscientos quince, más difícil me resulta avanzar. No soy capaz de reprimir los recuerdos: yo, aporreando la puerta en el motel de Yreka. Era la habitación ciento cuarenta y tres, y sabía que Tate estaba al otro lado. Sabía que aquel lugar –ella– era mi único lugar seguro después de que Laurel...

Hago un esfuerzo y destierro esa escena de mi mente. No pinta nada aquí, en este momento. Ni en ningún otro, en realidad.

Respiro hondo, meto la llave en la cerradura, la giro, abro y arrastro la maleta adentro. Tate ya ha colocado su bolsa de deporte en el portaequipajes. Está abierta, y la ropa rebosa por uno de los lados. Mis ojos encuentran unos tirantes de encaje azul que tienen que pertenecer a un sujetador, y...

No puedo con esto.

La puerta se cierra a mi espalda. Tate levanta la mirada.

Estamos las dos solas en la habitación del motel.

26

Tate

25 DE JUNIO

PONGAMOS QUE ESTÁN A PUNTO de hacer a tu madre un trasplante de hígado. ¿Cuál es la única forma de asegurarse de que piensas en otra cosa, aunque solo sea un poco? Exacto: verte obligada a compartir una habitación que solo tiene una cama con la única chica con la que no puedes compartir cama.

Me paso los primeros cinco minutos tratando de no entrar en pánico, y los diez siguientes haciendo como que coloco el equipaje, aunque estoy absolutamente aterrada. Y entonces ella aparece, después de ayudar a Marion a colocar sus cosas. Tendría que haberme ofrecido a ayudarlas; ha sido muy egoísta por mi parte dejarlas tiradas.

Nos quedamos las dos de pie, yo en un lado de la cama de matrimonio y ella en el otro. Jamás me había dado cuenta de que una cama pudiera ser tan grande y tan pequeña al mismo tiempo. El silencio se alarga, y no voy a ser yo quien lo rompa.

Esto es un *déjà vu*, pero prefiero no sentirlo ni pensarlo.

Porque tenemos una norma. Está en el acuerdo de tregua.

«Prohibido hablar de Yreka».

Y eso supone que tampoco debo pensar en ello, porque, si lo hago, me perderé en ese torbellino, y eso es algo que no me puedo permitir. No me merece la pena dejar de pensar en el trasplante si, en su lugar, pienso en esto.

Me concentro en deshacer mi equipaje, aunque noto su mirada sobre mí. Al final, se acerca más a la cama, deja su maleta morada sobre ella y empieza a hacer lo mismo. Durante unos minutos, se dedica a llevar cosas del dormitorio al baño, y luego empieza a colgar ropa en el armario.

Yo no he traído nada que tenga que colgar, así que termino antes que ella y me quedo sin saber qué hacer. Por fin, agarro la bolsa de plástico en la que llevo el champú, la crema solar y demás cosas de aseo, y me voy al baño.

–Mi abuela ha dicho que nos invita a cenar por ahí –dice Penny.

–Vale –respondo antes de cerrar.

Me apoyo un momento en la puerta y trato de respirar mientras examino la bañera. Si cubro el fondo con un par de toallas, quizá pueda convertirla en una cama improvisada y dormir aquí...

O convencer a Marion durante la cena de que me deje dormir con ella... Pero ni siquiera he acabado de pensarlo cuando me doy cuenta de que no va a acceder.

Esto es un infierno... Joder, me he muerto y estoy en el infierno. Penny está al otro lado de esta puerta. Esto es mucho peor que tenerla al otro lado del pasillo, como en su casa. Aunque es cierto que lo peor de todo es compartir con ella un baño de verdad, lleno de sus cosas: su colección de botecitos de sales, sus velas que perfuman el aire... Por eso Penny siempre huele un poco a todo –a flores, a vainilla con un toque de especias...–, en lugar de a un perfume concreto. Ahora sé que Penny usa un tónico facial de agua de rosa y guarda sus discos de algodón en una cajita antigua de cristal verde con grabados, y esas son cosas que ya no podré olvidar.

Ya ha colocado aquí sus cosas de aseo. Su neceser es una nube hecha de tela de borreguito lila, y ese detalle hace que cobre conciencia de lo distintas que somos.

(Yo soy la bolsa de plástico transparente con cierre, manchada de pasta de dientes porque el tubo se destapó. Penny es una nube blandita hecha para que la quieran y la acaricien).

Me escaparé en cuanto se duerma, pasaré la noche en el coche y volveré antes de que se despierte. Ella procurará no darse cuenta de nada, como ya hizo una vez.

(La luz borrosa de Yreka aquella mañana, el calor que pesaba sobre mi estómago... Era su brazo que me ceñía, pero yo estaba dormida y no me daba cuenta. Solo sabía que estaba bien, que todo estaba bien).

Tardo más de cinco minutos en reunir las fuerzas suficientes para volver a la habitación. Penny ya ha terminado de colocar sus cosas, y ha abierto su cuaderno sobre la mesita que hay en un rincón del cuarto. Incluso ha traído una caja de plástico azul llena de útiles de escritorio: rotuladores caligráficos, sellos, tampones de tinta de colores, pegatinas...

–¿Estás preparando el plan de mañana? –le pregunto, y ella frunce el ceño–. No lo digo en plan mal; me parece muy bien que lo hagas –añado rápidamente, y veo cómo sus hombros se relajan.

–Lo siento –dice–. Es que estoy... –suspira, sin terminar la frase.

–Yo también.

La opción más fácil es atravesar la habitación y sentarme en la silla que hay frente a la de ella, porque la alternativa sería sentarme en la cama, y eso no va a ocurrir. Ni de coña.

(Otra vez, no).

–Mi abuela vendrá en veinte minutos o así –dice–. Quiere que elijamos un restaurante.

–¿En plan capricho?

–Sí, como si tuviéramos nueve años y nos sacara a cenar.

–Qué maja.

Penny hace un trazo de color naranja en la hoja y luego saca un rotulador negro de un estuchito bordado que, sin duda, ha hecho su madre.

–Sí, lo es.

–Marion es una pasada –añado.

Muy poca gente estaría dispuesta a hacer lo que va a hacer ella: abandonarlo todo durante meses para cuidar de Lottie y de mi madre. Sé que las quiere mucho a las dos. Pero Lottie se ha aislado en un campo de minas emocional que solo mi madre sabe cómo cruzar, y ahora Marion está entrando en él por su propia voluntad. Si eso no es admirable, no sé qué lo es.

Y sé que también nos quiere a nosotras dos. Pero Penny no deja de ser de su sangre, mientras que yo soy un polizón emocional.

–Sin ella, estaría perdida –comenta Penny, en un tono tan normal que noto que algo se remueve en mi interior.

Es como cuando levantas una piedra y ves debajo las lombrices y las larvas, la hierba muerta y el barro prensado; una huella en la tierra donde antes había algo sólido.

–Me alegro mucho de que la tengas a tu lado –digo.

Ella sigue coloreando en su cuaderno. Las etapas del plan están alineadas en una columna que empieza siendo naranja y se difumina hasta terminar en un rosa vivo: «Admisión», «Reunión inicial y preguntas», «Quirófano» y «Posoperatorio en UCI», junto a estimaciones del tiempo que llevará cada paso.

–Y yo me alegro de que tú también la tengas a tu lado –repone.

Su teléfono zumba sobre la mesa, y Penny le echa un vistazo.

–Hablando de la reina de Roma, como diría mi abuela... –dice, mientras cierra el cuaderno y empieza a organizar su arsenal de rotuladores.

Marion nos lleva a un restaurante tailandés, y las tres nos hinchamos a pollo satay y *mee krob* sin mencionar siquiera lo que va a ocurrir dentro de doce horas. Consigo escribir a mi madre solo un par de veces, y la segunda me responde con un vídeo de Lottie y ella cantando a voz en grito *In your Eyes* porque, al parecer, están viendo una vez más *Un gran amor*.

–Esas dos tienen una oreja enfrente de la otra –refunfuña Marion cuando corto el vídeo antes de que acabe.

–Nosotras también –se ríe Penny, señalándonos a ella y a mí. Y su comentario no debería hacer que me dé un saltito el estómago (porque, para ella, las dos somo un «nosotras», aunque solo sea por un segundo), pero lo hace.

–Tate tocaba la flauta dulce en la escuela –replica Marion–. Fui a un concierto suyo, aún me acuerdo.

–Ah, es verdad –asiente Penny con una sonrisa maliciosa–. Tú querías tocar la batería y no te dejaron.

–¿No fue esa la clase de la que te expulsaron por esconderte en el armario de los materiales?

–Tate... –me riñe Marion, a pesar de que ya han pasado más de diez años desde aquello.

–¡Es que no quería hacer música! –se indigna Penny–. Pedí que me apuntaran a dibujo, pero mi madre tardó en matricularme, y ya no había plazas cuando fuimos.

–Eso no es excusa –sentencia Marion, agarrando la cuenta que le ofrece la camarera.

Mientras volvemos al motel, Marion se apodera de la radio del coche y nos obliga a escuchar a los Beatles durante todo el camino de vuelta. Penny hace como que se mosquea cuando su abuela le dedica una estruendosa versión de *Yellow Submarine*. Yo, sin embargo, no me molesto en esconder mi sonrisa.

–Bueno, pues yo me voy a la cama –afirma Marion mientras subimos las escaleras.

Abraza a Penny y luego a mí y, por un segundo, solo quiero quedarme ahí con ella, segura entre sus brazos, porque jamás he visto que Marion rompa nada de lo que le cae entre las manos. Es la única persona que conozco de la que puedo decir eso, y me encantaría preguntarle cuál es su secreto... Porque, ahora mismo, lo único que me apetece es romperme.

–Tratad de dormir un poco, ¿vale? –dice Marion, en un tono que indica que sabe que es imposible.

–Voy a ver cómo está mi madre –respondo yo, decidida a retrasar todo lo que pueda el momento de ir a esa habitación y a esa cama.

Penny se encoge de hombros y se aleja por el corredor. Me digo a mí misma que eso es lo que quiero (no puede ser de otra manera) y echo a andar en dirección opuesta, hacia el cuarto de mi madre y Lottie. Tras comprobar que se oye el zumbido de la tele a través de la fina pared, llamo con suavidad.

Lottie ya se ha puesto el pijama (un conjunto de seda teñida con nudos en un tono azul grisáceo; sé que se lo ha hecho ella misma porque, hace unos años, le regaló uno igual a mi madre por Navidad). Veo a mi madre en la cama, de espaldas a mí. El portátil descascarillado de Lottie está encendido delante de ella, con la imagen congelada en una escena de *Una rubia muy legal*, si mi repertorio de películas de Reese Witherspoon no me engaña.

–¿Está despierta? –le pregunto a Lottie en un susurro casi inaudible, y ella asiente con la cabeza.

Me acerco a la cama mientras Lottie se vuelve a meter en ella por el otro lado.

–Hola, mamá –murmuro, atusándole el pelo para apartárselo de la frente.

Ella se da la vuelta para mirarme, pestañea con aire somnoliento y me sonríe.

–Hola, corazón. ¿Habéis cenado bien?

–Sí, sí. Marion nos ha llevado a un tailandés. Solo quería darte las buenas noches.

Sus manos encuentran las mías y las aprietan tres veces: *Te quiero.*

–Mañana será un gran día –afirma.

–El más grande, sí –contesto–. Bueno, te dejo que descanses. Además, quiero tumbarme para acabar de digerir la cena.

–Mañana tenemos que llegar temprano al hospital –me recuerda.

–Lo sé.

Le doy un beso en la frente, tratando de no demorarme, de no pensar en que quizá esta sea una de las últimas veces que lo hago. Luego, rodeo la cama para acercarme al otro lado.

–Buenas noches, Lottie –digo, y me inclino para darle un ligero beso en la mejilla, que creo que la sorprende–. Muchas gracias –le susurro al oído.

Ella deja escapar un suspiro tembloroso y me aprieta fuerte el brazo. Al incorporarme, veo que en sus ojos brilla la emoción que tantas veces busco en ellos, preguntándome por qué no se dirigirá hacia Penny.

–Buenas noches –le digo de nuevo, con una sonrisa que no llega a mis ojos.

Cierro la puerta a mi espalda y contemplo el corredor abierto que se extiende a un lado y a otro. A la derecha está la habitación que compartimos Penny y yo. Y abajo está la piscina ovalada, con una longitud que ni siquiera se acerca a los veinticinco metros. Pero no es el momento de ponerme quisquillosa.

(Y no puedo meterme en esa cama junto a Penny. Al menos, hasta que sea absolutamente necesario).

27

Penny

25 DE JUNIO

REPASO EL HORARIO que he escrito en mi cuaderno. La evolución desde el color naranja hasta el rosa chicle, del peligro a la seguridad.

«Admisión», «Reunión inicial y preguntas», «Quirófano» y «Posoperatorio en UCI».

La operación de mi madre empezará antes que la de Anna. Es obvio, si lo piensas, pero una nunca se para a pensar en esas cosas –en el procedimiento– hasta que las tienes delante. Mi madre pasará anestesiada unas seis horas, mientras le extirpan la mitad del hígado. Y la operación de Anna será aún más larga y complicada, con una recuperación mucho más costosa.

Ni siquiera he empezado a hacer el esquema de la recuperación. Debería hacerlo. Debería empezar ahora mismo.

Pero, mientras reviso la lista de pasos para mañana, las letras empiezan a emborronarse. Pestañeo con furia para aclarar mi visión, y lo único que consigo es que se me caigan las lágrimas. Quizá no sea bueno pensar tanto en esto. Al fin y al cabo, va a ocurrir de todos modos. Tal vez debería buscar otra cosa en la que pensar.

Me acerco a mi maleta y saco la bolsita que me preparó Meghan por si necesitaba relajarme. Dentro hay varias mascarillas faciales y una botella pequeña de zumo Martinelli de manzana y uva con burbujas. A mi madre le encantan las mascarillas coreanas, así que cojo una para ella y otra para Anna. Luego, agarro la cubitera para el hielo y la llave de la habitación. Después de ir a la máquina de hielo, me pasaré por su cuarto para darles las buenas noches.

De noche, todos los moteles dan mal rollo. Parecen espacios liminales, no-lugares. De hecho, supongo que eso es precisamente lo que son. Recojo rápidamente el hielo, subo las escaleras y me dirijo a la habitación de las madres. Estoy a punto de llamar a la puerta cuando oigo la voz de Anna por la ventana entreabierta:

–Has vuelto a quitarme las mantas –protesta.

–¡Te juro que lo hago sin querer!

¿Llamo o no? Me siento como una intrusa. Pero eso es lo que soy para mi madre, supongo: una intrusa en su vida.

–Antes vino Tate, ¿verdad? –pregunta Anna–. ¿O lo he soñado?

–No, vino entre dos de tus cabezadas. Se ha marchado, supongo que a nadar un rato.

–La piscina está cerrada.

–¿Y crees que eso se lo va a impedir? Esa chica tiene una voluntad de hierro –replica mi madre, con una admiración que me irrita.

–Igual que Penny –responde mi madre.

–Penny ni siquiera se digna a decirme qué quiere estudiar. Cada vez que saco el tema de la universidad, me corta.

–Estará nerviosa.

–O quizá esté dispuesta a cumplir su amenaza.

–¿Qué amenaza?

Mi madre suspira.

–¿Te acuerdas de lo furiosa que se puso cuando le vendí a Tim la parte del negocio de George? Yo le dije que tenía que hacerlo para asegurar su futuro y que pudiera ir a la universidad. Y ella se echó a reír y me dijo que me olvidara de eso, porque no pensaba perder el tiempo estudiando una carrera. Espero que fuera solo porque estaba enfadada..., pero ya sabes cómo es Penny –dice mi madre, y suelta una carcajada. Pero no hay alegría en ella; es un ruido sordo que se atasca en su garganta, de la misma forma en que las dos estamos atascadas fingiendo que todo va bien.

Me asusta pensar que tal vez eso sea lo único que queda entre nosotras, porque ya no somos capaces de reconocer nada real.

–Lottie, me has dicho mil veces que esto va a ser un nuevo comienzo para mí –dice Anna–. ¿No crees que también puede serlo para ti?

–Eso espero –responde mi madre sin más.

Sin verla, no sé distinguir si lo dice de corazón o no. Pero no puedo moverme; si lo hago, me verán. Así que, una vez más, me quedo estancada en la duda.

–A lo mejor a Penny le sienta bien pasar unas semanas en Salt Creek con Tate –comenta Anna con una risita pícara–. Me siento de lo más hipócrita, pero no creo que me hiciera mucha gracia que las dos durmieran juntas si una de ellas fuera un chico.

Oh, no. No. No, por Dios. No puede estar a punto de...

Pero sí. Se lo va a soltar, fijo.

–¿Qué? ¿De qué me estás hablando, Anna? –pregunta mi madre.

Aterrada, escucho cómo Anna suelta una risita aún más pícara que la anterior.

–Ah, ¿no te he dicho que nuestras hijas están saliendo? Vaya, se me debió de olvidar.

–¿Cómo? ¡No te creo! –protesta mi madre con voz aguda.

–Pues ya puedes ir empezando a creértelo, bonita. Las pillé colándose en casa a medio vestir... De hecho, las dos iban enrolladas en mantas de forma muy sugerente.

–Me estás tomando el pelo.

¿Cómo puedo cortar este horror? Pero no puedo, no puedo hacer nada. Dios, no sé cómo voy a salir de esta...

–Estaba reservándome la noticia para contártela en el momento adecuado –dice Anna–. Creo que no quieren que nos enteremos por ahora, así que no les digas nada.

–¿Por qué van a esconderse? Las dos conocemos su orientación, ¿no?

–Yo qué sé... Pero es mejor darles tiempo para que nos lo cuenten como es debido.

–¿Y cuánto hace que lo sabes? –pregunta mi madre, medio risueña y medio ofendida.

–Solo dos días.

–¡Anna, te voy a matar! ¿Por qué no me lo contaste enseguida? Y yo que estaba convencida de que Penny aún no había superado lo de Laurel...

Al oír el nombre de mi ex, doy tal respingo que estoy a punto de dejar caer la cubitera. De pronto, cobro conciencia de lo frías que tengo las manos.

–Pues parece que sí que lo ha hecho –replica Anna.

–Madre mía... –susurra mi madre–. ¡Esto es como una película!

–¿Te acuerdas de cuando estábamos embarazadas y decíamos que, si teníamos un chico y una chica, a lo mejor se casaban? Nunca se me ocurrió pensar que también podía ocurrir aunque fueran dos chicas.

–Ni a mí... Penny diría que somos demasiado heteronormativas.

¡Es que lo sois!, quiero contestar, pero cierro los labios con fuerza para no delatarme.

Anna resopla de risa.

–Bueno, en aquel momento lo éramos –dice.

–Me has dejado frita... Claro, por eso Penny ha estado saliendo a escondidas por las noches.

Me apoyo en la pared de estuco, esforzándome al mismo tiempo por respirar y por no hacerlo con demasiada fuerza. ¿Mi madre se ha dado cuenta de mis escapadas? Mierda, mierda, mierda. ¡Esto podría arruinarlo todo!

–¿Saliendo a escondidas? ¿Penny? –pregunta Anna.

–Ella cree que no me he dado cuenta.

–¿Y no la has esperado despierta alguna noche para preguntarle adónde ha ido?

–¿Para qué? ¿Para que se cierre más aún? De todos modos, si solo era para verse con Tate...

–Imposible: Tate no ha salido de noche últimamente –replica Anna con firmeza.

Mi madre se echa a reír.

–¿Estás segura?

–Se levanta a las cinco todas las mañanas, Lottie. Por más que Tate le tome el pelo a Penny por sus planificaciones y sus cuadernos, mi hija es tan metódica como la tuya.

–Dios, esos cuadernos me matan –gime mi madre. Siento un destello de furia, pero se disipa al oír lo siguiente que dice–: No te imaginas los collages que ha estado haciendo dentro... Son buenísimos, pero no me deja ni mirarlos. Había uno precioso de un jardín lleno de flores decrépitas, una cosa muy macabra... Me habría pasado una hora mirándolo, pero a los cinco segundos me cerró el cuaderno en las narices.

–Tú haces lo mismo con tu cuaderno de bocetos –señala Anna con suavidad, y mi madre se echa a reír.

–Me has pillado –responde.

–De tal palo, tal astilla...

–Mi hija es George en chica, y tú lo sabes.

¿Cuánto hace que no la oía decir su nombre? Antes era una constante en mi vida: mi madre llamando a mi padre, diciendo su nombre entre risas mientras él la besaba en la mejilla, murmurándolo contra su cara mientras los dos bailaban en la cocina... Y luego, de golpe, dejó de pronunciarlo. Es como si mi madre sintiera que, desde el momento en que grabaron ese nombre en la lápida, el hecho de decirlo en alto pudiera invocar todos los errores que ha cometido.

Dile a tu madre que la quiero.

–La verdad es que a veces es clavada a él, sí –asiente Anna.

–El psicólogo al que me obligaron a ir para que certificara que estoy lo bastante cuerda para pasarte el chuletón...

–¿Es así como vamos a llamar al trozo de hígado que vas a donarme?

–Pensaba llamarlo Eunice, pero aún me acuerdo de la lata que me dabas con los nombres de chica que me gustaban.

–Tu inclinación por los nombres de señora mayor es un poco extraña, Lottie. Penelope es un nombre precioso, de acuerdo, pero Gertrude es un pasaporte seguro al acoso escolar.

–¡Gertie y Trudie son dos apodos adorables! En fin, la cosa es que el psicólogo me dijo que hablo de Penny como si no fuera medio mía, y yo le respondí que esa niña nació preguntando: «¿Dónde está papá?», y lo siguiente que dijo fue: «¿Dónde está el río?».

Anna se ríe con suavidad.

–Era el ojito derecho de su padre, eso es cierto. Pero también tiene mucho de ti, sobre todo de cuando eras pequeña. Ha sacado tu faceta de tiradora de piedras.

Mi madre contiene una carcajada.

–Durante el camino me he ido acordando de esa historia, ¿sabes? –comenta.

Frunzo el ceño y trato de hacer memoria, pero no me suena ninguna anécdota en la que mi madre tirase piedras. ¿A quién se las iba a tirar, además?

–Aún tengo una cicatriz en el interior del muslo –añade–, de cuando me subía a aquellos robles tan viejos para esperarlos.

¿Esperarlos? ¿A quiénes? Pero me parece que me voy a quedar con las ganas de saberlo, porque Anna cambia de tema:

–Me salvaste entonces, y ahora lo vas a hacer otra vez.

–Dos veces en casi treinta años... No está mal, teniendo en cuenta todas las veces que me has salvado el culo tú a mí –replica mi madre con ligereza forzada.

–Nos estás haciendo a Tate y a mí un regalo enorme –afirma Anna–. Nunca lo olvidaré.

–Ah, no: prometiste que no te ibas a poner moñas –le recuerda mi madre, pero de pronto toma aire como si estuviera a punto de romper a llorar–. Te quiero. Lo sabes, ¿no?

–Eso espero, en vista de que quizá lleguemos a ser suegras –responde Anna.

–Ufff... Eso sería la bomba.

Mi madre se echa a reír con una carcajada estruendosa, tan genuina como poco frecuente –al menos, cerca de mí–. Me recreo en su sonido un momento y luego regreso a mi habitación, con la cubitera goteando entre mis dedos.

28

25 DE JUNIO

P: Por qué siempre me pasan estas cosas?

M: Qué ha ocurrido?

P: Anna le ha contado a mi madre que Tate y yo estamos saliendo (ya sabes que es mentira, pero ella cree que no).

M: Joooder. Qué vas a hacer?

P: Ya lo pensaré mañana. O pasado. O nunca.

M: Se lo vas a contar a Tate?

P: Está en la piscina.

M: ?

M: Pero no se quedará ahí para siempre. Se lo puedes decir en un rato.

Ni de coña. Esta noche no puedo. Tengo que solucionar el lío de la cama. P

M Qué lío de la cama?

Los del motel se confundieron y nos han dado una habitación con una cama doble. P

Meghan está escribiendo...
Meghan está escribiendo...

M Lo único que se me ocurre decirte es 😂.

Meghan! P

M Lo siento, pero me meo!

Qué hago?? P

M Liarte con ella? Así, al menos, vuestras madres tendrán razones para pensar mal.

No seas absurda. P

M Pues hazte la dormida cuando vuelva de la piscina.

Ah, claro. P

Buena idea. P

Puedo hacer eso. P

Bueno, te dejo. P

♥ P

29

Tate

26 DE JUNIO

–¿HABÉIS DORMIDO BIEN? –me pregunta mi madre desde la cama del hospital.

–Yo no he pegado ojo –respondo.

–No te habrá dado la lata Penny, ¿verdad? –dice mientras cambia una carta de sitio.

–Qué va. Ya estaba dormida cuando llegué de la piscina. Fueron los nervios.

–Menos mal que no ronca como Lottie...

Me echo a reír sin levantar la mirada de mis cartas. A estas alturas, jugar a las cartas mientras esperamos a que la metan en el quirófano se ha convertido en una especie de tradición. El resto de la baraja está en la mesita plegable que se puede colocar sobre la cama.

Cuando era pequeña, jugábamos a cosas muy sencillas, pero mi madre me enseñó juegos más sofisticados a medida que fui creciendo. Hoy, sin embargo, hemos elegido uno muy fácil: el solitario doble. Ya vamos por la segunda partida, a pesar de que las enfermeras no hacen más que entrar y salir y de que Marion me escribe cada cuarto de hora.

–Podías dejarme ganar, al menos –protesta mi madre cuando vuelvo a darle una paliza.

–Y tú podías haber elegido un juego que se te diera mejor.

–Si nos metemos en una partida de póker, no podré dejar de pensar en ello hasta que me lleven al quirófano.

Levanto la cabeza para mirar la hora. Se llevaron a Lottie hace un buen rato, pero su operación –según el horario de Penny– puede durar hasta seis horas. El trasplante de mi madre les llevará casi el doble.

En un ratito se la llevarán para empezar a prepararla. Y entonces tendré que sentarme en la sala de fuera, sin nada que hacer salvo esperar durante horas y rogar que todo salga bien.

–Pareces triste, corazón. Ven aquí, anda.

Mi madre aparta la mesa y me llama con el dedo, curvándolo como una bruja de cuento. Las risotadas de bruja malvada le salen como a nadie; son todo un éxito en el Festival del Terror Cervecero que organiza el Brewery todos los años por Halloween, en Miller's Field.

–Estoy bien –replico. En realidad, si no me meto en la cama con ella es solo porque tiene una vía en el brazo y me da miedo desengancharla.

–Hueles a pomelo –comenta.

–Esta mañana me eché sin querer la loción corporal de Penny.

–Me alegro mucho de que la tengas a tu lado en este momento –dice sin soltarme.

Me da miedo apretarle la mano con tanta fuerza como ella está apretando la mía porque, si lo hago, se dará cuenta de lo asustada que estoy en realidad.

No es la primera vez que nos encontramos en esta situación. Bueno, no en esta exactamente; me refiero a este momento intermedio, cuando ya ves la luz al final del túnel pero sabes que aún se puede apagar de repente.

–Corazón, van a venir ya a por mí –me dice.

–Mamá...

Pero esta es una de las pocas normas que me ha impuesto: no puedo ver cómo se la llevan en la camilla. La razón es que ella misma presenció cómo se llevaban así a su madre y no volvió a verla jamás: mi abuela murió de cáncer de ovarios antes de que yo naciera, cuando mi madre aún era una adolescente.

(Joder... Ahora que lo pienso, debía de tener más o menos mi edad).

Supongo que las dos compartimos nuestro papel de cuidadoras, aunque nunca me había parado a pensarlo hasta ahora mismo. Ella cuidó de su madre, porque su padre se marchó en cuanto le dieron el diagnóstico de cáncer de ovario. Y yo trato de cuidar de la mía, porque el tipo que donó mi esperma –no puedo llamarlo «padre»– ni siquiera se quedó el tiempo suficiente para ver cómo se coloreaba el test de embarazo.

¿Estamos condenadas las mujeres de mi familia a repetir la misma historia? Quizá ser hija consista precisamente en eso: elegir si quieres seguir el camino que trazó tu madre –y su madre, y la madre de su madre– o romper con él. No sé si yo acabaré emparejándome con alguien que me abandone; solo sé que no voy a perder a mi madre con diecisiete años, como le ocurrió a ella. (Una chispa de esperanza dentro de un miedo demasiado intenso para controlarlo).

Hemos estado en este punto tantas veces que sé lo que viene ahora: una lista de instrucciones por si ocurre lo peor. Conozco todos los puntos: dónde están las contraseñas, los documentos legales y el fondo de emergencia (sé perfectamente dónde lo guarda: en una lata de café, en el fondo de su armario). Y luego: «Te quiero, Tate. Eres lo mejor que he hecho jamás, no lo dudes».

Pero no sé si tengo fuerzas para repetir esa escena. Y es como si ella se diera cuenta, porque de pronto me dice:

–¿Te he contado alguna vez cómo nos hicimos amigas Lottie y yo?

Frunzo el ceño y examino la bolsa del gotero.

–¿Te han dado ya algún sedante? Sé perfectamente cómo os conocisteis.

–No es lo mismo conocerse que hacerse amigas –replica ella con tono misterioso.

–Lottie siempre dice que fue amistad a primera vista.

–A Lottie le gusta adornar las cosas. En realidad, durante el primer año no nos llevábamos especialmente bien. A mí, Lottie me parecía una estirada.

–Bueno, algo de eso hay, ¿no?

–A ver, tiene sus momentos –reconoce mi madre–. Pero entonces hizo una cosa que me sorprendió... Que me salvó, en realidad.

–¿Cuál?

Es la primera vez que oigo algo así. Lottie siempre dice que se hicieron amigas un día en que mi madre mangó una cosa en la gasolinera y ella mintió para que no la descubrieran.

–Cuando éramos pequeñas, este condado era mucho más peligroso. Sobre todo, la zona del río, cerca de Blue Basin. Había una banda de chicos que se habían hecho los amos del lugar; tenían a todo el mundo aterrorizado. Si te pillaban a solas... –sacude la cabeza–. Te robaban todo lo que llevabas y te podían pegar una paliza de muerte, y a una chica la... –se vuelve a interrumpir, y mi mente empieza a rellenar a toda prisa los huecos de su silencio.

De pronto, me invade un fogonazo de terror.

–¿Y tú...? ¿A ti te...?

No puede querer decirme lo que estoy pensando, ¿verdad?

Ella me sostiene la mirada.

–Había un rumor sobre una chica a la que habían violado. Se fue del pueblo de repente. Todas lo sabíamos: la historia iba pasando de unas a otras, de la misma forma en que pasaban los consejos sobre la forma de maquillarnos o sobre las mejores horas a las que cruzar el puente de Vollmer para evitar a aquellos chicos.

–Mamá, eso es superchungo. ¿Por qué no se lo contasteis a alguien, o lo denunciasteis?

–En parte, porque a mí no me criaron como yo te he criado a ti. Ni siquiera se me pasaba por la cabeza contarlo. Y, si lo hubiera hecho, lo más seguro es que me hubieran contestado que eran cosas de chicos, o algo así.

Sus labios se tuercen en una mueca de disgusto, lo mismo que los míos. Por un momento, somos como gemelas; las escasas diferencias entre nuestros rasgos quedan disueltas en nuestro gesto compartido.

–Además –continua–, ¿dónde lo íbamos a denunciar? Tres de los chicos eran parientes de los ayudantes del sheriff. Y la chica se marchó del pueblo sin decir nada –se encoge de hombros–. No puedes culpar a la gente por negarse a recurrir a un sistema que no está diseñado para ayudarla. La chica hizo lo que pudo, y procuró poner sobre aviso a las demás.

–Y entonces, ¿los chicos fueron a por ti?

Asiente con la cabeza.

–Uno de ellos se dedicaba a estirar la parte de atrás de mi sujetador y soltarla de repente mientras estábamos en clase. Un día, le di un empujón, y el profesor me castigó a quedarme después de las clases –resopla–. Dios, cómo odiaba al de historia... El caso es que, cuando salí del instituto, los chicos me estaban esperando.

Se queda callada un rato largo, con los ojos clavados en la vía que tiene en la mano. Tiene las venas muy finas, así que le han clavado la aguja en el dorso, en lugar de hacerlo en el interior del brazo.

–No tienes por qué contármelo si no quieres –le digo.

–Es que sí que quiero –replica–. Quiero que me entiendas, porque soy consciente de la pregunta que te haces una y otra vez: por qué Lottie y yo somos Lottie-y-yo.

Se mete un mechón de pelo tras la oreja. En unos minutos, cuando se la lleven al quirófano, se lo cubrirán con un gorro azul, pero por ahora lo tiene descubierto y recogido en una trenza.

–Los chicos me acorralaron –dice– y me quitaron la bici y la mochila. Pensé que tal vez se contentaran con eso; pero, después de robarme mis cosas, el ambiente cambió. Su risa, la forma en la que algunos me miraban... Todo se hizo más afilado, más pesado, como si el propio aire pudiera hacerme tanto daño como aquellos chicos. Yo estaba aterrada; creo que no he pasado tanto miedo en mi vida. Y entonces, el más grande me agarró del brazo.

¿Se dará cuenta de que se está frotando ese mismo brazo de manera inconsciente?

–Yo estaba decidida a resistirme –continúa–. Pero, antes de que pudiera hacerlo... –la sonrisa que se extiende por su rostro es tan incongruente con lo que me está contando que siento un tirón, como si me hubiera enganchado con un anzuelo–. De pronto, empezaron a lloverles pedradas, como si hubiera encima de nosotros un dios vengativo empeñado en castigarlos. Una de las piedras le dio en toda la cabeza al jefe de la banda, que era el que me tiraba siempre del sujetador, y cayó redondo al suelo. Fue... ¡bum! –chasquea los dedos–. Se quedó allí frito, cuajado –su sonrisa se ensancha–. Los demás salieron por patas –añade, torciendo la boca en una mueca de disgusto–. Yo me puse a mirar por todas partes, alucinada, sin saber quién me había salvado... Y, de pronto, la vi bajar de un árbol: era Lottie, con su camisetita de niña buena y sus vaqueros Calvin Klein, cargada con una mochila repleta de piedras.

No soy capaz de imaginármela, pero, al mismo tiempo, me la imagino perfectamente. Porque Penny es la hija de Lottie, y también es la chica que se pasó una semana en el bosque con un hacha..., de la misma forma en que, de pronto, su madre se ha convertido en la chica que trepaba a los árboles cargada de piedras. Así que esa osadía cargada de adrenalina que tiene Penny no le viene solo de su padre...

Sí, ahora me doy cuenta de que Lottie también la tiene. Solo que en ella se manifiesta de forma distinta, en arranques repentinos... y, a veces, muy nocivos.

Pero, ahora, ese no es el caso. Y tampoco lo fue en la historia que me acaba de contar mi madre.

–Te salvó –digo.

–Lottie era amiga de la chica que se marchó –responde ella–. Y, cuando la chica desapareció del pueblo...,

–... Lottie supo por qué lo había hecho –completo.

–Eso es, y se aseguró de que las demás supiéramos que había que tener cuidado con aquellos tipos.

–¿Fue ella quien lanzó el rumor?

Mi madre asiente.

–Y no solo eso. También empezó a montar guardia en el bosque. En aquella época se le daba bien trepar a los árboles, y era la estrella del equipo de softball.

–Qué grande –comento, con una reticencia que no puedo evitar.

–Se arriesgó por mí –asiente mi madre–, igual que lo está haciendo ahora.

–Me alegro de que lo hiciera –respondo–, tanto entonces como ahora. No sabes cuánto me alegro, mamá. Pero... –me interrumpo.

Quiero a Lottie con toda el alma, de verdad. Pero, al mismo tiempo, albergo sentimientos contradictorios por ella, y eso a veces me pesa. Es como si tuviera que rastrillar un montón de arena para encontrar una perla perdida.

–Pero, al mismo tiempo –prosigo–, hay cosas de ella que tú también tienes que ver, mamá.

–¿Como qué?

–Como que no se arriesgó por Penny.

Mi madre aparta la mirada y agacha la cabeza, como si le doliera oírlo. Pero sé que es cierto, porque yo estaba allí. Y si no puedes hablar de las verdades que duelen, ¿cómo vas a apañártelas para sobrevivir?

–Aprecio mucho a Lottie y le agradezco un montón lo que está haciendo. Pero... –me interrumpo, incapaz de terminar.

Ella estira el brazo, me agarra la mano y aprieta una vez, dos, tres. *Te quiero.* Un mensaje secreto y silencioso.

–Pero también quieres a otras personas –termina ella la frase.

No retiro la mano de golpe –tengo que ir con cuidado, porque me la está agarrando con la mano en la que tiene la vía–, aunque me gustaría hacerlo. Mi corazón traicionero se acelera, y una oleada de calor me sube a las mejillas.

–Me parece bien, ¿sabes? –dice mi madre con suavidad–. Me parece bien que estés en el bando de Penny.

Mi estómago se contrae. Cuando mis ojos se encuentran con los de mi madre, no intento esconder las lágrimas.

–Mamá –digo, oyendo el eco de una conversación lejana: la que mantuve con Penny cuando me quedé junto a ella en el porche de su casa, en lugar de ir al funeral–. Aquí no debería haber bandos.

–Ay, corazón... –murmura. No parece triste; de hecho, me mira como si acabara de golpearla un rayo–. Joder –dice sacudiendo la cabeza–. Tienes razón. Es... Es cierto, hija.

Pero no podemos seguir hablando porque, en ese momento, tres enfermeras entran en la habitación.

–Ha llegado el gran día, Anna –dice una de ellas–. Yo soy Jessie. ¿Qué tal te encuentras?

Mi madre se incorpora en la cama y se recoloca el camisón del hospital.

–Bien..., nerviosa. Es un... un gran día –contesta, con la voz trémula por el peso del momento.

–¿Es esta tu hija? –pregunta la enfermera.

–Sí, esta es Tate –responde mi madre, mientras otra enfermera se inclina para comprobar la vía de su mano.

–Hola –saludo con un gesto.

–Bueno, corazón... –dice mi madre.

–No –protesto.

–Ha llegado el momento de que te marches –insiste–. La próxima vez que me veas, seré una mujer nueva.

–No sabes lo que se te viene encima, mundo –bromeo.

Ella se inclina hacia delante, con cuidado de no descolocar los goteros, y me rodea la cara con las manos.

–¿Sabes qué es lo que más me gusta de ti? –pregunta.

–¿Lo graciosa que soy?

–Bueno, eso es lo primero, por supuesto –responde con cara de póker–. Pero lo segundo es la forma en la que luchas por la gente que te rodea. Te plantas y dices: «Esto no está bien». Quiero que sigas así siempre, hija. Que nunca dejes de decir las verdades.

Sus manos me aprietan las mejillas casi con demasiada fuerza.

–Te lo prometo –digo.

Sé que, si seguimos por aquí, vamos a acabar las dos llorando a moco tendido, y no quiero que los cirujanos la vean así.

–Estaré aquí esperándote, ¿vale? –digo.

Le doy un beso en la frente, porque un abrazo podría acabar con todos los goteros enredados. Mi mano vuelve a encontrar la suya.

–¿Sabes qué? No me importaría hacer un maratón de episodios de la juez Judy cuando despierte.

–Me lo apunto –respondo. No quiero soltarla, pero tengo que hacerlo–. Te quiero.

–Yo también te quiero, corazón. Antes de que te des cuenta, estaré en pie y estrenando hígado.

–Bueno, bueno, no nos precipitemos –contesto.

Mi comentario le arranca una carcajada, y me alegro al ver que, mientras me alejo, ella me mira con una sonrisa. Es un buen recuerdo de este momento: la parte esperanzada del camino, antes de emprender la larga escalada.

Jessie me indica dónde está la sala de espera para los familiares, y mientras atravieso el vestíbulo abarrotado, siento que los sonidos laten al ritmo de mi corazón, lentos y estables. Es casi como si se burlasen de mí, recordándome que estoy fuerte y gozo de buena salud, y que siempre ha sido así. No me siento exactamente como en un sueño, sino más bien como si estuviera mirando un cuadro: cuanto más me acerco a la realidad, más me doy cuenta de que está hecha de texturas y manchurrones de color.

La sala es pequeña, pero resulta agradable. Cuando entro, la cabeza de Penny se levanta tan rápido que me sorprende que no choque con la pared de detrás.

Nuestros ojos se encuentran. Su piel está descolorida bajo las pecas, y se ha deshecho la coleta que llevaba cuando la vi por última vez. Ahora, el pelo le cuelga desordenado alrededor de la cara. Debe de llevar un buen rato mordiéndose los labios, porque veo las marcas rojas de los dientes desde aquí.

Las dos nos quedamos inmóviles. No puedo apartar la mirada. De pronto, me doy cuenta de que Penny es la única persona que me comprende. Las dos podemos perder lo mismo por la misma razón.

Y, ahora mismo, solo podemos esperar y pensar.

Y preocuparnos.

Porque algunas chicas jamás consiguen ciertas cosas.

Pero, al final, todas las chicas pierden a sus madres... o son perdidas por ellas.

30

Tate

26 DE JUNIO

¿ESPERAR? Soy una experta en el tema.

El medio minuto antes del inicio de las carreras, cuando te aferras a la plataforma de salida agazapada y tensa, aguardando el momento de desatar toda tu fuerza.

Las horas después de que mi madre se desplomara en el trabajo y Marion fuera a recogerme al colegio, empeñada en explicármelo sin pronunciar la palabra «cáncer» porque, a pesar de que solo tenía ocho años, era consciente de que el cáncer era algo muy malo.

Los días después de que la diagnosticaran –un embrollo de idas y venidas con George recogiéndonos del colegio a Penny a mí, mientras Lottie llevaba a mi madre de una consulta médica a otra– y las noches en el cuarto de Penny, tratando de contener las lágrimas para que no me oyera.

Los meses después de que le quitaran los ovarios, con la esperanza de que eso frenara el avance de la enfermedad.

Las semanas de quimio después de que yo cumpliera nueve años, con mi madre cada vez más apagada, cuando yo ya era lo bastante mayor para comprender que el tratamiento era muy duro, pero que también era lo único que se interponía entre mi madre y el cáncer.

Los años –más de dos– en los que todos contuvimos el aliento a la espera de oír la palabra «remisión».

Y luego, los que pasamos construyendo unos cimientos nuevos y aún inestables, que saltaron por los aires al aparecer una enfermedad distinta.

He pasado mucho tiempo esperando a que mi madre se curase.

(Para ser sincera, he pasado mucho tiempo esperando a que se muriera, pero eso es difícil de reconocer. Al final, una niña asustada de nueve años es más franca consigo misma que una chica aterrada de diecisiete. A veces me gustaría volver a tener nueve años, pero sé que no estaría hoy aquí si no me hubiera convertido en la que soy ahora. A veces, hay que estar a la altura de las circunstancias. Y, cuando las circunstancias son la vida o la muerte, no queda más remedio que estar a la altura).

He esperado muchas cosas, algunas que están a mi alcance y otras que no lo están. (La colcha de aquel motel, rasposa por el calor de Yreka; la mano de Penny girando, sus dedos refugiándose en los míos; nuestros cuerpos hombro con hombro, dos reflejos a los lados del espejo).

Me gustaría decir que se me da bien esperar, pero lo cierto es que solo sé fingir que se me da bien. «Tu hija, la estoica», le dijo una vez Lottie a mi madre, y ahí fue cuando me di cuenta de que había conseguido ocultar a todo el mundo la tormenta que rugía en mi interior.

Así que las dos esperamos. Marion trata de llevarnos a comer, y las dos rehusamos. Cada vez que alguien pasa frente a la ventana de la sala, la cabeza de Penny se alza de golpe y sus ojos lo siguen, como si fueran el único obstáculo que la separa de la salvación.

Yo saco la baraja que me he traído y la reparto en siete montoncitos, esforzándome por no mirar el reloj de la pared. Me pierdo en el orden del juego: números descendentes, colores alternos.

Esperamos. Yo me concentro en las cartas: negra, roja, negra, roja.

Penny se muerde los labios y después las uñas, arruinándose el esmalte negro y dorado. No despega los ojos del reloj, como si así pudiera hacerlo ir más rápido.

–Penny, anda, coge esto y vete a sacar algo de comida de la máquina, por lo menos –le pide Marion mientras le ofrece un billete de cinco dólares.

Ella le lanza una mirada rápida: lo justo para no resultar maleducada, porque no sé de nadie capaz de tratar a Marion con mala educación.

–No te preocupes, abuela –replica vagamente antes de volver a clavar la mirada en el reloj.

Roja. Negra. Roja. Negra. Los chasquidos leves de las cartas se intercalan con el tictac del reloj.

–¡Au! –exclamo cuando el filo de una carta se engancha en la yema de mi pulgar.

La cara de Penny se vuelve hacia mí mientras me chupo el dedo, tratando de ignorar el dolor del corte.

–Toma –me dice, ofreciéndome una cajita de caramelos de menta que se acaba de sacar del bolso.

–¿Tan mal me huele el aliento? –le pregunto. Pero, al abrir la caja, me doy cuenta de que es un botiquín en miniatura con tiritas, pomada antibiótica y un blíster de aspirinas–. Siempre serás una scout –la pincho, solo por el gusto de ver cómo le brillan los ojos.

–Lo que pasa es que te da rabia que vendiera muchas más galletitas que tú.

–Y tú sigues furiosa porque no te dieran una insignia por haber sobrevivido en el bosque con solo un hacha.

–Que sepas que escribí una carta al respecto y la mandé al... –su voz se corta de golpe, y la fiereza que había en ella se desvanece.

Sigo su mirada y veo una médica que se aproxima a nuestra sala, con la cabeza cubierta por un gorrito verde.

–Ay, Dios... Esa es la cirujana –murmura.

Mis manos encuentran las suyas, y me las aprieta tan fuerte que me dolería si tuviera la cabeza en su sitio.

(Pero nunca la tengo cuando estoy cerca de Penny).

Sobre todo, ahora que la cirujana está a veinte pasos de nosotras. Una eternidad, unas fauces abiertas para engullirnos.

Diez pasos.

Cinco.

Tres.

Dos.

La cirujana empuja la puerta y entra.

31

26 DE JUNIO

P: Mi madre ha salido del quirófano y está recuperándose en la UCI!

M: YUJU!!!

M: 🎉🎉🎉🎉🎉🎉

P: Cuando la médica entró, estuve a punto de potar allí mismo.

P: Me faltó un pelín para llenarle los zuecos de vómito.

P: Menos mal que me pude aguantar.

P: Dijo que todo había salido muy bien.

P: Y que mi madre tiene un hígado precioso.

P: No estoy segura de qué quiere decir eso, la verdad.

M: Aaaaaay, QUÉ ALIVIO!

M: Y Anna, qué tal?

P: No sabemos nada aún.

P: Tengo que volver con Tate.
En la sala de espera hay una cobertura de mierda, así que he tenido que salir para hablar contigo.

M: Ya verás como el resto sale igual de bien!
Solo os quedan unas horitas más.

32

Penny

26 DE JUNIO

CUANTAS MÁS HORAS PASAN, más horrible es esto. Es como si el peso del tiempo nos fuera aplastando a las tres, aquí metidas en la sala de espera.

Los ojos me escuecen por la falta de sueño. Tendría que haberme acordado de traer colirio, pero no lo he hecho, y la tienda de abajo cerró hace horas. Ya es más de medianoche.

Esto es demasiado largo. La operación de Anna empezó a las doce del mediodía. Se suponía que podía durar hasta doce horas, no más.

Un médico se pasó a informarnos hace tres horas. ¿O fueron cuatro? Dijo que todo marchaba bien.

¿Se habrán torcido después las cosas? Esa es la pregunta que nos hacemos las tres, estoy segura, aunque Tate sigue jugando al solitario y yo estoy aquí sentada, mirando en silencio cómo juega, porque me parece que es lo que ella quiere. ¿Hablar? No, por Dios, cómo vamos a hacer eso.

En todo caso, ¿qué le podría decir?

¿Y qué haremos si Anna...?

No pienses en eso. No, joder: no se te ocurra pensar eso mientras estás en esta sala, en este lugar, a solo unos metros del quirófano donde tal vez Anna se esté debatiendo entre la vida y la muerte.

Pero Anna es una luchadora de los pies a la cabeza. Su historia es inspiradora, y no en plan «enferma crónica que ha sabido tirar adelante pasara lo que pasara», sino porque es el tipo de mujer que me gustaría ser en el futuro.

El tipo de madre que desearía ser para romper el ciclo, en vista de lo distinta que es la mía.

–Todo va a salir bien –dice de repente mi abuela.

Tate sigue colocando las cartas sin inmutarse. Rey de picas. Reina de corazones. Jota de tréboles. Diez de diamantes. Nueve de tréboles.

El silencio de la noche en el hospital, roto de vez en cuando por los pitidos de las máquinas o el carraspeo de los intercomunicadores, me oprime hasta marearme. Trato de centrarme en los ruiditos que hacen las cartas de Tate mientras las coloca para empezar una partida más, la enésima.

–Gillian –dice mi abuela, y el hecho de que use el nombre verdadero de Tate nos hace dar un respingo a las dos.

Tate suelta las cartas y se pone en pie antes de levantar la mirada.

Acaban de salir por unas puertas deslizantes y se acercan a nuestra sala. Son dos, una mujer y un hombre. Él se quita el gorro mientras camina.

–Estoy contigo, cariño –murmura mi abuela, y agarra la mano de Tate.

Pero Tate no la mira a ella. Me mira a mí.

Sé lo que es quedarse sin amarras, y también sé lo que es que unas manos delicadas te lleven de vuelta al mundo. Yo nunca he sido delicada, pero estoy aquí y estoy dispuesta a hacer lo que haga falta. Si ha ocurrido lo peor, sostendré a Tate para que no salga flotando a la deriva.

Por fin, los médicos entran. La cirujana mira a Tate con una sonrisa de oreja a oreja y, al verla, el nudo de mi garganta se empieza a deshacer.

–¿Sí, doctora Rhodes? –dice Tate, con una voz que es más bien un graznido.

–El trasplante ha salido de maravilla –afirma ella sin dejar de sonreír–. Hemos llevado a Anna a la UCI mientras sale de la anestesia. Si todo va como esperamos, mañana por la tarde podrás visitarla.

–¿Se curará? –pregunta Tate con voz sorda, como si tuviera que ahogar algo en su interior para no perder el control–. ¿Está bien?

–Por ahora, todo marcha como es debido. Hemos tenido mucha suerte; la deficiencia de alfa uno puede ser difícil de diagnosticar, y los donantes vivos no abundan. El que hayamos podido efectuar el trasplante antes de que la cirrosis empeorase o degenerase en un tumor es un paso muy positivo hacia la curación a largo plazo.

Al ver que Tate la mira sin decir nada, la médica se inclina hacia ella y añade con voz suave:

–Ya puedes respirar, Tate.

Ella asiente con la cabeza, pero no parece seguir su consejo. En vez de hacerlo, avanza de pronto, estira los brazos y le da a la doctora Rhodes un abrazo rápido y fiero que no es nada propio de ella.

–Gracias –susurra.

Y luego, sin previo aviso, esquiva a los dos médicos, sale de la sala de espera y se aleja por el vestíbulo hasta desaparecer.

–Vaya por Dios –dice Marion.

–No querrá ver a su madre, ¿verdad? –pregunta la cirujana–. Porque Anna aún no puede recibir visitas.

–No, seguro que no –la tranquiliza mi abuela–. A Tate le... le incomoda mostrar sus emociones en público.

–Lo entiendo –contesta la doctora con una sonrisa amable–. En todo caso, si no os importa, me gustaría comentaros algunos detalles importantes.

–Por supuesto –asiente mi abuela–. Penny, ¿puedes ir a buscar a Tate?

–Sí –respondo. De hecho, ya estoy casi en la puerta.

Me planteo ir en la dirección que tomó Tate antes de perderse de vista, con la esperanza de alcanzarla. Sin embargo, enseguida decido arriesgarme. Conozco a Tate. Lleva todo el día encerrada, como una langosta en una olla de agua cada vez más caliente.

Ahora que está libre, seguro que ha salido del edificio.

Tomo el ascensor para bajar al vestíbulo, convencida de que la veré junto a la fuente.

Pero no está ahí.

Mi móvil vibra dentro del bolsillo. Cuando lo saco, veo el mensaje: *He vuelto al motel. Díselo a Marion, porfa.*

–Mierda –digo, y echo a correr hacia la sala de espera para pedirle a mi abuela las llaves de su camioneta.

33

Penny

LA VEZ DE LA PISCINA

26 DE JUNIO

CUANDO LLEGO AL MOTEL, la encuentro en la piscina, a pesar de que son casi las dos de la madrugada. Supongo que habrá sobornado al vigilante.

El agua brilla en la oscuridad de la noche. Alrededor, todo es ruido y contaminación lumínica; un ambiente muy alejado del de nuestra casa, donde puedes salir al césped para contemplar estrellas que aquí jamás serían visibles. Sé que no podré dormir bien hasta que no volvamos allí, con esa carretera por la que pueden pasar veinte camiones al día (y eso, en las jornadas más movidas).

Abro la verja de la piscina y me cuelo en el recinto. Tate no se da cuenta. Me quito las chanclas de dos patadas y me siento en el borde, con los pies metidos en el agua. Cuando por fin advierte mi presencia, está a unos veinte centímetros de mí, en mitad de una brazada.

Ni siquiera se ha molestado en ponerse el gorro de natación; solo lleva las gafas, cuya tira aprisiona sus dos trenzas. Los tirantes de su bañador azul marino se hincan en sus hombros. Jamás lleva bañadores estampados, como las demás nadadoras de su equipo. Tate se limita al negro y al azul marino, o, como mucho, granate en un día loco.

¿Lo hará para esconderse? Si es así, no lo consigue, porque Tate siempre llama la atención. Es más guapa, más alta y más rápida que nadie, y cuando te mira con esos ojos tan serios de color azul grisáceo, el mundo no se difumina, sino que se define. Es como si te permitiera ver cosas que jamás has advertido.

–Márchate, Penny.

–Si tú puedes usar la piscina, yo también –replico, porque ni de coña la voy a dejar sola después de que saliera huyendo de ese modo.

Tate no huye jamás; es firme como una roca, y eso me admira tanto como me irrita.

Sus manos se mueven en el agua, agitándola.

Está temblorosa. De pronto, veo cómo el agua vibra y cómo sus hombros se sacuden a la luz de la piscina.

–Tate –digo lentamente–, ¿estás bien?

Ella asiente con un movimiento casi espasmódico, pero me doy cuenta de que se ha abrazado el torso como si necesitara protegerse. Protegerse... de mí. El destello de dolor que me atraviesa no es algo nuevo, pero el hecho de que sea Tate quien lo causa sí que lo es. A veces, las cosas que hace me escuecen, pero rara vez me duelen. Al menos, de esta forma.

–Tu madre está bien –le digo para recordárselo, y ella asiente con la cabeza–. Todo ha salido como tenía que salir.

Ella asiente otra vez con la cabeza y, de pronto, empieza a murmurar algo. Al principio, apenas puedo entenderlo, pero luego su voz se aclara poco a poco. *Mierda. Mierda. Mierda,* repite una y otra vez.

No tengo ni idea de qué hacer, y supongo que no soy la mejor persona para este tipo de cosas. Pero estoy aquí, no hay nadie más, y Tate estuvo a mi lado cuando yo la necesité.

Así que hago lo único que se me ocurre: meterme en la piscina. La falda de mi vestido de tela fina se eleva, y la empujo para sumergirla. Avanzo de puntillas, y mis pies van perdiendo el contacto con el fondo hasta que dejan de tocarlo. Me doy cuenta de que tengo que patalear para mantenerme a flote o agarrarme a ella.

Mis manos se deslizan por sus brazos hacia los hombros, y ella se detiene. Deja de temblar. Deja de murmurar. Deja de moverse.

Solo estamos Tate y yo. Se acabó el apartar la mirada. Se acabaron las mentiras cuidadosas.

Aquí no hay más que la verdad.

Espero, con el aliento enganchado en la garganta.

–Penny, pensé que había muerto. Tardaron tanto que... Estaba segura.

La verdad.

Su cuerpo se estremece con tal fuerza que siento cómo el mío vibra.

–Sí, os decía una y otra vez que todo iba a salir bien, porque solo quería tener pensamientos positivos –continúa–. Pero, por dentro... Joder, cuando vi que tardaban y tardaban y no salían de allí, me convencí de que se había muerto. «Se acabó», pensaba sin parar. Y estaba tan preparada para recibir esa noticia que, cuando vinieron tan felices, como si no nos hubieran tenido allí esperando, como si no me hubiera convencido más con cada minuto que pasaba de que...

Se mueve hacia atrás en el agua como si no soportara estar quieta ni un segundo más. Mis dedos resbalan por sus brazos hasta llegar sus manos, y entonces me los envuelve con los suyos y me lleva más allá, hacia el lado más profundo. Nuestras piernas se enredan y nuestras caderas chocan, hasta que los hombros de Tate se estabilizan contra el borde de cemento de la piscina.

Estamos tan cerca que siento la diferencia de temperatura entre mi cuerpo y el suyo, más caliente. Siempre ha sido así, como si la velocidad que es capaz de adquirir su cuerpo pudiera irradiar de él en forma de calor.

El agua me lame la mejilla en ondas lentas.

Veo los hilillos de agua que le caen por las mejillas. Me pregunto si es agua o son lágrimas, y esa idea me resulta insoportable.

–Ya hemos pasado lo peor –digo.

Ella niega con la cabeza y, al ver cómo aprieta los labios, me doy cuenta de que sí que está llorando.

–Esto no es más que el principio –afirma.

Tiene razón: este es solo el primer paso de un camino muy largo. Pero, al mismo tiempo, es un paso que mucha gente no llega a dar, y Anna lo ha conseguido. Quiero que Tate se alegre de ello tanto como yo, y, al mismo tiempo, entiendo muy bien por qué le cuesta hacerlo.

Alargo la mano y le rozo la mejilla para enjugar las lágrimas. La humedad se queda enganchada en una de las cicatrices que me recorren los dedos.

Es la imagen de dos dolores juntos: uno, contenido desde hace mucho tiempo; el otro, cada vez más desvaído. Encajan, supongo.

Y no sé si el siguiente movimiento de Tate es meditado o espontáneo, pero, cuando quiero retirar la mano, ella apoya la suya encima y me lo impide. Noto bajo mi palma la forma de su mejilla, tan familiar para mí como las cicatrices que me sellan la piel. La una y las otras me obsesionan de maneras diferentes.

Nuestros cuerpos se rozan bajo el agua. Los dedos de mis pies encuentran una y otra vez sus tobillos; estamos tan cerca que, cuando su brazo se engancha a mi cintura –anclándome a ella, atrayéndome–, no me pilla por sorpresa.

Era inevitable.

Mi piel recuerda la suya de aquella vez en el granero, de la noche en el parking del lago, del amanecer en el hotel de Yreka –luz amortiguada, mi mejilla apoyada en su hombro–, y todas mis terminaciones nerviosas suspiran algo parecido a «por fin», anhelantes. Mis párpados se cierran, trémulos. Ya no queda espacio entre las dos. Lo siento. La siento.

Y me invade un alivio infinito, como si al fin encontrara un lugar en el que encajar.

–¡Eh! ¿¡Qué estáis haciendo ahí!?

El grito me pega tal susto que me muerdo la lengua. Me echo hacia atrás, notando el regusto de la sangre en la boca.

El haz de luz de una linterna nos golpea, y entrecierro los ojos mientras Tate se retuerce para apartarse. Pestañeo para aclararme la mirada mientras ella sale de la piscina y se acerca al vigilante para hablar con él.

–Nos tenemos que marchar –dice cuando vuelve a la piscina, y me ofrece su toalla–. Le he enseñado nuestra llave para que sepa que estamos alojadas aquí, pero me ha dicho que no podemos bañarnos a estas horas.

Nado hasta llegar a la escalerilla y salgo del agua, tratando de despegarme de la piel mi vestido empapado. Tate me pone la toalla sobre los hombros y agacha la cabeza, como si no acabara de abrazarme en plan novela romántica. Siento que la cabeza me da vueltas. ¿Cómo puede estar tan normal, si hemos estado a punto de...?

O, más bien, yo he estado a punto de...

Y creo que aún podría...

Dios, creo que me moriría si ahora resultara que me lo he imaginado todo. Porque no ha sido así, ¿verdad?

No puede ser.

Nunca ha sido así.

–Llevamos despiertas unas veintidós horas –dice Tate–, y mañana tenemos que madrugar.

Así que la sigo sin decir nada, porque no sé qué otra cosa puedo hacer. Y lo siguiente que sé es que estamos las dos en la habitación y yo estoy poniendo la moqueta perdida de agua, de modo que digo:

–Me voy a dar una ducha.

Y entonces, me meto en el baño y entro en pánico discretamente.

CUARTA PARTE

Solas

(o la vez de Damnation Peak)

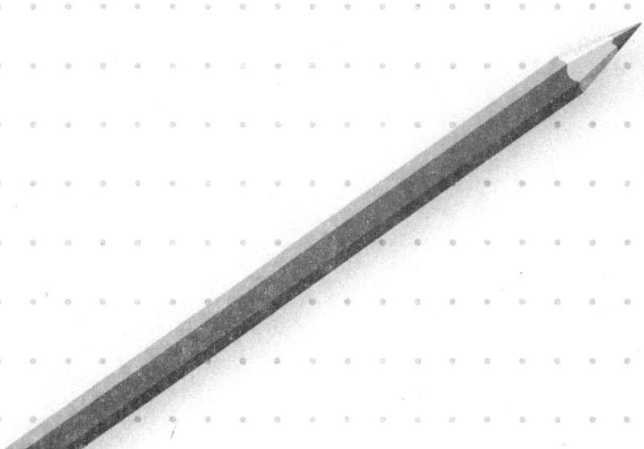

34

Tate

27 DE JUNIO

SON LAS TRES DE LA MAÑANA y en mi cama hay una chica.

Son las tres de la mañana y en mi cama está LA chica.

Vale, técnicamente no es mi cama. Y tampoco es mi chica. Pero la esperanza...

La esperanza es una mala perra.

Mi madre va a sobrevivir. Por fin me lo creo. Lo sé, de hecho.

Conozco la esperanza y también conozco el miedo. Pero el alivio... No tengo ni idea de qué hacer con él.

Si no me hubiera podido meter en esa piscina para empezar a nadar, me habría hundido hasta el fondo y me habría puesto a chillar.

Pero entonces llegó ella.

He tratado de dormir en el sofá como hice anoche, pero no puedo. Es demasiado pequeño, y a mí se me ha pasado la hora.

Penny no está dormida. Sé cómo duerme: con los brazos y las piernas estirados, desparramada en la cama como si le perteneciera. Y ahora mismo está hecha un ovillo, como un bicho bola.

Lleva un pijama azul con ovejitas estampadas. Incluso desde aquí, en el borde opuesto de la cama, me doy cuenta de lo suave que debe de ser la tela. Mullida, casi.

Nos hemos separado todo lo posible, pero no sirve de nada. (Si ese vigilante no nos hubiera interrumpido...).

Mis manos se cierran sobre la sábana. El aroma dulce y ácido de su loción corporal de pomelo lo invade todo. Mis trenzas gotean en la almohada, porque no me he molestado en deshacerlas ni en secarme el pelo, ni siquiera con una toalla. Me puse el pijama a toda prisa mientras ella estaba en la ducha, y me hice la dormida cuando salió.

Y ahora, las dos estamos fingiendo. En mi interior gira una mezcla de cansancio y adrenalina. Estoy agotada. Llevo despierta... Ya no sé ni cuántas horas llevo despierta.

Cierro los párpados con fuerza. *Duérmete,* me ordeno. *Duérmete.*

Penny se remueve un poco en su lado de la cama. Hay demasiado espacio. No hay suficiente.

Siempre será mi contradicción, mi punto débil.

(Su cuerpo encajaba con el mío, allí en la piscina, como si estuvieran hechos para eso).

–Tate, ¿estás dormida?

Me esfuerzo por respirar despacio, con los ojos cerrados, mientras ella se acerca un poquito para mirarme la cara.

Duérmete, Tate. Duér-me-te.

Penny se deja caer de nuevo sobre la almohada. Yo sigo respirando despacio hasta que el sueño se apodera de mí.

No puedo moverme. Me ha despertado el zumbido de mi teléfono en la mejilla. Parpadeo para acostumbrarme al rayo de luz que se cuela entre las cortinas, desconcertada por la franja de calor que noto en mi costado. Una suave ráfaga de aire me acaricia la nuca, y cuando vuelvo la cabeza...

Ahí está Penny, a centímetros de mí, respirando pausadamente sobre mi cuello.

En algún momento de la noche se ha relajado, y ahora parece una estrella de mar. El espacio que manteníamos con tanto cuidado entre las dos ha desaparecido. Su brazo está estirado sobre mi estómago, y tiene una pierna encajada entre las mías. Puedo notar la suavidad de su piel, en contraste con mi pierna rasposa.

Intento apartarme, pero ella hace una mueca y... me quedo paralizada. Penny es cálida donde yo estoy fría, es blanda donde yo estoy tensa, y apartarme de ella me parece imposible. Un intento condenado al fracaso.

(Como en la piscina, cuando suspiró sobre mí y yo solo pude pensar: «Por fin»).

Mi teléfono vuelve a vibrar. Esta vez no es la alarma, sino un mensaje. Tengo que leerlo. Si es de mi madre...

–Hummm –murmura Penny cuando cambio de postura para alargar el brazo.

Su mejilla se aplasta sobre mi pecho; si tuviera algo de canalillo, su cara estaría peligrosamente pegada a él. Aparto ese pensamiento a duras penas y miro la pantalla. Es un mensaje de Marion: *¡Todo marcha estupendamente! Os cuento más tarde.*

Ahora que he dejado de moverme, Penny se acomoda en el hueco entre mi hombro y mi cuello. Noto el roce de sus labios con cada respiración.

¿Por qué no tendrá el sueño más ligero? Si tengo que despertarla...

Mierda. Voy a tener que despertarla.

A la de tres, Tate. Una. Dos.

Joder... Odio mi vida.

Y tres.

–Penny... –le tiro suavemente del brazo mientras desenredo mis piernas de las suyas–. Vamos, Pen. Despiértate, anda.

Le sacudo un poco el hombro, y ella se despierta con un sobresalto. Por un momento, me mira pestañeando con rapidez. Mi cara está como a dos centímetros de la suya. Si me inclinara un poquito...

(Las dos tendríamos aliento mañanero, y sería algo terrible y maravilloso; un movimiento imperceptible, una decisión monumental... Pero algunas chicas jamás consiguen ciertas cosas).

De pronto, se aparta con tanto ímpetu como si hubieran tirado de ella.

–¡Buenos días! –dice con voz chillona desde el otro lado de la cama, tan asustada como un cervatillo deslumbrado por los faros de un coche (lo cual, desde luego, no es especialmente beneficioso para mi autoestima).

Al fin y al cabo, no es la primera vez que nos encontramos en este punto. Una vez es un error; dos son una coincidencia. No necesito llegar a la tercera para darme cuenta de que esto va a pasar siempre.

Conozco esta dinámica demasiado bien.

–Tu abuela me ha escrito –le digo–. Todo marcha bien.

Ella asiente, con las sábanas apretadas sobre el pecho.

–Oye, Tate. ¿Esta noche he...?

–Me voy a la ducha –la interrumpo–. ¿Quieres que vayamos después al bufé del desayuno?

Y luego, sin esperar siquiera a que responda, me levanto de un salto y me meto en el baño.

Una vez dentro, contengo las ganas de pegarme una toalla a la cara y chillar con todas mis fuerzas, en una exhibición de autocontrol que me impresiona hasta a mí.

35

27 DE JUNIO

Penny ha invitado a Tate y a Marion
al chat de grupo EQUIPO SACRAMENTO —> CASA
Tate ha entrado en el grupo.
Marion ha entrado en el grupo.

P: Buenos días, abu!

M: Penny, sabes que no me gustan los chats.

P: Lo sé, lo sé. Pero es que así podremos organizarnos mejor.

T: Para que solo tengas que escribir las cosas una vez, en vez de mandárnoslas a las dos.

P: Estamos recogiendo todo para dejar libre la habitación. Las has podido ver ya?

M: Aún no. La doctora Rhodes ha dicho que dentro de un rato.

P: OK. Os voy a compartir la info que reuní ayer:

Próximos 7 a 10 días (Recuperación en el hospital)

Enfermeras del ala de trasplantes

JESSICA: Enfermera jefe. Hay que recurrir a ella para las cosas importantes.

YOLANDA: Lleva mil años en el hospital. Los médicos la temen y las enfermeras la obedecen. Si se lo pides, te avisa de cuándo reponen las chocolatinas de la máquina de vending.

LILAH: La nueva. Mejor no recurrir a ella si necesitas encontrar algo o si llevas prisa.

DIANE: La mujer más dulce del mundo. Me la han descrito como "un arma secreta".

P

T: Puedo preguntar cómo has adquirido esta información, o es mejor no saberlo?

P: Hablé con Grace, la enfermera jefe de Pediatría. Nos conocemos de cuando estuve aquí.

T: Has tenido un topo todo este tiempo y no has dicho nada?

P: Solo fui a saludarla y a llevarle un café cuando ingresaron a las madres. Es lo menos que podía hacer por ella, después de que me salvara de morir por septicemia.

T: Es ella la que te inició en la herejía de la gelatina de lima?

No. Fue mi refinado paladar. P

M Todo el mundo sabe que la mejor gelatina es la de limón.

T ... y Marion aparece a toda velocidad por la banda izquierda del campo!

Ahora te has hecho comentarista de deportes, Tate? P

Y tú, abuela? Limón?? No me lo puedo creer! P

M Por qué te crees que mi tarta de limón sabe tanto a limón?

QUÉ?! P

Me dijiste que el secreto eran las ralladuras de cascara de limón!! P

M Ese es el secreto del glaseado.

M Pero el bizcocho se hace con preparado para tartas Betty Crocker, un par de huevos extra y un buen chorretón de agua de gelatina.

!!!! P

T Mmm, tarta de limón. Tenemos que hacer una cuando volvamos.

M: La receta está en una cajita de madera, en el armario alto de mi caravana.

P: Ves? Por estas cosas es útil hacer chats de grupo: resulta mucho más fácil detectar las traiciones familiares.

M: 🍋 RIP tarta de limón.

P: Vamos a dejar ya la habitación, abuela. Te vemos en una hora.

36

Tate

27 DE JUNIO

ME QUEDO EN EL UMBRAL de la habitación de mi madre, sin saber si está despierta o no. Ella vuelve la cabeza hacia mí y me mira, con una sonrisa tan resplandeciente que sé de inmediato que le han dado drogas de las buenas.

–Hola, corazón –me dice. Tiene enganchados no sé cuántos tubos y cables, pero está más o menos despierta (aunque parece colocadísima).

–Hola –contesto con un graznido.

–¿Me vas a contar que le ha pasado a la juez Judy?

–Ya se me ha olvidado –consigo mascullar, y luego me abalanzo hacia la cabecera de su cama.

No la puedo abrazar, obviamente, así que me contento con aferrar el armazón y comérmela con la mirada.

Tiene mejor cara. ¿Será verdad, o me lo estaré imaginando? Quizá sean imaginaciones mías, sí. Pero, para mí, tiene buena cara. Está perfecta.

El cuarto está a rebosar de flores; otra cosa que se me ha pasado a mí. Tendría que haberle traído algunas... Pero, por suerte, los compañeros del Brewery lo han hecho. Graham y los pinches de cocina han mandado un ramo enorme, y los camareros han encargado un montón de bollitos para las enfermeras. Los padres de Meghan han enviado un bonsái, y los de Remi, un ramo de tulipanes. Por alguna razón que se me escapa, el dueño del Sentry Market –la tienda en la que trabaja Remi– ha mandado un jamón entero, una cosa carísima importada de Italia que ni siquiera creo que mi madre pueda comer, teniendo en cuenta la dieta estricta que va a tener que seguir. Ni siquiera era consciente de que mi madre y él se conocían, aunque quizá hagan pedidos conjuntos de comida a veces. Los distribuidores cobran un montón por llevar suministros a la montaña en la que vivimos.

Mi madre vuelve a quedarse frita en cuanto yo me acomodo a su lado. Una enfermera entra en la habitación –es Jessica, la enfermera jefe, según el informe de Penny– para revisar los monitores y la bolsa de la orina.

–Se está recuperando muy bien –me dice en voz baja, y yo asiento.

–Muchas gracias por todo –respondo.

Ella me lanza una sonrisa rápida y luego se va para continuar la ronda de revisiones.

Saco la baraja y me pongo a jugar al solitario. Siento una extraña paz, rodeada por el rumor amortiguado de las cartas, los pitidos de las máquinas y la respiración suave de mi madre (está respirando, va a sobrevivir, lo ha conseguido lo ha conseguido lo ha conseguido).

Ahora que la he visto, me siento satisfecha y feliz de una forma que casi me inquieta, porque no sé cómo gestionar esta sensación. Es demasiado grande; no veo la forma de partirla en trocitos lo bastante pequeños para conservarlos bajo mi piel.

–¿Está por ahí mi teléfono, corazón? –murmura mi madre.

Levanto la mirada.

–¿Quieres un vaso de agua o un poquito de hielo? –le pregunto, pero ella niega con la cabeza.

–Quiero mi móvil... Me gustaría saber cómo les fue anoche en la cocina. Drew prometió que me escribiría.

Me levanto y pongo los brazos en jarras.

–Mamá –digo–, ¿cómo quieres que Drew te escriba para hablar del trabajo mientras a ti te están haciendo un trasplante de hígado? Solo dijo que lo haría para que lo dejaras tranquilo, porque eres una maniática.

–¡No te pases, señorita! –protesta con una sonrisa somnolienta–. ¿Y si han incendiado mi cocina? Louisa maneja la freidora como si fuera una pala de ping-pong.

–Te aseguro que los pinches no han provocado ningún incendio: estaban todos demasiado ocupados escribiéndome para preguntar por ti, lo mismo que el resto de los trabajadores y los clientes habituales del Brewery. ¿De dónde crees que ha salido el jardín que nos rodea?

–Ay, me encanta el arbolito –suspira mi madre–. ¿Le han enviado otro igual a Lottie? Porque no me gustaría tener que compartir el mío con ella.

Parpadeo, pensando que debería haberle preguntado a Jessica cuánta morfina le están metiendo en vena.

–No lo sé, la verdad –respondo–. Ahora lo miro.

–Muy bien –murmura, cerrando de nuevo los párpados–. No me he olvidado, ¿sabes?

–¿De qué, mamá?

–De lo de los bandos. Seguiremos con eso cuando esté de vuelta en casa, ¿vale? –añade mientras lucha por abrir los ojos, como si necesitara mirarme mientras lo dice para convertirlo en una promesa.

Mi madre jamás rompe sus promesas.

–De acuerdo –digo sin más.

Pero el escepticismo se extiende dentro de mí, como un té que lleva demasiado tiempo en infusión y ahora sabe amargo. Y si yo me siento así estando en el borde del problema, no me puedo ni imaginar cómo será para Penny, que está en el mismo centro.

Mi madre se vuelve a adormilar. Yo me acurruco en el incómodo sillón y trato de aprovechar las horas que me quedan con ella.

37

Penny

27 DE JUNIO

MI MADRE AÚN NO HA ATERRIZADO. Se pasa dormida casi todas las horas que me permiten estar junto a ella, y cuando despierta no es capaz de centrarse. No hace más que preguntar por Anna.

–Anna está recuperándose también –le recuerdo, y cada una de las veces veo cómo frunce el ceño, confusa, hasta que recuerda lo que ha pasado y se relaja.

Mi abuela ha ido al motel para ducharse y cambiarse de ropa; es la última oportunidad que va a tener antes de que Tate y yo nos marchemos a casa y se quede ella sola para cuidar a Anna y a mi madre. Me inquieta dejarla con este panorama, así que, la siguiente vez que entra la enfermera –Diane–, le pregunto:

–¿Es normal que esté así?

–Bueno, ha sido una operación importante. Los dolores se irán calmando a lo largo de la semana; para cuando le den el alta, serán poca cosa. Yo no me preocuparía.

Pero me cuesta no preocuparme mientras mi madre se queja. Nunca ha soportado bien el dolor, y su rostro está crispado incluso mientras duerme.

–Tranquila, mamá –le susurro cuando ella gime y se remueve en la cama.

–Me duele –masculla.

–Lo sé. Pero estás siendo muy valiente.

–Lo único que he hecho ha sido quedarme ahí tumbada –responde, y es el tipo de broma que haría hablando con Anna, no conmigo.

–Bueno, pues a ver si puedes quedarte tumbada aquí, y ya verás cómo el dolor se te va pasando –contesto.

–Ajá... Nunca me ha gustado la morfina. Hace que me pique todo –dice, volviendo la cabeza hacia mí (o, más bien, dejándola caer)–. ¿Tú estás bien?

Noto que la boca se me seca por el asombro. No sé cuándo fue la última vez que me preguntó algo así.

–Sí, muy bien –respondo. ¿Para qué voy a ponerme sincera, si no va a recordar esta conversación?

–Te pareces tanto a tu padre... –murmura, y el comentario es como una lanza que sale de ninguna parte y me atraviesa.

De pronto, a mí tampoco me gusta la morfina, aunque hace unos años me parecía la sustancia más maravillosa del universo.

–Cómo me gustaría que estuviera aquí –añade mi madre. Parpadea lentamente, luchando contra la inconsciencia–. Las cosas eran mucho más fáciles cuando estaba con nosotras.

–Sí –digo en voz baja, porque es verdad y porque mi madre jamás recordará esto–. Es cierto.

Las agujas del reloj avanzan. Pronto se acabará el tiempo de visita.

Dejarla atrás es tan fácil que me asusta.

De tal palo, tan astilla, supongo.

38

Penny

27 DE JUNIO

—TENED CUIDADO EN EL CAMINO de vuelta, chicas —dice mi abuela mientras cierra el maletero de mi coche, en el aparcamiento del hospital—. Y llamadme cuando lleguéis, sea la hora que sea.

—Sí, tranquila —contesto.

Ella me abraza y me da un beso en la coronilla. Luego engancha a Tate con el otro brazo para estrujarnos en un abrazo a tres, y noto que se me pone la carne de gallina al sentir el roce de la piel de Tate con la mía.

—Estoy muy orgullosa de las dos —afirma mi abuela con voz clara—. Las próximas semanas van a ser difíciles... Los próximos meses, de hecho. Pero sé que vais a estar a la altura.

—Te quiero.

No soy yo la primera que lo dice, sino Tate. Sus palabras suenan amortiguadas, porque tiene la boca pegada al hombro de mi abuela, pero es como si pudiera reconocer la forma de esas palabras en cuanto salen de sus labios.

—Y yo —responde mi abuela—. A las dos.

–Muchas gracias –musita Tate–. Siempre estás ahí cuando te necesito... Cuando te necesitamos.

–Y siempre lo estaré.

Se queda vigilando cómo nos abrochamos los cinturones, con un cariño sagaz que solo puede salir de una abuela.

–¡Tened cuidado! –nos recuerda una vez más.

–Adiós, abu.

Tate y yo nos quedamos mirando cómo se aleja. Cuando desaparece por la puerta del hospital, me vuelvo hacia Tate.

–¿Vamos directas al apartamento para seguir con la mudanza?

Ella gime.

–¿Cuántos días nos quedan? –pregunta–. Cinco, ¿no?

–Cuatro y medio, más bien, porque yo tengo que trabajar por las mañanas.

Esto no es más que el principio.

–Vamos allá –dice.

Para cuando llegamos al pueblo, ya son casi las cinco de la tarde. Hemos cargado con un montón de bagels y bollitos en el bufé del motel, así que vamos al apartamento sin pararnos ni a comer.

–Tienes una lista de tareas, ¿verdad? –me pregunta Tate mientras abre la puerta.

–Es posible.

–Vale, pero voy a meter mi ropa en bolsas de basura, digas lo que digas –afirma mientras yo saco mi cuaderno de la mochila.

Pongo cara de exasperación y ella levanta las cejas, muy satisfecha de sí misma.

–¿Por qué no te pones tú con tu cuarto mientras yo termino la cocina? –propongo.

–Buena idea –dice, y desaparece en su habitación empuñando un rollo de bolsas de basura, aunque hay un montón de cajas justo al lado.

Yo me meto en la cocina y abro el cuaderno para consultar mi lista.

Anna tiene un montón de utensilios de cocina, por razones obvias, y no quiero romper ni dejarme nada. Mi madre no cocina nunca, así que la mayor parte de los cacharros que tenemos en mi casa son de mi abuela. Anna y ella tendrán que ponerse de acuerdo en qué se queda en cajas en el garaje y qué no, porque yo no estoy dispuesta a ponerme a buscar sitio para mil quinientas sartenes de hierro fundido. Las personas que se dedican a la cocina se ponen como fieras si les tocas sus sartenes. Creo que pueden matarte si les fastidias el sellado, o algo así.

Compruebo mi móvil, pero no he recibido ningún mensaje. En realidad, no lo esperaba, porque mi madre estaba aún muy ida.

Sin embargo...

¿Será verdad que quiere volver a empezar desde cero, como la oí decir? ¿O se estaría dejando llevar por Anna, simplemente?

Oigo un rumor de música en el cuarto de Tate, algo rápido con una letra que no llego a entender. Carraspeo, busco mis auriculares y enciendo mi app de sonidos de lluvia.

No oculta del todo la música de Tate, pero no me importa demasiado.

Para cuando mi teléfono vibra con un mensaje de Meghan, ya tengo vacíos todos los armarios de la cocina.

M Estáis ya aquí?

Sí. Metiendo cosas en cajas en el piso de Tate. P

M Okis. Voy para allá.

–¿Se puede? –digo mientras llamo a la habitación de Tate.

–¡Entra!

Abro la puerta. Junto al armario –un mueble estrecho y sin puerta– hay una bolsa de basura cerrada y una bolsa de deporte llena de ropa.

–Meghan viene para acá –digo. Acaba de escribirme.

–Ah, ¿sí? Remi viene también. Deben de estar juntos.

Frunzo el ceño.

–¿Desde cuándo se juntan esos dos?

–Yo qué sé –responde Tate, encogiéndose de hombros–. Desde hace poco, supongo. Remi me dijo algo de eso.

–Pues Meghan no me ha contado nada.

–¿Me ayudas a meter eso en bolsas? –pregunta, dando golpecitos a un montón de ropa de cama.

Agarro una bolsa de basura y la sacudo para abrirla. Después, la agarro bien mientras ella embute dentro el edredón.

–¿Y qué te dijo Remi exactamente? –le pregunto.

–Que está enseñando a Meghan a hacer carne a la brasa, o algo así.

–¿Qué?

–Si están juntándose o lo que sea, creo que deberíamos dejarlos en paz, Penny.

–¿Cómo? ¿Pero crees que han empezado a... a lo-que-sea?

–Ni idea. ¿Te vas a poner así de rara cuando lleguen?

–¡Solo quiero hacerme una idea de lo que está pasando! –protesto, mientras trato de imaginarme a Remi y a Meghan juntos–. La verdad es que forman una pareja muy mona. Él no es un machirulo camuflado, ¿verdad?

–¿Tú me ves siendo amiga de un machirulo? Es más, ¿te parece que un tipo con exceso de testosterona me aguantaría más de dos minutos?

Intento no echarme a reír, pero fracaso al ver cómo enarca una ceja.

–¡Solo quería asegurarme! –exclamo–. Si hubieras conocido al último novio de Meghan... No sé cómo me aguanté las ganas de lapidarlo en plan Edad Media.

–Igualita que su madre –masculla.

–¿Por qué dices eso?

–Al parecer, cuando tu madre era adolescente, se dedicaba a patrullar cerca del río para inflar a pedradas a los violadores en potencia.

–¡¿Qué!? –exclamo, con la mandíbula casi dislocada.

–Antes de la operación, mi madre se puso en modo compartir secretos.

–No me lo creo. Seguro que estaba alucinando por los sedantes.

Tate niega con la cabeza.

–A mí no me extrañó que se pusiera así –dice.

–¿Por?

–Porque solo hay dos respuestas ante un trauma: o te rompes o te unes más a quien está junto a ti.

Una sombra atraviesa mi corazón al oír sus palabras. ¿Cómo es capaz de hacerme siempre lo mismo? Una vez más, Tate me ha abierto en canal con una sola frase.

Es como si me tuviera en la palma de su mano y ni siquiera se diese cuenta de ello.

–Sí –asiento–. Es verdad.

Mi teléfono vuelve a vibrar. Meghan y Remi ya están aquí.

–¡Traigo comida! –dice Meghan mientras nos enseña una bolsa de tela.

–Y bebida –añade Remi a su espalda.

Meghan entra en una ráfaga de tela vaporosa. Su falda estampada tiene un cordel del que cuelgan dos cascabeles, así que cada uno de sus pasos queda marcado por un tintineo.

–Hay lomo a la parrilla, relleno para sándwiches, patatas fritas... Tate, no sabía cuáles son tus preferidas y Remi debe de tener amnesia, porque no se acuerda de qué patatas le gustan más a su mejor amiga...

–¡Eh, no te pases! –protesta él, pero le lanza una sonrisa mientras deja las latas de refresco en la encimera de la cocina.

–... así que he traído un montón de bolsas diferentes –termina Meghan, sin inmutarse por la interrupción–. También hemos traído más cajas y el remolque para empezar a llevarnos los muebles. ¿Qué tal vais vosotras?

–Bien, bien –digo rápidamente, porque Tate parece haberse quedado muda mientras trata de asimilar toda la información. Meghan tiende a perderse en los detalles, y habla a una velocidad endemoniada.

–¿Y vuestras madres?

–Cada vez mejor. Mi abuela me mandó un par de fotos mientras veníamos de camino. Parece que mi madre ya ha empezado a quejarse de que no la dejen compartir habitación con Anna.

–Qué pintaza tiene esta carne a la brasa, ¿no? –le dice Tate a Meghan mientras contempla el festín que ha colocado en la encimera–. ¿La habéis hecho vosotros?

–Estoy enseñando a Meghan –explica Remi.

–Ah, qué divertido –comento yo con diplomacia. Me muero de ganas de lanzarle a Meghan una mirada en plan qué-cojones-está-pasando-aquí, pero ella se niega a mirarme a los ojos.

–Venga, empezad –nos anima–. ¡Lleváis días comiendo en el hospital!

–¿De verdad has hecho tú esto? –pregunto, después de hacerme un sándwich de carne y comerme la mitad de un bocado.

–Pues sí, y hasta he mejorado el adobo. Remi dudaba de mí, pero al final ha tenido que reconocer que llevaba razón. ¿A que sí, Remi?

–Es cierto –reconoce él.

–La verdad es que, si me está enseñando a hacer carne a la brasa, es por una razón –declara Meghan.

Tate me mira con las cejas enarcadas, y yo contengo a duras penas la tentación de susurrarle: «¡Te lo dije!».

Meghan da un golpecito con el pie en la puntera de Remi, y él responde del mismo modo. El gesto es tan delicado que lo sé al instante: piensen ellos lo que piensen, ahí hay algo más que amistad.

–Tenemos algo que deciros –confiesa Meghan, y me doy cuenta de que está casi pegada a Remi.

–Ah, ¿sí? –respondo, disimulando una sonrisa.

–Meghan y yo estamos preparando una cosa –añade Remi.

–¡Tacháááán! –Meghan saca un panfleto de las profundidades insondables de su falda larga y lo deja sobre la encimera.

BARBACOA PARA RECAUDAR FONDOS

¡SÁNDWICHES! ¡SORTEOS! ¡PREMIOS!

¡HAZTE CON UN OSO
COMO LOS DEL BLACKBERRY
PARA TI SOLITO!

–Hemos conseguido que nos donen toda la comida y los premios –explica Remi–. Y vamos a usar las parrillas grandes que hay en la tienda donde trabajo y en el Brewery.

–Por eso me está enseñando a hacer carne a la brasa –añade Meghan.

–Meghan es una crack con la parrilla –comenta Remi con una sonrisa.

–Se nos ocurrió hacer esto al ver que Lottie no quería hacer un crowdfunding –comenta Meghan–. Creemos que podremos recaudar el dinero suficiente para pagar el alquiler del piso en Sacramento, por lo menos.

Me quedo mirando el panfleto, sin saber qué decir.

–Esto es... –mascullo, y me llevo la mano al corazón. Me va tan rápido que la sangre me ruge en los oídos–. ¿Habéis...? ¿Habéis preparado todo esto los dos solos? ¿Cómo? ¿Cuándo?

–Empezamos la semana pasada –responde Meghan, como si fuera lo más normal del mundo.

–¿Ves? Esto es lo que pasa cuando empiezas a darle mi contacto a la gente –le dice Remi a Tate.

Ella se echa a reír y le da una patada cariñosa, que él responde del mismo modo.

–Meghan... –empiezo, pero el nudo de mi garganta no me deja seguir. Respiro hondo–. No me puedo creer que...

–Os merecéis mucho más –me corta ella, muy seria–. Pero esto...

–Esto está en nuestra mano –completa Remi la frase, al ver que Meghan está a punto de echarse a llorar.

–Yo... Yo solo... –noto que las lágrimas me resbalan por las mejillas y, de pronto, estoy abrazada a Meghan–. Gracias –le susurro al oído.

La suelto y trato de reponerme.

–Bueno –digo al fin–, quiero que me contéis todos los detalles ahora mismo. ¿Habéis hecho un Excel?

–Pues claro que lo he hecho. ¿Por quién me tomas? –responde Meghan, sacando su teléfono.

Remi gime.

–¿Te parece que metamos el sofá en el remolque, o algo así? –le dice a Tate, y los dos salen de la cocina sin decir nada más.

39

Tate

27 DE JUNIO

CUANDO LLEGAMOS A LA CASA DE PENNY con la primera remesa de cajas y muebles, ya son casi las diez de la noche. Meghan y Remi se baten en retirada en cuanto terminamos de descargar.

Penny se desploma en el sofá rosa. Ahora hay dos en el salón, enfrentados como si se dispusieran a pelear: el sofá de Lottie, un mueble de los años treinta que tapizó de tela rosa ella misma, contra el beis que mi madre y yo compramos en una tienda de segunda mano.

–Tenemos que organizar todo esto –dice Penny, señalando con un gesto las montañas de cajas que invaden la cocina–. Recolocar los muebles, guardar cosas en el garaje...

–¿Pero hay sitio en el garaje? –me extraño–. Pensé que tu madre lo utilizaba como estudio.

–Ahora es mitad estudio y mitad garaje. Mi padre levantó un tabique para separar las dos zonas –explica, y parpadea como si a ella misma la hubiera sorprendido la mención de su padre.

Decido aprovechar la apertura que me ha dejado, porque aún estoy impresionada por la forma en que Lottie ha eliminado todo rastro de George de su parte de la casa. Lo único que recuerda a él es ese rincón en el piso de arriba, y pensar en ello me produce una sensación...

¿Creerá Lottie que borrar su recuerdo hará que él no la persiga por lo que le ha hecho a su hija? Porque, si existen los espíritus y hay justicia en este mundo, no me cabe duda de que el fantasma de George encontrará la forma de pedirle cuentas.

–¿Puedo preguntarte una cosa? –digo.

Ella asiente, pero lo hace con tanto recelo que estoy a punto de echarme atrás.

–¿Tu madre nunca menciona a tu padre cuando está contigo?

Ella no aparta la mirada, pero sus ojos se hacen cada vez más desafiantes. Me quedo prendida en ellos, con las mejillas encendidas por su forma de mirarme y también por mi propia audacia al sacar ese tema.

–¿Habló alguna vez de él mientras vivía en vuestra casa? –replica al fin.

Mi corazón se salta un latido. Sí que lo hizo, pero supongo que no de la forma que Penny piensa.

–¿Lo hizo? –insiste.

–Algunos días hablaba de muchas cosas... Otros, no decía ni una palabra.

Lo dejo ahí porque, de la misma forma en que hay cosas que no puedes retirar una vez las pronuncias, hay cosas que no puedes olvidar una vez las oyes. (Lottie suplicándole a mi madre que le diera las pastillas, que la dejara marchar...).

Yo jamás las olvidaré.

–Mi madre nunca habla de nada conmigo –dice Penny–. Y menos de mi padre.

–Puedes hablar de él conmigo, si quieres.

Su expresión se suaviza.

–Eso sería... Gracias.

–Yo también aprendí mucho de él –comento encogiéndome de hombros, porque es la pura verdad.

Era George quien nos llevaba de expedición al campo cuando éramos niñas. Si hoy sé hacer una hoguera o manejar una motosierra, es gracias a él. Era un buen padre..., un buen hombre.

Supongo que, cuanto mejor persona eres, mayor es el hueco que dejas detrás. George dejó un cráter.

Penny esboza una sonrisa y se aclara la garganta.

–No sé tú, pero yo estoy segura de que hay salseo entre Remi y Meghan –declara.

–Bueno, ya nos han dicho lo que hay, ¿no? –replico, dándome cuenta de que quiere cambiar de tema–. Están preparando una barbacoa para recaudar fondos.

–Aún no me creo que hayan montado ese follón.

–Pues yo sí.

Me lanza una mirada interrogante.

–Remi y Meghan son dos bollitos de canela humanos –explico–. Y a los bollitos de canela humanos les gusta extender su buen rollo por el mundo.

Penny se incorpora en el sofá.

–Si ellos son eso, ¿qué somos tú y yo? –pregunta.

–Dos chicas que se lanzaron a vender sus cosas y a buscar más trabajo para solucionar los problemas de su familia, porque, si no nos sacamos las castañas de fuego nosotras mismas, ¿quién nos las va a sacar?

–Pero eso no es cierto –protesta.

–No, pero las dos actuamos como si lo fuera.

Se queda callada, porque sabe que es verdad. Penny y yo reaccionamos como si la tarea de facilitar las cosas a nuestras madres recayera solo en Marion y en nosotras, no como si tuviéramos a toda una comunidad detrás.

Y Remi y Meghan nos acaban de demostrar que sí que la tenemos.

–¿Y por qué somos así? –me pregunta de repente.

Tardo un poco en contestar, aunque conozco bien la respuesta.

–Porque estamos heridas, creo –digo al fin.

Después de eso, Penny se queda callada. Ni siquiera dice nada cuando me levanto y le doy las buenas noches; en vez de hacerlo, se despide con un gesto de la cabeza.

Subo las escaleras entre crujidos hasta llegar a un cuarto que es el mío y no lo es. Cuando oigo el chasquido de su puerta al cerrarse, unos minutos más tarde, la sensación de cercanía, de posibilidad –esos dos o tres pasos que me costaría atravesar el pasillo–, es casi más dura que compartir la cama con ella.

Mi cuerpo entero protesta cuando el despertador suena a las cuatro de la mañana. Aun así, me arrastro hasta levantarme en lugar de aplazar la alarma. Voy al baño y luego hago yoga durante veinte minutos. Estoy bebiendo agua de mi botella rellenable cuando oigo los pitidos estridentes del despertador de Penny.

Me visto y me hago las trenzas; ya me ducharé luego, en la piscina. Para cuando acabo, ya no puedo soportar más los pitidos.

–Penny, ¿estás despierta?

Silencio total, solo roto por ese maldito ruido.

Abro la puerta y entro en su cuarto. En la pared, su calendario tiene marcadas en naranja todas las semanas que las madres estarán ausentes, y el collage a medio terminar que hay tras la cabecera de su cama ha pasado de ser un jardín lleno de flores a convertirse en una selva tenebrosa.

–¿Penny?

Al ver que ni siquiera así reacciona, avanzo un poco, con cuidado de no tropezar en la jarapa que ha colocado para ocultar los desconchones de la tarima. Me siento en el borde de su cama, apoyo la mano en su hombro y la agito con suavidad.

–Pen, te tienes que levantar.

–Mmmmm –farfulla, agitándose un poco bajo mi mano.

De pronto, se gira hacia mí, parpadea y me lanza una sonrisa somnolienta y relajada. Hace meses que no la veo tan cómoda en su piel, y la imagen me asombra de tal forma que doy un respingo, como si me hubiera saltado un escalón.

–Aquí estás –murmura, y cierra los ojos mientras se hunde de nuevo en su montón de almohadas.

–Es hora de levantarse, Pen.

–Mmmm –frunce el ceño–. No. Ven a la cama conmigo.

–¿Qué...?

Extiende la mano y sus dedos se cierran alrededor de mi bíceps. Cuando empieza a tirar de mí, me pilla tan desprevenida que me dejo llevar, y solo freno en el último instante.

Sus ojos se abren de golpe.

–¿¡Tate!?

Deja caer mi brazo y sale de un salto de la maraña de mantas y almohadas, como un muñeco de resorte.

–¡Perdona! –dice con voz aguda–. Pensé que... –empieza a decir, pero su boca se cierra de golpe antes de terminar la frase.

La miro, sintiendo que el corazón se me retuerce en el pecho de esa forma que solo hace cuando Penny está cerca.

–Joder, es tempranísimo –gime, tapándose la cara con las manos.

–Lo siento –digo–. Bueno, me voy a correr.

Ella frunce el ceño.

–¿Por la carretera?

Asiento.

Vuelve a gemir, ahora más fuerte, y se incorpora del todo.

–Voy contigo.

–No tienes por qué...

–Tate, hay osos. Además, si te golpea el remolque de un camión lleno de troncos y acabas en un barranco, tu madre me mataría. ¿Sabes dónde guarda mi abuela el espray para ahuyentar osos, o cuáles son las curvas con menos visibilidad de la carretera? No, ¿verdad?

Por más que me disguste, tengo que reconocer que lleva razón.

–Vale, vente.

–Dame cinco minutos.

Salgo de su cuarto, haciendo como que no oigo el taco que suelta en voz baja.

(Me cuesta bastante trabajo).

40

Tate

28 DE JUNIO

AL SACAR EL MÓVIL, veo que mi madre me ha mandado un vídeo. Lo cargo y la veo en la cama del hospital, saludándome con la mano.

El mensaje de abajo no es gran cosa: *Estoy de maravilla!* Aun así, veo el vídeo cuatro veces en el aparcamiento de la piscina, a pesar de que ya llego tarde. Al final, salgo del coche a toda prisa, deseando que me hayan dejado alguna calle libre.

Cuando veo a las chicas de mi equipo de pie junto a la piscina, ya es demasiado tarde. Es evidente que las tres me han visto, sobre todo una de ellas: Laurel. Me doy cuenta perfectamente por la forma en que sus ojos se estrechan, como hacen cada vez que se ve obligada a tolerar mi presencia.

La ex de Penny y yo nunca nos hemos llevado bien, incluso antes de que fuera su ex.

Es una de las razones por las que entreno tan temprano: que ellas nunca lo hacen.

Sigo caminando como si nada y dejo caer mi bolsa de red frente a la calle más alejada. Aun así, Evie no se da por aludida. No me extraña, porque esa chica es como el golden retriever más cariñoso del mundo (y lo digo como un cumplido). Es la dulzura personificada, y la única componente del equipo que me ha tratado con una mínima amabilidad a lo largo de los últimos meses. Pero no quiero enredarme ahora en esos pensamientos. Paso de recrearme en el pasado, cuando mi presente se ha convertido de pronto en todo lo que deseaba.

Mi madre va a sobrevivir. Está en Sacramento y tiene un hígado que funciona.

–¡Eh, Tate! ¡Hola! –exclama Evie mientras se acerca trotando a mí, con el pelo rubísimo pegado a la cara por la humedad y con el gorro en la mano.

–Hola, Evie. Theresa, Laurel...

–¿Qué tal está tu madre? –pregunta Evie.

–Muy bien, gracias por preguntar. En unos días le darán el alta.

Evie esboza una sonrisa sincera.

–¡Qué bien! –responde.

–Nos alegramos mucho por ti, Tate –dice Theresa.

–Gracias. Os lo agradezco, y mi madre también. Bueno, tengo que... –añado, y señalo el vestuario con el pulgar.

–Sí, sí, claro. Pero antes me gustaría... –Evie da un paso hacia mí–. ¿Puedo? –pregunta, con los brazos extendidos.

No puede ser. ¿Pretende... abrazarme?

–Eh... Vale.

Me estrecha con delicadeza, como si yo fuera de cristal.

–Estoy muy contenta por ti y por tu madre –susurra–. Lo habéis pasado muy mal.

Soy incapaz de relajarme para responder a su abrazo, y sus palabras hacen que se me entrecorte un poco la respiración. ¿Tan mal lo he disimulado?

–Gracias, Evie –digo cuando nos separamos–. Nos vemos, ¿vale?

–¡Escríbeme y quedamos!

–Lo haré –miento.

Hay cosas que, una vez hechas, no se pueden deshacer.

Y otras que no quiero deshacer.

Después de ese encuentro inesperado, agradezco refugiarme en el silencio del vestuario. Hasta ahora no se me había ocurrido pensar en cómo iba a solucionar esta parte de mi vida –la relacionada con nadar y los entrenamientos–, ahora que Penny me tiene que llevar y traer. Por suerte, hoy he sido yo quien la ha llevado al trabajo, y no al revés.

Me quito la ropa, y estoy poniéndome el bañador cuando el estruendo de la puerta metálica resuena entre las filas de taquillas.

–¿Hola? –digo, girando la cabeza para comprobar quién ha entrado.

Al verla, vuelvo a inclinarme sobre mi bolsa de deporte, saco la toalla y me la enrosco alrededor de la cintura. Luego, sin molestarme en saludar, agarro la bolsa y voy a la puerta.

–Apestas –me dice Laurel cuando paso a su lado.

Odio pensar que tal vez sea cierto, después de mi carrera de esta mañana. Odio que su comentario me haya hecho detenerme. Y odio más aún que me haya molestado.

(Pero la verdad es que odio a Laurel, en general, así que no es de extrañar).

No digo nada. En vez de hacerlo, me quedo mirándola.

Laurel se remueve. Jamás ha sido capaz de quedarse quieta. Es una esprínter: se le dan bien las carreras de relevos, sobre todo si sale la primera, pero luego no sabe dosificar su energía y se agota. En eso somos opuestas. Mi lema es: «Empieza fuerte, termina fuerte y no aflojes en el medio».

Por eso le gano siempre, algo que Laurel odia. Lo odia casi tanto como me odia a mí.

Es lo único que tenemos en común.

(Además de a Penny, claro).

Es como si hubiéramos pensado lo mismo, porque lo siguiente que me dice, tan tensa como si decirlo le dislocara la mandíbula, es:

–¿Cómo está Penny?

Mi primer impulso es alejarme y dejar la pregunta en el aire. Pero, si no aclaro las cosas con Laurel, el mal rollo podría terminar haciendo daño a Penny, y no quiero que eso vuelva a ocurrir. Laurel y yo formamos parte del mismo equipo, lo que quiere decir que, a partir de ahora, a Penny le resultará difícil evitarla.

–Tú y yo vamos a hacer un trato –digo.

–¿En serio? –responde Laurel–. ¿Desde cuándo eres tú la reina de la piscina?

–Penny y yo estamos viviendo juntas.

Se ruboriza al oír esa frase.

–Vuestras madres y vosotras compartís casa, más bien –replica.

–Ahora mismo, estamos las dos solas –afirmo.

Dejo que mis palabras se consoliden entre las dos, con todos sus sobreentendidos y sus implicaciones, y veo que Laurel se ruboriza de rabia.

–Y eso quiere decir –continúo– que, si intentas pasarte a verla, habrá algo más que alambre de espino para impedírtelo.

Resopla, en un intento de carcajada que no le sale del todo bien.

–No sabes decir las cosas sin convertirlas en un culebrón, Tate.

–Y tú no sabes cuándo dejar en paz a la gente. Después de que cortarais, Penny dejó bien claro que no quería volver a hablar contigo.

–Lo sé perfectamente –responde Laurel con rabia, tan alto que su voz resuena sobre el goteo que se escurre de las duchas–. Estarás feliz, supongo –masculla.

–Lo estoy –asiento, con una sonrisa genuina porque es la pura verdad–. ¿Cómo era la frase? «Tate la triste, con su madre enfermita...». Bueno, pues ya no está tan enferma, ¿sabes? –digo, y ella da un respingo al oír cómo le lanzo sus propias palabras a la cara–. De ahora en adelante, verás a Penny a menudo cuando venga a recogerme a los entrenamientos y esas cosas. Quiero que la dejes tranquila.

–¿Y si es ella la que no me deja tranquila a mí?

–Penny puede hacer lo que le dé la gana –me encojo de hombros–. Déjala tranquila, a no ser que sea ella la que se acerque para hablar contigo. Pero dudo mucho que eso ocurra, después de lo que le hiciste.

–No tienes ni idea de lo que pasó entre Penny y yo.

Me encojo otra vez de hombros, consciente de lo mucho que le molesta.

–Si tú lo dices...

–No tengo por qué obedecerte. No me puedes impedir que hable con ella.

–No, yo no. Pero ella sí, y yo puedo ayudarla. Ya veremos cómo va la cosa.

Me alejo sin más, y la voz de Laurel reverbera a mi espalda:

–Penny jamás te querrá, Tate.

Giro sobre mis talones para mirarla sin dejar de andar, ahora hacia atrás, y me encojo de hombros una vez más.

–No lo hago por eso.

Cuando me doy la vuelta de nuevo, ella guarda silencio. No le queda nada.

(A mí tampoco).

41

Tate

29 DE JUNIO

–TENEMOS QUE TERMINAR HOY. Mañana hay que devolver las llaves –me recuerda Penny mientras froto las manchas de grasa del horno.

–Sí, lo sé –respondo por tercera vez–. No hace falta que lo vuelvas a decir.

Está encaramada sobre el fregadero, limpiando con una bayeta de microfibra todas y cada una de las lamas de las malditas persianas de aluminio que hay en todas las habitaciones. Es una tarea ingrata y, aunque no se ha quejado ni una sola vez, me doy cuenta de que empieza a cansarse porque me recuerda cada veinte minutos que nos estamos quedando sin tiempo. Es como si tuviera un temporizador en la cabeza.

–Lo siento –dice–. Es solo que estoy... –deja escapar el aire, aguanta la respiración un par de segundos y luego toma aliento–. Me preocupa que no podamos terminar.

–Podremos, ya lo verás –le aseguro–. Piensa en otra cosa.

–¿En qué? –pregunta con desánimo.

–Mi madre me ha dicho que a lo mejor le dan el alta a Lottie mañana.

–Y a tu madre también, ¿no?

–No, creo que ella estará ingresada unos días más.

–No jodas... Entonces, mi abuela y mi madre se van a quedar unos días solas en el apartamento –gime, abriendo mucho los ojos–. Suerte que me voy a ahorrar ese duelo de titanes...

–¿De verdad se llevan tan mal? –pregunto.

–¿Te acuerdas del día que saqué el tema de las facturas?

Asiento.

–Pues así todo el rato –afirma.

–Antes se llevaban bien, ¿no?

–Antes yo tenía un padre, mi abuela tenía un hijo y mi madre tenía un marido –responde, observando el polvo de las persianas para no encontrar mi mirada.

–Ya –digo para cerrar el tema, porque no soporto ver cómo agacha la cabeza y rehúye mis ojos mientras habla del agujero que ha quedado en su familia.

¿Creerá Lottie que ese hueco se va a cerrar más rápido si borra la memoria de George?

–Hablando de otra cosa... Cuéntame lo del negocio de excursiones por el río, anda –le pido.

–¿De mis planes con Meghan?

Asiento, terminando de retirar del horno la espuma mezclada con grasa.

–A Meghan se le ha ocurrido ofrecer un tour del río de una semana. Habrá dos versiones, una más campestre y otra más refinada.

–¿Refinada? ¿Cómo?

–Con más noches en caravana y menos en tienda de campaña –explica, mientras yo cierro el horno y me acerco al fregadero–. Lo que pasa es que, para eso, tendremos que comprar cuatro caravanas usadas y renovarlas por completo.

–¿Sabéis cómo hacerlo?

–A Meghan le encantan esas cosas, y yo puedo aprender. Además, cuando le contemos a su padre nuestros planes, seguro que accede a ayudarnos. Tiene un montón de herramientas, así que no nos hará falta gastar en eso.

–Lo tenéis todo pensado –comento. No me sorprende en absoluto, la verdad.

(Dios... Lottie se va a poner como una furia).

–Tendremos que negociar con algunos propietarios para que nos dejen aparcar en sus fincas, pero creo que no tendremos problemas. Mi padre tenía acuerdos con un montón de gente, y supongo que no les importará mantenerlos conmigo. Y luego está lo de la gran expedición, claro.

–¿Qué es eso?

–Aún me quedan muchos flecos por rematar, pero me gustaría organizar viajes a lo largo del curso del río, desde el nacimiento hasta la desembocadura.

–¿En balsa?

–En kayak, más bien, pero sí.

–¿Y se puede hacer eso? ¿No hay presas y cosas así?

–Sí, claro; en esos puntos, habrá que bajar para rodearlos a pie. Pero hay gente que lo hace.

–¿Y cuánto duraría?

–Unas tres semanas o así, hasta llegar a San Francisco.

–Uf... Qué pasada.

Baja de un salto de la encimera para atacar la siguiente tarea de su lista.

–¿Te parece mala idea? –pregunta.

–Qué va –contesto–. Mola mucho, aunque parece duro.

–Ya... Pero quiero que vaya más allá: que no sea solo una forma de hacer ejercicio, sino un viaje por la idea del río, por lo que significa para las personas que viven cerca de él.

(Definitivamente, a Lottie le va a dar un ataque cuando se entere de esto).

Penny me está mirando como si necesitara mi aprobación. Me resulta extraño sentir que necesita algo de mí.

–Eso lo convertirá en mucho más que un simple viaje... Será una oportunidad de aprendizaje. Me encanta –respondo, y ella me mira con una sonrisa de alivio.

Conozco lo bastante a Penny para saber que echará el resto en este plan. Para cuando Lottie lo averigüe, estará todo preparado y en marcha, y no lo podrá detener por mucho que lo intente.

–Es agradable contar con otra opinión –dice–. Meghan es demasiado optimista... A veces, necesito contarle a otra persona los problemas que se me ocurren, para contrastar.

–Puedes contármelos a mí. Pero, por ahora, lo que tenemos que hacer es sacar la basura –añado, señalando el montón de bolsas que hemos dejado junto a la puerta del apartamento.

–Buena idea. Me hace falta estirar un poco las piernas.

Recogemos la basura y bajamos por la escalera de cemento. Al llegar al patio, Penny tropieza y está a punto de dejar caer sus bolsas. Cuando recupera el equilibrio, me vuelvo para ver qué la ha despistado.

Ronnie está de pie frente a la puerta de su casa, mirándonos fijamente.

–¿Quién es ese tipo? –pregunta Penny.

–El propietario del edificio.

–Cada vez que salgo a llevar cosas a los contenedores, se me come con los ojos –dice.

Un hormigueo me recorre la columna vertebral.

–¿Se ha puesto baboso contigo? –pregunto mientras tiramos las bolsas.

–No, solo me mira. Da mal rollo, pero no me ha llegado a decir nada.

–Esperemos que siga así –suspiro.

–¿Os ha causado problemas alguna vez? –me pregunta Penny en voz baja cuando atravesamos el patio de vuelta hacia las escaleras.

Me esfuerzo por no mirarlo, aunque sé que sigue ahí plantado, dándonos un repaso mientras bebe su café. Por fin, llegamos al apartamento y cierro la puerta.

–La verdad es que da mucho mal rollo... Y, además, es uno de esos caseros cabrones que siempre tratan de quedarse con la fianza. Hace unos años, en el apartamento de al lado vivía una chica majísima. Cuando se fue, dejó el piso superlimpio, pero él dijo que había tenido que limpiar con vapor la moqueta porque olía a cerrado y le chuleó la mitad de la fianza.

–Qué mamón –masculla Penny.

–Ya ves. Y nos hace falta recuperar la fianza, así que...

–No te preocupes, no le diré nada –contesta–. Además, solo nos queda limpiar el baño y el suelo.

Mi móvil vibra sobre la encimera. Lo cojo y veo un mensaje de mi madre: *Sé que mañana empiezas a trabajar en el Brewery. ¿Puedes grabar a Drew mientras hace la masa de los pretzels? Me gustaría averiguar qué está haciendo mal.*

–Mira esto –le digo a Penny, ofreciéndole el teléfono.

Ella se echa a reír.

–¿Aún sigue emperrada con ese tema?

–Al parecer, Drew solo contesta a un par de llamadas de las seis que le hace cada día porque, como cualquier persona sensata, sabe que mi madre necesita descansar.

–Se lo hará pagar cuando vuelva a la cocina...

Sonrío, aunque me tengo que esforzar para hacerlo.

–Mi madre tardará un montón en volver a trabajar –comento–. Su recuperación va a ser...

–Mucho más larga que la de mi madre, sí –completa Penny–. Lo sé.

–Me hiciste un favor al conseguir que Graham me dejara hacer turnos en el Brewery. Nos va a hacer falta ese dinero... Espero que no me eche cuando acaben las vacaciones. Aunque, si lo hace, también me puedo buscar otro trabajo.

–En invierno, la casa tiene un montón de gastos –Penny suspira–. Mi madre... no hace caso de esas cosas. Era mi padre el que se ocupaba de las finanzas de la casa, y ahora...

–Ahora, te toca a ti.

–Incluso aunque trabajemos las dos y yo coja más clases particulares cuando empiece el curso, vamos a ir muy justas. Si algo se estropea o surge un gasto inesperado...

–Cuando la entrenadora vuelva de vacaciones, puedo pedirle que me ponga a dar clases de natación –propongo–. Creo que podría encajar algunas horas entre los entrenamientos, las clases y los turnos en el Brewery.

–Nos las arreglaremos –dice Penny.

–¿Quién es la optimista ahora? –pregunto, y ella se echa a reír–. Me alegro mucho de que vayan a darle el alta a tu madre, Penny.

–Sí, lo sé. Las dos podrán volver a casa enseguida. Bueno, enseguida no, pero...

–Pronto –digo.

–Eso: pronto –repite, asintiendo con la cabeza.

Me mira con una sonrisa trémula, y las dos volvemos al trabajo.

Las dos nos pasamos la mayor parte del jueves trabajando de firme, pero, para cuando acabamos, el apartamento está impecable. Penny lo inspecciona por última vez mientras yo saco las últimas bolsas de basura, bajo con ellas por las escaleras de la muerte y las llevo hasta los contenedores del patio. Ya hay una nube de moscas sobre ellos, y en el aire flota un olor a huevos podridos, así que procuro darme prisa.

Y, cómo no, Ronnie elige ese momento para salir de su casa y acercarse a mí en plan gallito.

–¿Qué haces aquí? –me dice, y los pelillos de la nuca se me erizan solo de oír su voz.

–Estoy limpiando el piso, Ronnie –le contesto a nuestro casi excasero–. En un ratito, te dejo las llaves en la oficina.

–He visto a otra chavala que tiraba un montón de basura en los contenedores. Estaba a punto de llamar al sheriff para denunciarla por vertidos ilegales cuando vi que entraba en tu casa.

–Es solo una amiga que ha venido a ayudarme. No estaba haciendo nada ilegal.

–Menos mal que me di cuenta antes de llamar, ¿no crees?

–Menos mal, sí –mascullo.

Hemos vivido aquí durante seis años, desde que yo tenía once. Nuestra casa no era gran cosa –sobre todo gracias a Ronnie, que solo reparaba de mala gana los desperfectos más urgentes–, pero, al menos, era nuestra. A veces, nuestra vida era precaria, como todo en la existencia cuando no te llega el dinero. Ronnie se ponía muy desagradable si nos atrasábamos con las mensualidades, y hubo temporadas a lo largo de esos seis años en las que nos resultaba imposible pagar las facturas médicas sin correr peligro de que nos desahuciaran. Si no nos venían gastos por un lado, nos venían por el otro, y a veces venían de los dos lados a la vez.

–Voy a echar mucho de menos a tu madre –dice, con una sonrisa babosa que preferiría no ver–. Tendré que ir al Brewery para echarle un ojo de vez en cuando.

No piques, Tate. Necesitas que te devuelva la fianza.

(Pero me gustaría tanto poder decirle lo que pienso...).

–Va a estar de baja una buena temporada. Nos hemos mudado a un sitio muy agradable –respondo, luchando por mantener una voz inexpresiva y rogando con todas mis fuerzas que se vaya de una vez.

Llevo años sintiéndome así cada vez que hablo con él, y mis ruegos nunca han funcionado. Esta vez, tampoco.

–Tu madre tiene más clase que tú –me espeta. Es una amenaza velada y, normalmente, yo me achantaría al oírla–. Deberías fijarte más en ella; si no, tal vez haya consecuencias.

–Lo único que estoy haciendo es limpiar el apartamento –replico, intentando con todas mis fuerzas que mi cara no exprese nada.

Supongo que no lo consigo, porque odio a este tipo con todas mis fuerzas, joder. Solo puedo pensar en la sonrisa forzada de mi madre cada vez que trataba con él, en cómo intentaba llevarle los cheques del alquiler cuando él no estaba en casa, en la forma en que negaba con la cabeza cada vez que me ofrecía a hacerlo yo, en su insistencia en que llevara siempre encima mi llavero con un botecito de espray de pimienta.

–Estáis ocupando todos los contenedores, y eso no es justo para mis inquilinos. Los que aún viven aquí, quiero decir.

Lo miro sin dar crédito a mis oídos. No hemos tirado más de ocho bolsas; hay sitio de sobra.

–Con un poco de clase, se va a todas partes –añade.

Y luego se lame los labios.

Soy una olla a presión, y el vapor acaba de rebosar. Lo siguiente que sale de mi boca es:

–Que te den, cabrón.

Doy un paso adelante en vez de retroceder.

–Llevo años viendo cómo le miras el culo a mi madre cuando te cruzas con ella, hasta que empezaste a mirar también el mío. No te debo nada, pervertido de los cojones.

–Eres una... –da un paso hacia mí y yo me tenso, esperando que me trate de agarrar o me lance un puñetazo.

–Eh, ¿qué pasa aquí?

Es la voz de Penny.

Penny está aquí, justo detrás de él. Una oleada de alivio me invade al ver cómo Ronnie se aparta de un salto, con los puños cerrados, y nos mira por turno a las dos.

Los ojos de Penny se estrechan. Inclina la cabeza, con la coleta oscilando como un péndulo de mal agüero, y me contempla de tal forma que sé que se ha dado cuenta. (Se ha dado cuenta de la forma en que mis nervios han chirriado antes, de ese instinto que todas tenemos y que me ha surgido a flor de piel: «Escapa, no vaya a ser que este tipo sea malo de verdad y no solo un pringado»).

Ronnie, que no parece advertir la tormenta que se cierne sobre él, se aferra al único resto de poder que le queda:

–Estáis llenando mis contenedores de basura –gruñe.

–Tate sigue siendo inquilina hasta la medianoche –replica Penny–. Hasta entonces, puede usar las instalaciones comunes.

–No si va a llenar los contenedores con toda la basura de la mudanza. Para eso tiene que pagar un complemento.

–No tienes derecho a hacer eso.

–Tengo derecho a hacer lo que me dé la gana –replica Ronnie–. Este edificio me pertenece.

Ni siquiera recuerdo cuántas veces he oído esas dos frases. Verdaderamente, Ronnie es un gilipollas integral. Y tiene poder: sus apartamentos son los más baratos del pueblo, y eso hace que sus inquilinos estén dispuestos a pasarle muchas cosas por alto.

–Además –continúa–, voy a tener que revisar el apartamento con mucho cuidado por si habéis causado algún desperfecto.

–¡Ah, fenomenal! En ese caso, seguro que te encanta esto –exclama Penny con voz falsamente amable, sacándose su móvil del bolsillo–. He grabado todo el proceso de limpieza. ¿Lo quieres ver en tiempo real, o acelerado? Tengo las dos versiones, y pienso subirlas a mi web en cuanto llegue a casa. Tengo un canal dedicado a temas de limpieza, ¿sabes? Se llama *Im-Penny-cable.* ¿Lo conoces?

Le da al play, y en la pantalla aparece ella misma limpiando las paredes del cuarto de mi madre.

Ronnie hace una mueca malhumorada.

–También he sacado un montón de fotos en plan antes y después –continúa Penny–. Lo hemos documentado todo, ¿verdad, Tate?

Me mira fijamente, invitándome a entrar en el juego.

–Sí, sí. Tus suscriptores están pidiendo a gritos que subas más vídeos de limpieza de casas –afirmo.

–Exacto. No paran de pedírmelo –corrobora Penny.

A estas alturas, Ronnie está como un tomate.

–Como no saquéis vuestra basura de mis contenedores –gruñe–, la sacaré yo y la tiraré en el apartamento.

Siento que me quedo pálida. La sonrisa falsa de Penny se borra de golpe, y en sus ojos aparece un brillo malévolo.

–Muy bien –dice, echando a andar hacia los contenedores. Abre la tapa del que hemos usado, con un gesto teatral, y luego extiende el brazo hacia mí–. Tate, ¿me ayudas, por favor? –pide muy digna.

Me acerco a ella y junto las manos para que apoye el pie, sin saber aún si va en serio. Ella se aúpa, se mete en el contenedor y empieza a sacar nuestras bolsas de basura, tirándolas una a una en el suelo de cemento. Al acabar, está pringada y maloliente, y yo jamás la he visto tan guapa.

Sale de un salto, agarra dos bolsas en cada mano y las lleva a su coche. Yo me apresuro a imitarla y, en un par de minutos, el suelo está limpio de bolsas y la cara de Ronnie ha pasado del rojo al morado.

–Problema resuelto –le espeta Penny.

–Como te dije antes, llevaré las llaves a la oficina cuando acabemos –añado yo.

–Y si se te ocurre algún otro «problemilla» –añade Penny, haciendo las comillas con los dedos–, dínoslo y lo solucionaremos también. Aunque te sugiero, más bien, que te relajes, aprecies lo buena inquilina que fue Anna y le desees una buena recuperación, porque eso sería lo que haría cualquier persona decente.

–Pero, Penny –replico yo con seriedad fingida–, Ronnie no puede ser una persona decente. ¿No ves que es un casero?

Ella aprieta los labios para contener una carcajada.

–Sois un par de... –masculla él con rabia.

–El apartamento está impecable –le corto–. Hemos hecho fotos de todo. Como no le devuelvas a mi madre toda la fianza, me temo que tendré que denunciarte. Con mucha clase, eso sí.

–Me encanta la tecnología –comenta Penny, volviéndose hacia mí con una sonrisa de oreja a oreja–. Bueno, nos vamos, que tenemos pendiente una excursión al vertedero. ¡Chao, Ronnie!

Miro cómo su coleta se aleja, rebotando sobre su espalda. Tras cerrar con llave el apartamento, la sigo y me monto en el asiento del copiloto de su coche cargado de basura. Bajo a toda prisa la ventanilla, conteniendo el aliento.

–Muy bien –dice Penny mientras se monta y se abrocha el cinturón–. Mira dentro de la guantera y verás una bolsa de plástico llena de monedas sueltas. Creo que habrá suficiente para pagar las tasas del vertedero. Si llevamos todo esto a casa, se nos va a llenar el jardín de osos.

Yo la miro sin decir nada, respirando por la boca. Es tan fuerte que estoy mareada.

No me refiero al olor de la basura.

Lo que es fuerte es... Esto. Ella.

Algunas chicas jamás consiguen ciertas cosas.

Y yo jamás conseguiré a Penelope Conner.

(Pero querría... Ay, cómo querría).

42

Penny

29 DE JUNIO

–LA CARA QUE HA PUESTO... –dice Tate, meneando la cabeza–. Aún no me puedo creer que hayas hecho eso.

–Y yo no me puedo creer que hayáis tenido que aguantar a ese cabronazo durante tantos años –respondo indignada.

Se encoge de hombros.

–Era lo que había –dice.

–Pues lo que había era una mierda.

–Siento haber gastado todas tus monedas... Te devolveré el dinero en cuanto pueda.

–Tate, no. No hace falta.

–Pero era mi basura, sacada de mi casa...

–Cállate de una vez, anda.

En su cara aparece esa sombra de sonrisa tan típica de ella.

–Vale.

Subе al techo de mi coche y se tumba boca arriba, mientras yo me meto en el asiento de detrás para cambiarme. Luego, salgo para reunirme con ella.

Ante nuestros ojos se extiende el condado, con Salt Creek y Blue Basin a los dos lados del río. Desde aquí hay una vista preciosa; por eso, cuando Tate sugirió venir después de dejar las bolsas en el vertedero, accedí enseguida.

Me aliso las perneras de los pantalones que Tate me ha prestado. Son de una tela brillante e impermeable que cruje de un modo extraño sobre mi piel. Estoy nadando en su ropa de natación: la sudadera con capucha que me dio es al menos una talla más grande que la de ella, lo que quiere decir que a mí me sobran tres tallas.

–¿Qué? –pregunto al ver cómo me mira mientras me remango.

–Nada –responde, volviendo a mirar hacia abajo, aunque las comisuras de su boca se han curvado levemente.

–No es culpa mía ser pequeñita.

Se echa a reír, incorporándose un poco en el techo del coche mientras yo trepo junto a ella.

–¡Yo no he dicho nada! –protesta.

–Estoy hasta el moño de la gente alta y de vuestro complejo de superioridad –mascullo.

–¡Solo te ofrecí la ropa porque tu vestido estaba sucio!

–Ya, ya, y me ha venido fenomenal. El vestido está que da asco... Pero no pasa nada; ya lo lavaré.

Compruebo el teléfono, pero no hay ningún mensaje de mi madre. La única que me escribe para irme contando los avances es mi abuela.

Mi madre solo me ha escrito una vez: la mañana siguiente al día en que Tate y yo volvimos, me mandó un emoji de una mano con el pulgar levantado.

Desde entonces, nada. Cada vez que me llama mi abuela, mi madre está dormida. No quiero pensar que lo hace a propósito, pero no puedo evitar pensarlo.

Está volviendo a ocurrir. Mi madre se está alejando..., aunque ya estábamos muy alejadas. Eso debería hacer que me doliera menos, pero, por alguna razón, no es así.

De hecho, casi me duele más.

–Desde aquí se ve todo –comenta Tate.

–Cierto.

–Llevo sin venir desde... –se interrumpe de pronto. Da igual: las dos sabemos perfectamente cómo termina esa frase.

«Llevo sin venir desde la noche en que te vine a buscar».

A mí me pasa lo mismo. Pero si lo digo...

No puedo decirlo. ¿Verdad?

–Penny, ¿en qué me estoy metiendo?

Giro la cabeza hacia ella, con el corazón en la garganta. ¿Se estará refiriendo a...? Pero entonces continúa:

–Cuando tu madre se mudó a la casa de tu abuela para vivir contigo, creí que era porque las cosas habían mejorado.

–Bueno, ella está mejor –contesto–. La veo bastante contenta, especialmente ahora que tu madre se va a curar.

–La casa... Es como si os la hubierais repartido. El piso de arriba es tuyo, y el de abajo, de ella.

–Sí, eso hemos hecho –asiento. Su boca se cierra de golpe, y sus cejas oscuras se fruncen como si pensara que estoy loca o algo así–. No me mires con esa cara, que no me ha encerrado en una torre ni nada por el estilo. De hecho, ni siquiera lo planeamos de antemano. Lo que pasa es que... Mi madre nos evita a mi abuela y a mí, ¿vale? Cuando no está en el trabajo, se pasa todo el tiempo que puede en el estudio. Su cuarto está en el piso de abajo, y ya soy mayor para que tenga que controlarme.

–¿Y nunca sube al piso de arriba?

–La última vez que lo hizo, intentó quitar las fotos de mi padre, y me corté con el cristal de una tratando de impedírselo. Solo se detuvo cuando vio la sangre. Pero eso fue... Fue hace tiempo. Ahora está mejor.

–¿Y tú? –pregunta–. ¿Estás mejor? ¿Te encuentras bien?

No soy capaz de contestar. Pero no es por ese típico sentimiento de «si lo digo, se hará verdad»; es que ya es verdad.

Por eso he huido de ello.

–¿Puedes hablar de estas cosas con la psicóloga, al menos? –pregunta por fin Tate, al ver que sigo con la mirada perdida en el paisaje y no digo nada.

–Me obligó a parar.

–¿Cómo?

–Mi madre me obligó a dejar de ir a terapia.

Ahora sí que me giro hacia ella. Me está mirando con tanta intensidad que no puedo evitarlo.

–¿Cuándo hizo eso?

–¿Te acuerdas de la noche en la que me viniste a buscar aquí? Fue ese día –murmuro–. Tuvimos una pelea muy gorda. Por eso estaba tan hecha polvo.

–Creía que habíais discutido porque ella quería vender el negocio de tu padre.

–Esa fue la consecuencia de la pelea.

Me contempla como si yo fuera una constelación que no acaba de localizar.

–¿A qué te refieres?

Me siento a lo indio y apoyo los codos en las rodillas. Si se lo voy a contar, necesito algún tipo de soporte.

–Metí la pata hasta el fondo –explico–. Le pedí a mi madre que viniera a una de las sesiones de terapia. Y en cuanto Jane, la terapeuta, empezó a hablar de mandarme al psiquiatra, de la posibilidad de medicarme y de que quizá se me pudiera diagnosticar algo más que el trastorno de estrés postraumático por el accidente, mi madre entró en barrena.

Y cuando a Jane se le ocurrió decir que tal vez me viniera bien volver a hacer rafting...

–Vaya marrón –musita Tate.

–Ya ves. Mi madre explotó. Me sacó de allí sin más y me dijo que era la última vez que iba a terapia. Y luego, cuando llegamos a casa...

Su mano cubre la mía y su pulgar empieza a acariciar la cicatriz que tengo en el mío.

–No hace falta que me lo cuentes.

Giro la mano dentro de la suya hasta que quedan palma contra palma.

Eso es lo que desea mi madre: que me calle las cosas. Que me las trague bien hondo para que no vuelvan a salir a la superficie.

Pero eso me está matando.

–Quiero hacerlo –replico–. Tú viste el después; ahora, me gustaría que entendieras el antes.

43

Penny

LA VEZ DE DAMNATION PEAK

HACE UN AÑO

MI MADRE NO ME HABLA en todo el camino de vuelta desde la consulta de Jane. Pero, al llegar a casa, entra en ella con paso resuelto, en lugar de encerrarse en su estudio como yo había supuesto que haría.

Observo cómo desaparece en el interior de la casa y me quedo en el coche todo el tiempo que me atrevo. Pero, al cabo de cinco minutos, me doy cuenta de que tengo que entrar. Si no voy ya, quizá vuelva, más enfadada aún porque yo no la haya seguido.

Las luces de la caravana de mi abuela están encendidas. Podría ir allí, esconderme con ella.

Es lo que me gustaría hacer.

Dile a tu madre que la quiero.

Al final, no voy a la caravana.

Cuando entro en casa, mi madre está hablando por teléfono en el salón.

–Me parece muy bien –dice mientras yo avanzo sin hacer ruido, tratando de llegar a las escaleras sin que me vea.

De pronto, se vuelve hacia mí y chasquea los dedos. Freno en seco; no tengo escapatoria. Entro en el salón arrastrando los pies y me quedo de pie en el borde de la alfombra, mientras ella termina de hablar:

–De acuerdo. Gracias, Tim. Te veré el lunes para cerrar el resto de los detalles.

Cuelga, deja el teléfono en la mesita y se cruza de brazos.

–Siéntate –me dice.

Yo me quedo plantada donde estoy.

–Penélope, siéntate –silabea.

Me lo tomo con calma. A estas alturas, me da igual que se enfade más aún.

–¿De qué hablabas con Tim? –le pregunto.

–Estaba comprobando una cosa –responde–. Quería asegurarme de que no te ha dejado coger prestado material para hacer rafting últimamente.

–No le he pedido nada.

–¿Has ido al río en estos últimos meses? –pregunta.

–No.

Se levanta y empieza a pasear en pequeños círculos delante de mí. Empieza a decir algo dos veces, pero las dos se interrumpe. Alucino al ver que se está retorciendo las manos; creía que eso solo lo hacían en las películas, pero está claro que no. Es como si no pudiera parar de moverse, en brotes repentinos de energía que me están empezando a inquietar.

–¿Me estás mintiendo? –pasea, pasea, pasea–. ¿Has estado navegando en el río? Esa psicóloga... –retuerce, retuerce, retuerce.

Mis ojos oscilan entre sus manos y su cara. No sé por qué, pero el impulso de salir corriendo es casi irresistible.

–Jane solo pretendía explicarte cómo funcionan las estrategias de afrontamiento, y tú te pusiste como una fiera en lugar de escucharla –digo, tratando de mantener la calma.

Pasea, pasea, pasea.

–Esa mujer pretende atiborrarte de pastillas que no necesitas –retuerce, retuerce, retuerce–. Quiere diagnosticarte trastornos que no tienes. ¡Qué barbaridad! ¡Y encima, te está animando a que te pongas en peligro! La voy a denunciar.

–¿La vas a denunciar por hacer su trabajo? –pregunto asombrada–. Mamá, todo esto es una locura...

–¡No estoy loca! –chilla, y su rostro cambia en una transformación en plan doctor Jekyll y míster Hyde que me hace dar un respingo.

–No he dicho que lo estés. Solo he dicho que esto es...

–Esto se va a acabar ahora mismo –me espeta sin dejar de pasear en círculos–. Me vas a hacer caso. Estás perfectamente; las dos estamos bien.

–Mamá... –balbuceo, porque lo que acaba de decir es mentira. ¿Cómo vamos a estar bien?

–Ya está todo solucionado –masculla, asintiendo con la cabeza mientras su mirada se endurece–. Sí, todo solucionado –añade, sin dejar de asentir.

–¿De qué estás hablando?

–He arreglado las cosas para que tengas un futuro –responde y, de pronto, me mira con una sonrisa inexpresiva que me hiela la sangre en las venas–. Esto lo soluciona todo. Ahora, no te quedará más remedio que respetar las normas.

–¿Qué has hecho?

–Le voy a vender el negocio a Tim –responde. Su tono es casi despreocupado, como si no estuviera destrozando mis sueños y todo aquello por lo que trabajó mi padre.

Querría gritarle, pero, si lo hago, estoy segura de que ella empezará a hacerlo también. Y, si las dos nos rompemos ahora, será el fin.

No habrá vuelta atrás ni posibilidad de reparación.

La idea me asusta tanto que logro respirar hondo y despejar la angustia.

–No puedes vender el negocio –replico–. Papá siempre quiso que lo lleváramos los dos. Se supone que es mío.

Pero mi calma solo parece empeorar las cosas. Mi madre sigue paseando, paseando, paseando.

–No es tuyo –gruñe–. Es mío; puedo hacer lo que quiera con él. Y he decidido venderlo. No quiero volver a saber nada de esa mierda de negocio; lo quemaría entero, si no perdiéramos dinero con eso.

–Mamá...

–Esta insensatez se va a terminar ahora mismo –me corta–. Eres tú la que dice locuras. No voy a permitir que te conviertas en una zombi empastillada. No voy a permitir que vuelvas al río. Vas a vivir. Llevarás una vida larga y segura, no una excusa para tener subidones de adrenalina que te dejen aún más lisiada.

En cuanto acaba de decirlo, abre los ojos de par en par, como si se diera cuenta de lo que ha hecho.

–De puta madre, mamá. Dime lo que piensas sin cortarte, venga.

–Penny, yo... –empieza a decir, pero está paralizada por la vergüenza.

–No estoy lisiada –afirmo con voz firme, aunque las lágrimas me escuecen en la garganta–. Decir eso es asquerosamente capacitista.

–Lo siento mucho, Penny. Pero tienes que hacerme caso. Solo quiero hacer lo mejor para ti. Necesitas dinero para ir a la universidad...

–No voy a ir a la universidad –la interrumpo–. Estás destruyendo todo lo que papá dejó; si quieres convencerte a ti misma de que lo haces por mí, adelante, pero yo sé muy bien que no es verdad.

–¡No te vas a morir! –exclama, apuntándome con un dedo que es como un puñal–. No te vas a morir –repite–. Y Anna tampoco. ¡No se va a morir nadie más!

Las lágrimas me asoman a los ojos. Noto en la boca el regusto amargo del arrepentimiento. Tendría que haberme ido con la abuela. Habría sido mucho mejor que me escondiera.

–No se va a morir nadie más –repite. Retuerce, retuerce, retuerce–. No se va a morir nadie más –pasea, pasea, pasea.

Me levanto despacio, mientras ella lo repite como si no pudiera salir de ahí.

–No se va a morir nadie más –pasea, pasea, pasea–. No se va a morir nadie más –retuerce, retuerce, retuerce.

Una sensación horrible se está hinchando en mi estómago. Ni siquiera sé cómo definir este miedo creciente y enfermizo.

Estiro el brazo hacia ella y me lo aparta de un manotazo.

–Lottie, ¿quién está gritando?

Mi madre se vuelve hacia la entrada y ve a mi abuela, que está mirándonos perpleja. Echo a correr y me refugio en sus brazos, que me estrechan en un gesto automático mientras mi madre avanza a grandes zancadas para encararse con ella.

–¡Tú! –le espeta–. Tú fuiste quien se empeñó en llevarla a esa psicóloga.

–Lottie, ¿de qué estás...?

–¿Es que quieres que se muera también?

–¿De qué estás hablando? –insiste mi abuela–. Penny, cariño, vete a tu cuarto, por favor.

–¡No le digas a mi hija lo que tiene que hacer!

–Lottie, ¿te estás tomando tu medicación?

–La he dejado. No me hace falta. ¿Tú has oído los disparates que le está diciendo que haga la psicóloga esa?

Los brazos de mi abuela me estrechan con más fuerza.

–Penny, ve a tu cuarto, anda.

–Yo...

–¡Pretende llenarla de pastillas! ¡Le ha dicho que tiene que volver a hacer rafting! ¡Quiere drogarla y luego mandarla al matadero, al sitio que nos ha quitado todo lo...!

–Vete, Penny –insiste mi abuela, y el chillido inarticulado que lanza mi madre al oírla me aterra de tal forma que salgo de ahí a toda prisa.

Pero no subo al piso de arriba. Lo que hago es quedarme en la entrada y, cuando las voces de mi abuela y mi madre empiezan a convertirse en gritos, giro a la derecha en lugar de a la izquierda. Y luego estoy fuera de casa, corriendo mientras sus voces se desvanecen por fin, y me alivia tanto dejar de oírlas que sigo y sigo.

Hasta marcharme de allí.

44

Tate

LA VEZ DE DAMNATION PEAK

HACE UN AÑO

M: Tate, necesito que me hagas un favor enorme.

T: Quién eres?

M: Meghan.

Por un segundo, me quedo mirando mi móvil, alucinada. ¿Qué hace Meghan escribiéndome?

T: Qué ha pasado?

M: Porfa, puedes subir a Damnation Peak y asegurarte de que Penny no vuelve conduciendo a su casa? Creo que está bastante borracha.

M: Borra eso. Estoy segura de que está borracha. Si no lo estuviera, no habría hecho tantas faltas en los mensajes que me ha mandado.

Pero está bien? :T

M: Ha tenido una pelea gorda con su madre.

M: La vuelta de Lottie a casa se les está haciendo cuesta arriba.

M: Siento mucho pedírtelo. Sé que estás preocupada con lo de tu madre.

M: Pero es que estoy en Sacramento con mis abuelos. Si no, no te lo pediría.

M: Es solo que me da miedo que se ponga al volante ahora. Hace un rato que no responde a mis mensajes.

M: Y si se lo pido a Laurel...

El estómago se me crispa solo de ver escrito el nombre de la novia de Penny.

M: En fin, creo que ahora mismo tú eres la mejor opción.

M: Laurel empezaría a emborracharse con ella, me temo.

Voy para allá. :T

M: Te debo una.

Tranqui. :T

• • •

Aparco junto al mirador de Damnation Peak y, por un momento, me quedo mirando las luces del pueblo y el resplandor oscuro del río que lo atraviesa. De pronto, oigo su voz. No está cantando, exactamente; es más bien un canturreo alcohólico. Está apoyada en su coche, con una botella de vodka en la mano.

No, una botella no: es una garrafa de licor barato, de esas que compra Marion para macerar las hierbas medicinales y hacer tinturas.

–Joder, Penny. Eso tiene que saber a disolvente de pintura –le digo. Me bajo del coche y cierro la puerta con fuerza.

La expresión se le ilumina al verme.

–¡Tate!

–Hola, Penny. ¿Dónde tienes las llaves del coche?

–Están puestas –responde–. ¿Qué haces aquí?

–Meghan me avisó. No quiere que te despeñes con el coche o que te cargues a alguien.

Su ceño se frunce.

–¡No pensaba conducir! –protesta.

–Son más de las diez, Penny. ¿Qué...?

–Voy a dormir en el coche.

La miro fijamente.

–¡Tengo mantas! –explica–. Y son muy calentitas.

–Penny...

–¿Quieres un poco? –pregunta, y se despega de la puerta del coche para ofrecerme la garrafa de vodka.

La agarro y la vuelco para vaciarla en el suelo de tierra.

–¡Eh! –protesta con una mueca. Sin embargo, se queda de pie, balanceándose un poco, sin hacer ningún esfuerzo por recuperarla.

–Ya has bebido bastante, Penny.

–¿Y tú cómo sabes cuánto he bebido?

–Puedo hacerme una idea.

Me asomo al interior de su coche, saco las llaves del contacto y me aseguro de que el freno de mano está bien puesto.

–¿Quieres que te lleve a casa? –le propongo.

–Ni de coña. Mi madre está allí.

–Vale –digo, y me apoyo en mi camioneta–. Podemos quedarnos aquí un rato. Pero no puedes dormir en el coche, Pen.

–Ya te he dicho que tengo mantas –insiste.

Se acerca al portón trasero y lo abre con movimientos teatrales, aún más exagerados por lo borracha que está. Se inclina y saca una manta de borreguillo.

–¿Lo ves? –dice, desplegándola para ponérsela como una capa.

No puedo evitarlo: aunque está triste y completamente pedo, en este momento me parece tan graciosa que se me escapa una carcajada.

Su rostro se ilumina.

–¡Toma ya! –exclama–. ¡He hecho que se ría la mujer superseria!

Se acerca a mí en tres zancadas. A medio camino, le da una patada a la garrafa que la manda barranco abajo.

–Ups, ha sido sin querer –masculla, y luego levanta la cara hacia mí–. Nunca te ríes, Tate. Siempre estás triste.

–Yo no...

Antes de que pueda terminar la frase, Penny estira el brazo y apoya un dedo entre mis cejas. Está invadiendo mi espacio, demasiado borracha para mantener la distancia que guardamos siempre.

(Penny y yo solo nos miramos, nunca nos tocamos).

–Tienes una arruguita aquí –afirma–. Justo aquí. Y eso es porque estás triste.

–Yo creo que la que está triste ahora mismo eres tú –replico, agarrando su mano con suavidad para apartarla.

(Sus dedos se cierran sobre mi muñeca y no la sueltan).

–¿Qué ha pasado? –pregunto.

Ella deja caer mi muñeca y se mete el pelo detrás de las orejas.

–Nada –responde–. Solo que mi madre acaba de destrozarme la vida, nada más.

–Penny, ¿qué...?

De repente, se da la vuelta y se aleja unos pasos. La manta revolotea, y Penny la agarra para envolverse mejor en ella.

–¿Qué hacía mi madre durante todo el tiempo que estuvo viviendo con tu madre y contigo? –me pregunta.

–Creo que eso deberías preguntárselo a ella –respondo con cautela.

Su mirada siempre ha sido capaz de traspasarme, de abrirme la piel mejor que cualquier cuchillo.

–Pero te lo estoy preguntando a ti.

Me muerdo la lengua. Habría tanto que decir... Demasiado.

Sus ojos relucen a la luz de los faros de mi camioneta. Parece casi un animal salvaje. Tiene los nervios de punta; si hago un movimiento demasiado brusco, la perderé.

–¿Tuvisteis que guardar las pastillas bajo llave? –pregunta.

Al ver que tardo demasiado en contestar (porque la respuesta es que sí), se encoge de hombros.

–Mi abuela tuvo que hacerlo con las mías –dice.

No aparta la mirada. Sus ojos se clavan en los míos como si esto fuera un desafío, como si no me estuviera rompiendo el corazón con sus palabras.

(Si un día me despierto y ella ya no está...).

Ni siquiera lo dudo: atravieso el espacio que nos separa y lo siguiente que sé es que ella está entre mis brazos, con la cara enterrada en el hueco de mi hombro. Su nariz es un pellizco helado contra mi piel.

Durante el instante que tardo en tomar aire, se tensa. Luego me devuelve el abrazo, estrechándome la cintura con tal fuerza que sus lágrimas me resbalan por el pecho.

–Cada vez que pienso que he logrado recuperar un poquito de mi vida, ella me lo quita –solloza–. ¿Por qué no me deja en paz de una vez? Me sigue echando la culpa. Estoy segura de que preferiría que hubiera sido yo, en vez de él. Yo también lo preferiría.

Echo la cabeza hacia atrás para que me vea los ojos. Quiero que distinga la verdad en mi cara.

–Pues yo no –afirmo, y ella pestañea, deslumbrada por la ferocidad que hay en mi voz–. Y tu padre tampoco lo habría querido. Él te salvó. Si estás aquí ahora mismo, conmigo, es porque él te quería tanto que lo último que hizo fue salvarte. Y tu madre no puede quitarte eso. Nadie puede.

Las lágrimas dibujan senderos en sus mejillas mientras me mira fijamente.

–Nadie puede quitarte a tu padre –repito.

–Pero mi madre lo intenta y lo intenta –replica ella con voz pastosa–. Sería más fácil rendirme.

–Penny, eres la persona más cabezota que he conocido en mi vida –respondo–. No te resultaría nada fácil rendirte, sobre todo teniendo en cuenta que tu madre no lleva la razón ni de lejos. Olvídate de ella un minuto, por favor. Mírame. Cálmate. Siente tu corazón; aquí, mira. Respira conmigo.

Le agarro la mano y la apoyo en su propio pecho, con la mía encima. Su corazón late tan fuerte que lo siento a través de su mano. Sin embargo, se va tranquilizando respiración a respiración.

No es un ejercicio de meditación, aunque me he inspirado en ese tipo de cosas. Pero no hay sitio para la meditación en un momento así, con ella y conmigo y con esto entre nosotras, con mis dedos pegados a los suyos y la curva de su pecho justo debajo de mi palma. Sus ojos, esos pozos oscuros y sin fondo, relucen y se clavan en los míos sin apenas pestañear, como si yo fuera un boceto al que le faltara algún trazo.

–¿Por qué has venido? –me pregunta.

–Ya te lo he dicho: Meghan me escribió.

–Podrías haber avisado a mi abuela. O a Laurel.

El nombre de Laurel hace que todo vuelva a definirse de pronto. Es como si Penny me hubiera expulsado de un cuento de hadas suave y confuso, para lanzarme de vuelta a la fría realidad.

–¿Quieres que escriba a Laurel?

Penny empieza a negar con la cabeza incluso antes de que haya terminado la frase, y me produce tanta ternura su gesto (porque soy egoísta, soy muy egoísta) que ni siquiera hago ademán de apartarme de ella.

(Pero lo voy a hacer, me digo. Lo tengo que hacer).

–¿Por qué has venido? –me pregunta otra vez.

–Has bebido mucho, Penny.

–Siempre vienes –insiste–. ¿Por qué?

–Penny...

–¿Por qué? –repite, y la confusión que hay en su voz me hace tanto daño que estoy a punto de contestar con la verdad–. ¿Tiene razón Laurel?

Hielo en mis venas. Mi mano se despega de la suya y cae sin fuerza (me duele la piel al dejar de sentir sus latidos).

–¿De qué me estás hablando? –le pregunto con voz temblorosa.

–No quiso creerme cuando le dije que tú y yo nunca habíamos...

El estómago se me cae a los pies.

–Dijo que tenía que haber algo... –Penny suelta una risita nerviosa–. Que era obvio que tú y yo... –resopla en lugar de terminar la frase–. Se puso muy pesada con eso, la verdad.

–Laurel es una pesada, punto –contesto, y a Penny se le escapa una carcajada tan repentina que se lleva la mano a la boca para contenerla.

–Ya, pero... ¿tiene razón? –dice.

–No voy a entrar en las paranoias de Laurel –replico, intentando alejarme del todo.

Pero está claro que a Penny se le ha ido la mano con el vodka, porque en ese momento estira la mano y me da un toquecito en los labios, un roce tan suave que casi no lo noto. Luego, vacila durante un brevísimo instante y sus dedos trazan la curva de mis labios, y yo...

Yo me pierdo. Estoy perdida.

(Pero no puedo estarlo. Hay mil razones por las que no debo permitir que pase esto, y casi ninguna por la que quedarme aquí, junto a ella. Y, aun así, aquí estoy).

–Siempre me pregunto qué podría hacerte feliz –dice–. Solo sonríes cuando estás con tu madre.

–Penny –murmuro, y mi voz zumba sobre su piel. Si levantara un poquitito la cara...

(Si la agachara yo...).

–¿Qué haría falta? –insiste.

(Su pulgar roza mi labio inferior. Se mueve sobre él una y otra vez, a un lado y a otro, y yo no sabía que una caricia podía ser tan tierna. Tan expectante).

Me gustaría que la respuesta fuera un simple «Tú». Pero no lo es, ni para ella ni para mí. Las dos estamos demasiado rotas, y nuestros ritmos nunca coinciden. Penny solo hace esto cuando está borracha.

(Quiero dejarme ir. Quiero sumergirme en su boca. Quiero ser débil y tomar, tomar, tomar).

Pero no puedo. A Penny ya le han arrebatado demasiadas cosas. No voy a joder ahora su relación con Laurel, por mal que me caiga esa chica.

Mi mano envuelve la suya y la aparta de mis labios. Por sus ojos cruza un destello, no sé si dolido o aliviado.

–Ahora mismo, me haría feliz que me dejaras llevarte a casa y que bebieras un poco de agua. Y la próxima vez, llama a tu chica para que conduzca ella, anda.

Veo cómo aprieta los labios. Si no estuviera tan enfadada conmigo misma, me encogería ante la furia que desprenden sus ojos.

–Cobarde –masculla, y luego echa a andar con paso resuelto hacia mi camioneta.

QUINTA PARTE

Verdad

(o la vez del aparcamiento)

45

11 DE JULIO

Acaban de dejar en mi casa la estatua del oso para el sorteo. Parece Barry, el oso de Los Castores Cascarrabias. R

M Guay. Yo ya he recogido los cheques regalo de la panadería Talbot, la ferretería y la tienda de antigüedades.

Meghan, no me dijiste que el oso mide dos metros de alto! R

M Uy, perdón. Pensé que estaba claro.

Lo han plantado en mitad del camino de entrada de mi casa. Tuvimos que sacarlo del camión entre el repartidor y yo, y casi no pudimos. Pesa un huevo. R

M Necesitas ayuda para moverlo de ahí?

Pues claro que necesito ayuda. Es una estatua de dos metros de alto esculpida en un tronco de roble que pesa un cojón. R

M Te veo un poquito cascarrabias...

El perro del vecino está histérico. Cree que Barry es un oso de verdad. R

M Es una osa y se llama Berry, por el Blackberry Diner.

Meghan. R

M Admite que te estás riendo.

M O sonriendo, al menos.

Remi está escribiendo...
Remi está escribiendo...

Me has pillado. R

M En serio?

En serio. R

M En media hora me tienes allí.

46

Tate

18 DE JULIO

–DREW Y TÚ ESTÁIS CONSPIRANDO a mis espaldas –se queja mi madre.

Me quedo callada mientras engancho la última horquilla en la trenza que me rodea la cabeza; he aprovechado el momento de peinarme antes de ir al trabajo para hacerle una videollamada. Después de casi tres semanas de hacer turnos en el Brewery, Penny y yo hemos establecido una rutina que nos viene bien a las dos. Nos levantamos a las cuatro, vamos a correr a las cinco, entro en la piscina a las siete, Penny empieza su trabajo a las diez y yo el mío a las once.

Aun así, nos ha costado llegar hasta aquí. La casa está llena de cajas, porque no sé dónde colocar nada sin consultar con las madres primero. A Penny le cuesta madrugar, y si me descuido, se bebe todo el café. Sin embargo, no se ha quejado ni una sola vez porque desayunemos siempre lo mismo –avena integral– ni por tener que salir a correr conmigo cinco días a la semana.

Siempre comemos en la mesa de la cocina, en lugar de ir al comedor. Aunque ninguna de las dos lo dice, creo que las dos somos conscientes de lo raro que sería comer allí las dos solas. Algunas tardes, mientras cenamos la comida que nos dan los ayudantes de cocina del Brewery –deben de pensar que no sabemos alimentarnos solas–, Penny escribe en su cuaderno y yo leo alguna de las novelas de misterio que Marion tiene por todas partes. Otras veces, charlamos.

Hay días en los que no podemos parar de hablar ahora que no hay nadie más que nosotras en la casa.

–No me puedo creer que mi propia hija se haya vendido al enemigo –suspira mi madre en plan teatral, y su comentario me arrastra de vuelta al presente.

–¿Cómo va a ser Drew el enemigo, si es tu mano derecha?

–No hace más que enviarme mensajes presumiendo de lo bien que manejas los cuchillos, ¡como si no te hubiera enseñado yo!

Resoplo para contener una carcajada.

–Mamá, no puedo ni respirar en esa cocina sin que Louisa o él empiecen a decir: «¡Mírala, es igualita a Anna!». Así que no te preocupes: tu papel como inspiradora de mis habilidades con el cuchillo no va a caer el en olvido.

–Eso espero –masculla ella, aún fingiendo que está enfadada.

–Cuéntame qué te han dicho los médicos –le pido, mientras saco mi bálsamo labial del neceser y me lo aplico.

El baño del Brewery es chiquitito, pero está impecable (en parte, porque limpiarlo forma parte de mis tareas).

–Todo va bien –responde, tan inconcreta como siempre–. Puede que le den el alta a Lottie la semana que viene, después de la revisión.

–¿Tan pronto?

–Bueno, para entonces se habrán cumplido tres semanas.

–¿Y crees que te darán el alta a ti también?

–Supongo que tendré que quedarme al menos una semana más –responde–. Pero no intentes desviarme de mi objetivo: quiero saber cuánto tiempo deja Drew la levadura en agua templada y...

–Mamá –la corto, y la miro con una ceja levantada.

–Es que me aburro –confiesa ella, removiéndose en la cama.

–¿No te tiene Marion entretenida jugando a las cartas?

–¡He perdido todos mis caramelos! ¡No me ha dejado ni uno! Voy a tener que empezar a hacerle pagarés.

–Si empiezas pidiendo prestados caramelos, terminarás perdiendo toda tu fortuna, madre.

Se echa a reír.

–Ay, cariño, no sabes cuánto te echo de menos.

–Yo también –respondo con voz ahogada.

Alguien llama a la puerta del baño.

–Tengo que irme, mamá.

–¡No te olvides de vigilar a Drew cuando haga la masa!

Cuelgo el teléfono y salgo para ponerme a trabajar.

Cuando por fin termina mi turno, salgo del local oliendo a kétchup y a cerveza. Penny está esperándome desde hace tres horas en el aparcamiento, montada en el coche.

–¿Qué tal tu día? –me pregunta cuando entro.

–Mi madre sigue obsesionada con el misterio de la masa de los pretzels –respondo, tratando de hacerla reír. Sin embargo, lo único que consigo es arrancarle una sonrisa tensa y fugaz.

La miro. Tiene el cuaderno abierto sobre una especie de mesita plegable de madera que se encaja en el volante.

–¿De dónde has sacado esto? –pregunto.

–Me lo ha hecho Meghan. Ya te dije que es un monstruo del bricolaje.

En lugar de guardar su cuaderno y sus rotuladores, agacha la cabeza y se pone a juguetear con la capucha de un boli azul.

Miro la página por la que está abierto el cuaderno. Es el presupuesto de los suministros de la casa, con dibujitos de copos de nieve en los márgenes.

–¿Estás haciendo números para el invierno?

Asiente.

Reviso las categorías que hay en la primera línea de la tabla, y la diferencia entre las columnas de «Gastos previstos» y «Dinero en el banco». El primer total es mucho más alto que el segundo.

–Me preocupa que no podamos calentar bien la casa –admite Penny–. La madera sale cara, y el propano, más aún. Y mi madre pone un calentador de aire en el garaje cada vez que va allí a trabajar, con lo que la factura de la luz se dispara.

–Mi madre no puede pasar frío –le recuerdo–. No se puede permitir el lujo de caer enferma.

–Lo sé. Por eso quiero asegurarme de que podemos cubrir todas las necesidades... Pero, con todos estos gastos extra, no hay manera de que cuadren los números.

–¿Y no podemos cortar un árbol o algo así? Hacer nuestra propia leña nos evitaría comprarla.

Penny frunce el ceño mientras hace girar el boli entre los dedos.

–Si cortamos ahora un árbol, tendríamos que esperar a que la madera se secara. Pero en el fondo de la finca hay uno que se cayó el invierno pasado. Como no dañó la verja, mi abuela lo dejó ahí.

–¿Es un pino?

–Ajá.

–El pino se consume muy deprisa.

–Sí, es mejor el roble. Pero es un árbol grande; podemos sacarle mucha leña. Eso sí, me tendrás que ayudar, porque no puedo usar la motosierra mucho rato. Mis manos...

–Sí, tranquila –contesto con rapidez, y ella sonríe.

–Gracias.

–¿Qué es eso? –pregunto cuando Penny detiene el coche delante de la cancela.

Al otro lado, en mitad del camino de entrada, está la camioneta de Remi. Y a su lado hay una estatua gigante de un oso.

Penny entra y aparca detrás de la camioneta.

El oso se alza ante nosotras, erguido sobre las patas traseras. Sobre su hombro hay una mora gigante, que agarra con una de las zarpas como si fuera un saco de harina.

–Es un oso como los del Blackberry –declara Penny, contemplándolo con los brazos en jarras.

Es cierto: se parece mucho a la efigie que hay en la entrada del Blackberry Diner. Todos los establecimientos de la cadena tienen tres, al menos; debe de ser una de las condiciones de la franquicia, o algo así.

–Lo que no sé –añade Penny– es qué narices pinta aquí. ¡Meghaaan!

–¡Estamos detrás de la casa! –responde ella a lo lejos.

Penny y yo rodeamos la casa para dirigirnos al prado, que está cubierto de césped amarillento y demasiado alto. Mientras ando, pienso que debería pedirle a Penny que añada esa tarea a alguna de las listas que tiene en su cuaderno.

Meghan ha extendido una manta sobre la hierba. Remi está tumbado en uno de los lados, contemplando el cielo con las manos enlazadas detrás de la nuca.

–He hecho ensalada de pasta –declara Meghan al vernos.

–¿Por qué hay ahí un oso como los del Blackberry Diner? –pregunta Penny mientras se deja caer a su lado.

–Va a ser el premio gordo del sorteo para recaudar fondos –explica Meghan. Le ofrece a Penny un bol lleno de ensalada, y ella lo acepta y empieza a comer.

–Hemos decidido que es una osa y que se llama Berry. El nombre se le ocurrió a Meghan –añade Remi.

–¿Y cómo habéis conseguido que os la donen? –pregunta Penny, asombrada–. La pareja de artesanos que los hacen solo acepta encargos de la cadena de cafeterías.

–Ha sido una combinación de suerte y encanto natural –contesta Meghan–. Lo malo es que, si le toca a alguien de la zona, tendremos que transportarla hasta su casa.

–Y hacen falta dos personas para mover a Berry –comenta Remi–. Meghan y yo conseguimos...

–¡Estuve a punto de aplastarte el pie con ella!

–Bueno, yo no iba a mencionar esa parte para no fastidiarte.

–Casi le rompo un par de huesos –explica Meghan alegremente–. Pero teníamos que hacerlo. No podíamos dejar a Berry en el jardín de la casa de Remi.

–Es cierto: al perro del vecino no le gustaba nada verla ahí –asiente él.

–¿Podemos dejarla aquí hasta el sábado?

–Sí, claro –contesta Penny–. Oye, Meghan, esto está buenísimo –afirma, señalando su bol de ensalada con el tenedor.

A Meghan se le pone una sonrisa de oreja a oreja.

–Estupendo, porque voy a hacerla para acompañar la carne de la barbacoa.

–¿Sabéis ya cuándo van a volver a casa vuestras madres? –pregunta Remi.

–Los médicos le darán el alta a la mía este miércoles –responde Penny.

El estómago se me cae a los pies.

–¿Tan pronto? ¿Cuándo te lo han dicho?

–Mi abuela me escribió cuando acababa de salir del trabajo –responde Penny, soltando el tenedor–. Mi madre aún no sabe si venirse aquí o esperar a que Anna salga del hospital.

–¿Vas a ir a recogerla?

–Si quiere venir a casa, sí –asiente Penny–. Mi abuela se está volviendo loca con ella... Creo que sería mejor que se viniera para darles un poco de espacio a las dos.

–En cuanto venga, olvídate de que guarde reposo. Lo sabes tan bien como yo –le advierto.

–Ya... He pensado poner un candado a la puerta de su estudio para que no pueda entrar.

–Buena idea –digo, y lo pienso de verdad.

–¡Penny...! –protesta Meghan.

Remi suelta una risita. Me tumbo junto a él, dejo que mi mirada se pierda en el cielo y me dejo ir, con las voces de mis amigos sonando al fondo.

(Cuando Lottie vuelva, no nos quedarán muchos momentos de paz como este).

47

Penny

20 DE JULIO

ES MI DÍA LIBRE, así que me doy el gustazo de dormir hasta las nueve. Aprovecho que Tate aún no ha vuelto de la piscina para ir al garaje y preparar la motosierra.

Al llegar, avanzo hasta llegar a la parte que se ha reservado mi abuela. El estudio de mi madre está cerrado, como siempre; es muy particular en todo lo relacionado con su arte. Mi abuela dejó que se instalase aquí para trabajar antes de que mi padre muriera, y eso me inquieta cada vez que pienso en ello. Porque mi madre no solo se ha alejado de mí; antes, mi abuela y ella no estaban tan...

Tan silenciosamente furiosas la una con la otra.

Y me temo que la cosa está yendo a peor. Hasta ahora, las dos jamás se habían visto obligadas a vivir juntas. Mi abuela se mudó a la caravana el mismo día en que mi madre se vino aquí, y a las dos se les da bien evitarse mutuamente, a pesar de que mi abuela siempre está entrando y saliendo de la cocina y del huerto.

En Sacramento, sin embargo, no pueden ignorarse así. Me doy cuenta por la tensión que hay en la voz de mi abuela cada vez que hablamos, y por los silencios que invaden las raras llamadas de mi madre. Mi abuela no ve el momento de volver a casa, lo sé.

Tiro del cordón que enciende la luz y busco la motosierra con la mirada. Está guardada debajo del banco de trabajo, en una funda de plástico verde. La saco con cuidado y la dejo junto a la puerta del garaje, antes de volver a entrar para seleccionar algunas herramientas del tablero donde las tiene colgadas mi abuela. Elijo la sierra de mano, una podadora y el hacha. Luego, rebusco hasta encontrar una lata de gasolina y un extintor.

Vuelvo a salir a la luz del sol y lo coloco todo en orden. Acabo de terminar cuando veo que mi coche se acerca por el camino de entrada.

–¿Qué tal el entrenamiento? –pregunto, mientras Tate se apea con una caja de color rosa en la mano.

–Bien. Te he traído dónuts.

Le quito la caja de las manos y la abro. Dentro hay media docena de círculos perfectos, cubiertos de migas de canela.

–¿Hoy has renunciado a tus copos de avena integral? –pregunto, aunque sé la respuesta: no lo ha hecho. Ha desayunado sus copos de avena con mantequilla de cacahuete, y luego ha corrido seis kilómetros y ha nadado no sé cuántos largos antes de volver a casa con dónuts para mí porque...

¿Por qué, en verdad? ¿Porque sabía que me gustarían? La cara se me enciende solo de pensarlo.

–Necesitas un poco de combustible para lo de hoy –explica–. No quiero que te agotes.

–¿Quieres descansar un poco antes de que nos pongamos con el árbol?

–No, tranquila –responde–. Estoy bien.

Se quita la camisa de franela que lleva puesta y veo que debajo lleva una camiseta naranja de la carrera del día de

Acción de Gracias. La ha tuneado: no solo le ha quitado el cuello, como hace con todas, sino que ha cortado el bajo por encima del ombligo y ha deshilachado el borde. Miro cómo los flecos bailan alrededor de su cintura, fascinada por los trocitos de piel que asoman entre ellos.

Carraspeo y me meto un dónut entero en la boca para pensar en otra cosa.

–Si cargamos la sierra y las herramientas en la carretilla, nos será más fácil llevarlas hasta allí –comenta Tate.

Yo asiento, con la boca llena de pura delicia.

La finca de mi abuela está en cuesta, con la casa y el prado en el nivel más alto. La carretera de acceso llega por el lateral de la casa, y por delante se extiende el bosque en una suave pendiente. El pino caído está cerca del límite de la finca, junto a la vieja verja de alambre de espino sujeto con trozos de poste de telégrafo. Al parecer, fue una chapucilla que hizo mi abuelo cuando se acababa de casar con mi abuela. Le ofrecieron los postes por poco dinero, y él cortó cada uno en varios trozos para cerrar el terreno porque mi abuela quería tener un perro y les daba miedo que se escapase.

Tate y yo empujamos la carretilla por el camino de tierra hasta llegar a la caravana de mi abuela. Más allá, el terreno es demasiado irregular, así que nos repartimos la carga –yo, las herramientas y el extintor; Tate, la motosierra y la lata de gasolina– y nos metemos entre los árboles para llegar a la verja.

–¿Se ha decidido ya tu madre? –me pregunta Tate.

–Sí. Tengo que ir a recogerla el día después de la fiesta para recaudar fondos.

Seguimos andando, ella delante y yo detrás, aplastando las agujas de pino secas y las ramitas caídas que alfombran el bosque. Durante los meses que vienen, habrá que tener mucho cuidado con los incendios. Por eso he traído el extintor:

con una chispa de la motosierra y un poco de mala suerte, nos podemos encontrar en medio de un infierno de llamas.

–¿Te apetece que venga?

–No mucho, pero prefiero eso a que estalle con mi abuela –respondo–. Como no se separen un poco, se puede montar una gorda. A tu madre no le vendría nada bien verse metida en algo así, y mi abuela y ella se llevan estupendamente. En fin, es mejor así.

–Tendremos que despejar la cocina y el salón antes de que llegue –comenta Tate.

–¿Te vas a venir conmigo a Sacramento? Así podrías visitar a tu madre.

–Si puedo cambiarle el turno a alguien, sí. ¡Cuidado, aquí hay un nido de ardillas! –exclama, rodeando un montoncito de hojas secas y pelos de perro.

–Por favor, trata de venir –le pido, casi implorante–. No quiero pasarme cuatro horas sola en el coche con mi madre.

–Vaya, de modo que me quieres utilizar de parapeto.

–Porfa... Estoy dispuesta a poner ojos de cachorrito si hace falta.

Me mira de reojo.

–Siento que te estás aprovechando de mi amabilidad –dice con seriedad fingida–. Cría cuervos y te sacarán los ojos.

–Me gustan los cuervos. Son muy inteligentes. Forman lazos complejos con sus semejantes y entablan relaciones transaccionales, como los humanos.

–Los cuervos vienen a ser dinosaurios con plumas.

–Había un montón de dinosaurios con plumas. Hoy día, se cree que la forma en que hemos reconstruido su aspecto a partir de los fósiles y los esqueletos es inadecuada. Pero supongo que no sabremos la verdad hasta que alguien monte un Jurassic Park de verdad...

–Bueno, también podríamos aprender de las películas y no cometer jamás un error como ese –replica Tate–. Me preocupa que hables de ello como si fuera a ocurrir sí o sí.

Sonrío sin querer, recordando las horas que mi padre y yo nos pasamos viendo y comentando aquellas películas.

–Lo único que digo es que, si ocurre, me pido entrar la primera en el parque.

–Vale, fenomenal. Ahora me voy a pasar todo el día esperando a que aparezca un velocirraptor detrás de un árbol –declara Tate, y aún no me he parado de reír cuando llegamos al tronco caído.

Ante nosotras, las ramas se extienden por el suelo, llenas de agujas en las que ya apenas asoma el verde. Es una visión caótica, como todos los árboles caídos. Lo contemplo, pensando que es imposible darse cuenta de lo grandes que son hasta que los tienes a tus pies. Ahí, en el suelo, parecen fuera de lugar; aunque, en realidad, eso no es cierto, porque los que estamos fuera de lugar somos los humanos que los miramos. El árbol está en su territorio, ya sea erguido o derribado.

–¿Cómo lo hacemos? –pregunta Tate.

–Lo primero es cortar las ramas y apartarlas para hacer leña menuda. Luego, con la motosierra, hay que ir despiezando el tronco en rodajas. Cuando las tengamos, montaremos una zona de cortado en algún lugar plano y, desde ahí, iremos llevando los trozos de madera con la carretilla.

Empuño el hacha, contenta al darme cuenta de que la mano apenas me duele al hacerlo.

–Vale, me parece bien –responde Tate.

La miro: me está contemplando con la cabeza ladeada y una expresión extraña.

–¿Qué pasa? –le digo, y mis dedos aprietan involuntariamente el mango del hacha. Desvío la mirada. ¿Se está fijando en mis cicatrices?

–¿Te acuerdas de aquel libro que tuvimos que leer cuando íbamos a primaria?

–¿Qué libro?

Recoge la sierra manual de la carretilla y se acerca más al árbol, esquivando las ramas hasta llegar al larguísimo tronco.

–El que te convenció de pasar una semana entera en el bosque por tu cuenta.

–*¿El hacha?*

–Eso, *El hacha*.

Me asoma a los labios una sonrisa de otros tiempos. Hace mucho que no hablo de recuerdos en los que aparece mi padre, pero Tate no hace más que llevarme de vuelta a ellos.

–Mi padre se pasó todas las noches que estuve en el bosque acampado a cien metros de mí, con cuidado de que yo no lo viera.

Sus labios se curvan lentamente en una de sus raras sonrisas, que siempre me hacen sentir como si hubiera logrado aferrar la luz de una estrella.

–Muy propio de él –comenta.

–En aquel momento, te burlaste de mí un montón –señalo, esquivando ramas para acercarme a ella.

–Porque me impresionaba lo que habías hecho y no quería que te dieras cuenta.

–¡Vaya! ¡Por fin lo reconoce! –digo mirando al cielo, y a ella se le escapa una carcajada.

–Me has pillado –se ríe, con una mirada casi chispeante que me toma por sorpresa, porque Tate nunca ha sido una persona chispeante. Siempre ha sido más bien reconcentrada; aunque, ahora que lo pienso, ya no lo es tanto.

Quizá, con su madre recuperada, el peso de la preocupación se alivie lo bastante para que Tate pueda empezar a brillar. Espero que sea así, porque se lo merece.

Las dos nos ponemos a trabajar, ella serrando y yo cortando con el hacha, y pronto encontramos un ritmo común. Yo tengo que parar cada diez golpes, más o menos, para estirar los dedos de la mano derecha. Pero Tate no comenta nada, y yo procuro que los ojos no se me vayan a su figura en esos momentos en los que yo estoy parada y ella sigue en movimiento.

Pero me resulta difícil, porque Tate en movimiento es...

Es un torbellino de fuerza y capacidad. Son los flecos de su camiseta danzando mientras ella termina de partir la rama a medio serrar, con un pisotón decidido y tan fuerte que me sobresalta.

Un hilo de sudor me resbala por la espalda, y no es porque haga calor. Es por ella. Por lo que recuerdo.

Porque sé cómo es el tacto de sus muslos contra los míos; porque la fuerte pendiente de su estómago y el contorno de su tórax, amplio y abierto como las alas de una mariposa, están grabados en mi mente y en las palmas de mis manos.

–¿Estás bien? –pregunta, sacándome de mis pensamientos.

Debería agradecérselo, pero mi cuerpo solo quiere protestar.

–Sí –contesto, apartando la mirada–. Solo quería estirar las manos.

–Dime si necesitas descansar un rato, ¿vale?

–Tranquila, estoy bien –insisto.

–De acuerdo. Entonces, ya te diré yo cuándo necesito descansar un rato –replica como si nada.

Resoplo y vuelvo al trabajo.

–Bueno, ¿y tú qué planes tienes? –le pregunto un cuarto de hora más tarde, cuando el silencio entre las dos me empieza a abrumar. Debería haber traído el móvil para poner un poco de música.

–¿Eh?

–Tú ya sabes lo que tengo pensado hacer yo cuando termine el instituto, para bien o para mal.

–¿Pretendes tirarme de la lengua para chantajearme más tarde?

–Tate, por favor... Eres tan sincera que da asco. Te apuesto cien dólares a que tu madre sabe perfectamente lo que tienes pensado hacer.

Se queda callada un par de segundos.

–No acepto la apuesta –dice al fin.

–¡Ja! ¿Ves cómo yo tenía razón? Bueno, ¿y qué planes tienes, entonces? Supongo que habrás evolucionado un poco, desde que decías que solo querías largarte de aquí.

Ella sigue trabajando. La sierra se mueve adelante y atrás con un ritmo seguro y estable y, por un momento, pienso que quizá le gustaría estar así para siempre. Pero es demasiado fuerte, y pronto la hoja de la sierra atraviesa la rama y la hace caer con un chasquido.

–Sí, ya no es solo largarme de aquí –admite.

–¿Y qué piensas hacer?

Ella se endereza, y sus ojos recorren el tronco del pino antes de posarse en mí. ¿Tendrá las manos tan pegajosas de resina como yo? Si diera un paso adelante y me inclinara sobre el montón de ramas, podría estirar el brazo y comprobarlo.

–Conseguir que alguna universidad me pague los estudios a cambio de que me meta en su equipo de natación. Graduarme, y luego conseguir un trabajo que me dé dinero y que sea lo bastante estable para que mi madre no tenga que volver a preocuparse por el dinero y por los seguros médicos.

Va contando con los dedos cada una de las cosas, y no puedo evitar preguntarme si ella también se acordará de aquella noche en el granero, cuando le hablé de mi plan de treinta y cinco pasos para la vida. Llevo años diciéndome que ella estaba más borracha que yo, y que por eso no le importó que yo le rodeara la cara con las manos. Supongo que no recordará ese momento en el granero tan bien como yo, y tampoco la vez que hablamos en el porche o la de Damnation Peak.

Pero ahora... La forma en que me mira, casi como si me retara, hace que dude.

–¿En qué te quieres graduar? ¿Y qué tipo de trabajo quieres conseguir?

–Algo relacionado con la contabilidad, creo.

Su contestación me sorprende.

–¿En serio?

Ella se encoge de hombros y deja la sierra encima de una rama gruesa.

–Se me dan bien los números, y también se me da bien calar a los imbéciles y los tramposos.

–Ya... Visto así, tiene sentido –contesto.

Agarro una rama grande y la arrastro hasta el montón que estoy haciendo a unos tres metros de la copa del árbol. Luego, me acerco otra vez a Tate.

–¿Pero es lo que quieres hacer de verdad? –le digo.

Quizá le moleste que lo haga, pero no puedo evitar preguntárselo. Hasta ahora, solo ha hablado de su madre, no de ella misma. Y si ella está en mi bando, ¿no tengo que estar yo también en el suyo?

–Creo que me gustaría –responde simplemente.

Decido adoptar una de sus tácticas y me quedo callada, esperando a que diga algo más. Al cabo de casi un minuto de serrar, continúa por fin:

–Cuando acabe los estudios, quiero tratar de establecerme en Los Ángeles para meterme en alguna agencia de las que manejan el dinero de deportistas famosos, y cosas así. Aunque, para eso, tengo que conseguir entrar en una buena universidad.

Asiento, empezando a comprender lo que se propone.

–Entonces, quieres administrar grandes fortunas –digo.

–Muchos deportistas profesionales vienen de familias como las nuestras –afirma–. O salen adelante ellos solos, o se hunden.

–Y tú quieres ser una especie de flotador para su dinero, ¿no? –replico.

Tate agacha la cabeza, y me doy cuenta de que está tratando de esconder una sonrisa. Pero no puede ocultarla, al menos a mí: conozco de memoria el ángulo de su cuello y la curva de su mejilla, y sé perfectamente cuándo sonríe y cuándo no.

–No creo que ponga esa descripción en mis tarjetas de visita.

–Me duele que me digas eso.

–Ya me doy cuenta.

–Ahora en serio: se te dará bien –afirmo, porque no me cabe duda.

–¿Tú crees? –pregunta. Si la expectación pinchara como una daga, ahora mismo yo estaría muerta.

–Estoy segura. Creo que lo harás de maravilla, porque no es nada fácil desestabilizarte.

Tate resopla en una de sus casi-carcajadas y vuelve a centrarse en el árbol.

–Yo no diría lo mismo –murmura, en voz tan baja que me pregunto si lo habrá dicho para sí misma.

De modo que hago como que no lo oigo y agarro mi hacha para seguir trabajando.

48

Tate

23 DE JULIO

EL DÍA DE LA FIESTA, necesitamos juntarnos tres personas para subir a Berry a la camioneta de Remi, a pesar de que tenemos una rampa. Meghan ya está en la explanada de la tienda de comestibles, preparando las barbacoas y las mesas.

–Toma, agárrala tú por aquí –le dice Remi a Penny, lanzándole un extremo de la cuerda con la que hemos atado a la osa.

Ella se queda paralizada a mi lado.

Mierda. El accidente.

–Espera –digo, apartándola con suavidad para recoger el cabo–. Ya lo hago yo.

Ella levanta la vista hacia mí, con un alivio evidente.

–Gracias –susurra, mirando a Remi de reojo. Él no se ha dado cuenta de nada o, al menos, actúa como si no lo hubiera hecho.

–Bueno, creo que esto ya está –digo. Le doy un tirón a la cuerda y empujo la rodilla de Berry, que no se menea.

Nos ponemos en marcha detrás de la camioneta de Remi y lo seguimos por la carretera que llega al pueblo. La osa se tambalea un poco al tomar las curvas, pero al final llegamos sin mayores problemas.

Me admiro una vez más ante la capacidad de Meghan para hacer veinticinco cosas al mismo tiempo, porque, para cuando aparecemos en la tienda, las mesas ya están puestas y las parrillas están en marcha. Aún no ha llegado ningún comensal, pero estoy segura de que, en un rato, esto se pondrá de bote en bote.

Antes de que Penny y yo podamos salir del coche, Remi baja de un salto de su camioneta y se acerca a hablar con Meghan.

–No me lo puedo creer... ¡Van a ponerse delantales a juego! –masculla Penny horrorizada, mientras Meghan le da el delantal a Remi y él se lo ata, riéndose por algo que ella le acaba de decir–. Solo los gemelos y las parejas moñas se visten a juego, Tate.

Resoplo tan fuerte que a ella se le escapa una risita.

–Anímate, anda –le digo–. Vamos a echar una mano.

Mi madre me llama mientras estamos colocando las sillas plegables. Cuelgo y le hago una videollamada para que pueda ver los preparativos.

–¡Habéis ocupado todo el aparcamiento! –exclama.

–Meghan ha conseguido un montón de donaciones –le explico, girando sobre mí misma con el teléfono para abarcarlo todo.

Mi madre tiene una sonrisa de oreja a oreja, pero, de pronto, al fondo se oyen gritos y un portazo. La sonrisa de mi madre se apaga mientras vuelve la cabeza.

–¿Va todo bien? –pregunto, esforzándome por mantener un tono alegre.

¿Habrán vuelto a reñir Marion y Lottie?

–Sí, tranquila –contesta mi madre–. Bueno, te dejo que trabajes, hija.

–Vale, pero...

–¡Besitos! –dice, lanzándome uno antes de cortar.

Me guardo el móvil en el bolsillo y levanto la mirada del paquete de servilletas que estaba a punto de colocar en la mesa de las salsas. Remi y Meghan están ocupados en las barbacoas, pero Penny no está con ellos. La busco hasta verla en el otro extremo de la explanada, caminando despacio y agachándose cada dos o tres pasos.

Dejo las servilletas, colocando encima el bote de kétchup para que no se vuelen, y me acerco a ella.

–¿Qué haces? –le pregunto al llegar.

–¡Me encantan estas flores! –dice. Se vuelve a agachar, y veo cómo el pelo le resbala sobre el hombro mientras arranca unos tallos de guisantes de olor–. Podemos hacer centros de mesa con ellas.

Por los bolsillos de su vestido asoman más flores, todas del mismo rosa vibrante.

–¿Tengo que recoger yo también? Te recuerdo que nos quedan un montón de cosas por terminar...

–Siempre tan seria –replica, y su nariz se arruga de una forma que no me parece adorable (sí, sí que me lo parece)–. Voy a arreglarlo ahora mismo.

De pronto, estira la mano, y yo me quedo paralizada esperando su contacto. Sus labios se curvan mientras engancha dos tallos bajo los elásticos que sujetan el final de mis trenzas.

–Hala, ya está –declara con una sonrisa traviesa–. Ahora eres una muchacha tierna y primaveral.

–No me jodas –me río–. ¿Se puede ser más cursi? No, no se puede.

Su sonrisa se ensancha más aún, y me doy cuenta de que yo también estoy sonriendo como una tonta (porque Penny me atonta, siempre lo hace).

–En el fondo, eres un amor –dice y, de pronto, su sonrisa vacila.

Aparta la mirada y retrocede, y no puedo evitar preguntármelo. ¿Será porque se ha dado cuenta de lo que estoy sintiendo? O quizá ella lo sienta también..., porque la forma en la que se ha apartado ha sido demasiado repentina para no significar nada. Esto no puede ser casual.

–Ven a ayudarme con los platos y demás, anda –le pido.

Ella me sigue con la cabeza gacha, como si agradeciera que le haya proporcionado una salida digna.

Para cuando la gente empieza a llegar, Meghan ya lo tiene todo organizado: Remi y ella en las parrillas, Penny haciendo sándwiches y yo cobrando, sirviendo bebidas y vendiendo papeletas para el sorteo. A eso del mediodía, somos como una maquinaria bien engrasada. La gente, que no para de llegar, hace cola frente a la barbacoa y luego se va a comer al prado que hay junto al aparcamiento, bajo la mirada benévola de Berry (que es el centro de todos los selfis).

Creo que no falta ni una sola de las personas que conozco en el pueblo. Ver tantas personas que se preocupan por nosotras me empieza a poner un poco de los nervios. Cuando a la señora Kellogg –mi maestra de segundo de primaria– se le saltan las lágrimas mientras habla de lo mucho que hizo mi madre por el consejo escolar del colegio, las tres señoras que hay detrás de ella en la cola empiezan a llorar también. Todo el mundo quiere charlar y preguntarme cosas, y me doy cuenta de que no se me había pasado por la cabeza que esto ocurriría. Al final, Penny empieza a echarme una mano cuando ve que tardo demasiado en contestar a la gente.

Al cabo de un rato, los padres de Remi nos sustituyen a él y a mí para que podamos comer algo. Nos alejamos un poco y nos sentamos en el borde del prado.

–¿Estás bien? –me pregunta Remi en voz baja.

–Sí... Esto es una pasada –contesto, y él, que es un buen amigo, deja que me escaquee de responder con la verdad.

Cuando terminamos de comer, volvemos al aparcamiento. Meghan ha llegado antes que nosotras y ya está frente a la parrilla. A Penny, sin embargo, no la veo por ninguna parte.

–Tengo que ir a mi coche a buscar más papeletas para el sorteo –dice Remi–. Échale una mano a Meghan, ¿quieres?

–No sé yo... ¿Puedo ponerme tu delantal para ir yo también a juego con ella?

Él me fulmina con la mirada.

–No soy tan tonto como para despreciar un regalo, especialmente si la chica que me lo ha ofrecido me gusta. Además, tiene un montón de bolsillos.

–¡Ajá! Entonces, reconoces que Meghan te gusta.

–Nunca he dicho lo contrario.

–¡Pero si te mosqueaste un montón cuando le di tu número al principio del verano!

–Estaba equivocado –replica.

–Guau.

Remi sonríe. Levanta la mirada y la detiene en un punto a mi espalda, donde está Meghan.

–Pues sí: guau –asiente. Se da la vuelta y se dirige a su camioneta tan tranquilo, como si todo esto fuera tan fácil.

(¿Lo es?).

–¡Eh, Tate! –me saluda Meghan sonriente cuando ve que me acerco para echarle una mano con la barbacoa.

–Voy a sustituir a Remi un momento –le digo–. Pero tienes que decirme qué hacer.

–¡Ah, fenomenal! Mira, agarra ese espray y rocía la última hilera de trozos de carne –dice, metiéndome el bote entre las manos–. Esto está funcionando aún mejor de lo que esperaba –comenta mientras aparta de las brasas una tira de costillas–. ¡Ha venido un montón de gente!

–Ya hemos vendido el rollo grande de papeletas –comento.

–¿En serio? ¡Qué guay! –exclama, y empieza a dar la vuelta al resto de costillares a tal velocidad que casi no puedo seguir sus manos–. Nunca pensé que me gustaría tanto hacer esto –añade con una sonrisa–. Cocinar con fuego y brasas es mucho más divertido que hacerlo encerrada en la cocina.

–Has encontrado una nueva afición, ¿eh?

–Sí, gracias a Remi.

–Parece que os lleváis bien, ¿no?

Me mira con una ceja enarcada.

–¿Este es el momento en el que me dices que me matarás si le hago daño?

Contengo a duras penas una carcajada.

–No –respondo–. Es el momento en el que te digo que últimamente parece más contento que nunca, y que creo que es gracias a ti.

Su sonrisa irónica se desvanece, reemplazada por una expresión suave y vulnerable.

–¿Lo dices de verdad?

–Sí.

Su boca se vuelve a curvar, pero en esta sonrisa no queda rastro de ironía. La ternura que desprende me hace sospechar que es una sonrisa reservada para Remi. (Lo sé todo sobre esas sonrisas que están reservadas a una sola persona).

–Gracias, Tate.

Una vez más, recorro la multitud con la mirada, pero sigo sin verla.

–¿Sabes dónde está Penny? –pregunto.

–Ha entrado en la tienda para darse un respiro.

Asiento y empiezo a rociar la carne como Meghan me ha indicado. Ella, sin embargo, no se vuelve a girar hacia la parrilla.

–¿Puedo preguntarte una cosa? –me dice.

–Sí, claro –contesto, esperando oír algo sobre mi madre.

–¿Es que no vas a lanzarte nunca?

El bote se me cae de las manos y rebota en la encimera.

–¿Cómo? –balbuceo.

–¡No hablo de mí! –exclama Meghan entre risas al ver la cara que he puesto–. Venga, Tate. Sabes perfectamente a quién me refiero.

–Yo no... –empiezo a decir, pero Meghan me interrumpe.

–Te deja tocarle las manos –afirma.

La miro asombrada. ¿De qué me está hablando?

–Penny –explica ella–. Normalmente, odia que le toquen las manos. Se aparta enseguida. ¿No te has fijado?

–Yo...

No sé qué decir. La verdad es que no me había dado cuenta.

(Porque Penny sí que deja que yo le toque las manos. Solo yo, nadie más).

–Tú y yo somos amigas, ¿verdad? –dice Meghan–. No es que seamos íntimas, pero...

–Sí, claro que somos amigas.

–Vale. Entonces, como amiga tuya, te voy a decir una cosa: si una chica que ni siquiera permite a la gente ver las heridas que tiene por dentro te deja que le toques las cicatrices que tiene por fuera... En fin, eso quiere decir algo.

La miro, luchando por contener la pregunta que trata de salir de mi garganta. Necesito preguntárselo, pero me asusta demasiado hacerlo.

–Os conozco a las dos desde hace más de siete años –afirma Meghan–. Y entre todos los piques, las discusiones y la insistencia en que solo os aguantáis mutuamente porque vuestras madres os obligan, hay una cosa que siempre me ha llamado la atención.

–¿El qué?

–Que, cuando las cosas se ponen difíciles, tú siempre estás ahí para Penny y ella siempre está ahí para ti. Lo he visto tantas veces que ya ni siquiera lo espero: es que lo doy por hecho.

Y ahí está por fin: la verdad de la que ninguna de las dos es capaz de escapar.

Tú puedes contar conmigo. Yo puedo contar contigo.

–¿Y sabes cómo llamo yo a eso? –añade Meghan.

–¿Cómo?

–Amor.

Meghan se encoge de hombros y estira el brazo para apretarme el hombro. Luego, sin decir más, se da la vuelta y vuelve a ocuparse de la parrilla.

Cuando empezamos a recoger, ya se ha puesto el sol. Aprovecho para ir a mi coche y, al llegar, saco con cuidado los dos tallos con flores que Penny ha enganchado en mis trenzas. Los sostengo un momento entre los dedos, contemplando el contraste de su vibrante color rosa sobre mi piel, y pienso qué hacer con ellos. Tirarlos es inimaginable; pero todas las flores se marchitan y mueren, incluso las que no están cortadas.

Recorro el interior del coche con la mirada, en busca de alguna idea. El único libro que llevo en la mochila es el de matemáticas del año pasado, así que lo saco y meto las flores entre sus páginas. Mientras vuelvo a toda prisa para ayudar a recoger las mesas, trato de convencerme de que solo lo he hecho porque las flores son bonitas.

(No es verdad).

Pero tampoco lo he hecho para guardarlas como recuerdo.

No me hace falta. Recordaré este día mucho después de que los pétalos secos se desmenucen, porque la mayor parte de las cosas se vuelven frágiles con los años.

Este sentimiento, sin embargo, no lo hará.

(Amor).

49

LA VEZ DEL APARCAMIENTO

Tate

23 DE JULIO

—¡CUIDADO, NO LA INCLINES! ¿Seguro que no prefieres que camine yo hacia atrás? —me pregunta Penny.

—No, tranquila —insisto—. Solo quedan dos más y ya está, ¿verdad?

—Bueno, también tenemos que llevar a Berry a su nueva casa la semana que viene.

Agarro mejor una de las mesas que nos han prestado y vuelvo la cabeza, tratando de ver cuánto nos queda para llegar al otro lado del aparcamiento. No son las típicas mesas de plástico fino; de hecho, pesan bastante más de lo que esperaba.

Por fin, la dejamos apoyada en la pared trasera del Blackberry Diner, junto a las otras. Estoy buscando la llave de la puerta en mi bolsillo cuando oigo el portazo de un coche. Penny levanta la cabeza y da un respingo.

Sigo su mirada, y la única palabra que me viene a la cabeza es «joder». De hecho, se me sale por la boca, porque...

—Joder.

Laurel se acerca a grandes zancadas como si se lanzara a una batalla, con sus rizos rubios rebotando sobre los hombros. A mi lado, Penny se pone rígida y retrocede hasta chocar con la pared.

–Esta es la puerta trasera del local, Laurel. Se entra por el otro lado –le espeto.

–Sí, ya lo sé –responde, mirándome como si yo fuera idiota–. ¿Qué pasa? ¿Es que ya no se puede saludar a las amigas? –añade, balanceando el llavero de su coche en el dedo índice–. Me enteré de lo de vuestra fiesta para recaudar fondos... Pensaba pasarme por allí, pero se me fue la hora.

Penny y Laurel se miran fijamente, y yo estoy en medio (joder, joder: otra vez estoy en el medio).

¿Me aparto? (¿Es que nunca voy a dejar de apartarme para dejar paso a otras personas?).

–Llevo días mandándote mensajes –le dice Laurel a Penny–, desde que oí que tu madre estaba ingresada.

–Lo sé –responde Penny, irguiendo la espalda.

Me gustaría enfadarme con ella. Pero, teniendo en cuenta que no le he dicho nada sobre la escena que me montó Laurel en el vestuario, sería hipócrita por mi parte.

–Entonces es que no me has bloqueado –deduce Laurel, jugando con sus rizos en un gesto vagamente triunfante–. Podrías haberme contestado... Mi madre quería mandaros flores. Al final, tuve que llamar a Lottie para que me diera la dirección.

–¿Cuándo llamaste a mi...? –empieza a preguntar Penny y, al darse cuenta de que está entrando en la conversación, cierra la boca con tanta fuerza que me da la impresión de que se ha mordido la lengua. Contengo un respingo, imaginando lo que le ha tenido que doler.

–Estaba preocupada –dice Laurel–. Le tengo mucho cariño a tu madre.

–Pues ella no puede decir lo mismo de ti –mascullo, y Laurel me mira estrechando los ojos–. ¿Qué pasa? –pregunto con aire inocente–. ¿Es que creías que te tenía cariño?

–De modo que es cierto –repone Laurel, mientras sus ojos castaños saltan entre Penny y yo–. Lottie me lo dijo, pero pensé que estaba delirando por la morfina.

–¿De qué estas ha...? –empieza a decir Penny. De pronto, se pone colorada y abre los ojos de par en par–. Ah.

Laurel pone los ojos en blanco y se retira el pelo por detrás del hombro, con una elegancia desdeñosa que admiro a mi pesar.

–Sí, me contó lo vuestro.

Frunzo el ceño, perpleja. ¿A qué se refiere?

–A ver, ¿cómo me lo dijo? –continúa Laurel, tamborileando sobre su cadera con la mano del llavero–. Ah, sí: «Por fin entraron en razón y se juntaron», o algo por el estilo. Estoy segura de que os echasteis unas risas a mi costa –resopla–. Pero al final soy yo la que más puede reírse, porque ahora está claro que tenía razón.

Sus ojos se clavan en Penny; en ellos no hay agresividad, sino más bien curiosidad.

–¿No vas a decir nada, Pen? –la incita.

Se hace un silencio chirriante, mientras yo trato de comprender qué pasa sin conseguirlo. Estoy atrapada entre Penny y Laurel, y esta situación (esta mierda de situación) me resulta tan familiar... Solo que, la otra vez, sabía muy bien qué hacer.

Y esta vez no sé nada de nada.

–Sí –responde Penny–. La puerta delantera está por ahí.

Laurel se queda impertérrita.

–Sabía que esto pasaría; te lo dije bien claro –le espeta a Penny–. No mientas ahora, porque sabes muy bien que te lo dije. Te dije que Tate...

–Y en ese momento, no era verdad –la corta Penny con firmeza.

¿En qué momento? ¿De qué narices están hablando?

–Me vas a perdonar que no te crea –responde Laurel con desdén, pero, más que su tono o lo que dice, lo que acaba por hacerme estallar es la forma en la que enarca la ceja.

–Que te jodan, Laurel –gruño, porque estoy enferma de sus medias verdades y sus justificaciones y toda la mierda que ha soltado desde el mismísimo principio.

–Tan protectora como siempre... –me espeta Laurel, y luego, como si decidiera hacer caso de lo que le ha dicho Penny hace un momento, se da la vuelta y echa a andar hacia la puerta de la cafetería, sacudiendo la cabeza como si quisiera expulsarnos de ella.

–Uf, qué marrón –murmura Penny estremecida, y echa a andar hacia el coche con tanta prisa como un cervatillo cruzando la autopista.

La sigo. Todo mi cuerpo está entumecido salvo el corazón, que me golpea con fuerza dentro del pecho.

–Creo que voy a vomitar –masculla Penny inclinándose al lado del coche–. El curso pasado conseguí no verla durante todo el segundo trimestre.

–Penny.

–En serio: si empiezo a echar las tripas, mira para otro lado –me advierte, y toma una bocanada de aire.

–¡Penny!

Da un respingo y levanta la cabeza para mirarme.

–¿A qué se refería antes Laurel? –le pregunto lentamente.

Ella me mira con una mueca tan dolorida como si acabara de tragarse un bote de chinchetas oxidadas.

–Te lo... Te lo pensaba contar –dice.

–¿El qué?

–Que nuestras madres piensan que estamos saliendo... o algo así.

–¿¡Cómo!?

Aunque eso confirma mis sospechas, me pilla tan desprevenida que me flaquean las rodillas. Estoy a punto de apoyarme en el coche; pero eso sería una muestra de debilidad, y estoy lo bastante furiosa con Penny para no querer que se me note lo que siento en este momento (ni en ningún otro, quizá. Tate, querida, tendrías que haber aprendido la lección a la primera).

–¿Te acuerdas de la noche en que me seguiste hasta el lago? Tu madre nos pilló cuando llegamos envueltas en las mantas, ¿recuerdas?

Me quedo callada, con la mente ocupada por un torbellino de pensamientos. Eso ocurrió hace un mes, antes de la operación. Si mi madre hubiera pensado eso, me lo habría...

No puede ser. ¿Será por eso por lo que está tan rara y tan cursi conmigo últimamente? Pensé que era por el trasplante, pero si cree que Penny y yo estamos...

(La cabeza me va a explotar. De un momento a otro, mi cerebro se convertirá en mermelada).

–Tu madre dedujo que... –continúa Penny, tirando de su coleta con gesto nervioso–. Me preguntó si... –se vuelve a interrumpir, colorada como un tomate.

–¿Si qué?

–A ver, la cosa es que... hizo un comentario, y yo me di cuenta de que creía que tú y yo estamos saliendo.

–¿Qué comentario?

–Tate...

–¡Es mi madre! –estallo–. Mi madre es cosa mía, ¿recuerdas? Está en el acuerdo ese que hicimos –añado, golpeando con tanta fuerza el capó del coche que me escuece la palma de la mano.

–Me preguntó si estábamos tomando precauciones, ¿vale? –suelta Penny–. Creyó que nos habíamos escapado para liarnos, algo que no tiene ni pies ni cabeza, en vista de que tenemos dos camas estupendas en casa y solo nos haría falta dar unos pasos para llegar de la una a la otra. Y luego empezó a darme la típica charla de educación sexual, así que, antes de que pudiera sacar allí mismo un condón para mostrarme cómo hacer una barrera bucal en plan casero, le dije que sí, que claro que estábamos tomando precauciones, porque estaba muerta de vergüenza. Me daba pánico desengañarla porque, si se hubiera dado cuenta de que yo me había escapado para hacer kayak, se lo habría contado a mi madre. Y, si quieres sacar a relucir lo del acuerdo de tregua..., bueno, ahí pone que no podemos estresar a las madres, ¿no? Y la tuya estaba encantada. Pensaba contarle la verdad después del trasplante, pero, para entonces, ella ya se lo había contado a mi madre y las dos parecían tan contentas como si fuera una peli romántica de esas que les gustan, y yo... lo dejé y pensé que ya se me ocurriría cómo explicárselo.

–¿A quién? ¿A mí o a ellas?

–A las tres –responde Penny, con tal seguridad que me inclino a creerla.

(En todo caso, no importa. Lleva todo este tiempo jugando conmigo. Qué tonta soy, qué ingenua...).

–Hasta hice un plan en mi cuaderno para contároslo –añade, y meneo la cabeza porque... cómo no.

–Me has estado manipulando para tener contentas a nuestras madres –digo en voz alta, porque necesito oírlo. Me hace falta escucharlo en voz alta y clara para terminar de creérmelo.

Sus ojos se abren de par en par, horrorizados.

–¿Cómo? No, joder. Eso es absurdo. ¡Si ni siquiera están aquí!

–No te creo. ¿Por qué te voy a creer?

El horror se desvanece de su mirada; ahora, sus ojos resplandecen de furia.

De pronto, vuelvo a ver ante mí a la Penny que no tiene miedo de nada. Abre la boca, y de ella salen en tropel palabras incitadoras e hirientes:

–Pues no sé, Tate. A lo mejor tienes que creerme porque esto –extiende los dedos ante mí y los agita en el espacio que nos separa, en esta tensión chisporroteante que somos ella y yo y nuestra historia– no es algo nuevo. Quizá tengas que creerme porque llevamos casi la mitad de nuestras vidas tratando de ignorar lo que sea que hay entre tú y yo, y no necesito manipularte ni fingir ante nadie, porque esto existe y está aquí. Siempre está aquí, Tate.

Me echo a reír. De mi boca sale un ruido áspero y teñido de desdén que jamás creí que pudiera dirigir a Penny (hasta ahora).

–Ni siquiera eres capaz de llamarlo por su nombre –le espeto.

¿Por qué lo digo? Tal vez sea para provocarla. Para ver cómo reacciona.

–¿Y cómo quieres que lo llame? Meghan lo llamaría «energía» –afirma. Dios... Está volviendo a hacer comillas con los dedos, y a mí no debería enternecerme pero lo hace, bajo la capa superficial de mi enfado.

(Pero dejó que mi madre pensara que estábamos saliendo... ¿De qué va, joder?).

Penny da un paso al frente, y yo lucho contra el impulso de retroceder. En todo caso, no podría, porque ya estoy apoyada en el costado de su coche.

–¿O prefieres que lo llame «tensión»? –prosigue.

Otro paso.

Necesito con urgencia salir de aquí. Penny tiene esa mirada, la misma que había en sus ojos la noche del granero o la de Damnation Peak. En ella no hay rastro de miedo, solo osadía.

–¿«Historia compartida», quizá?

–Yo nunca pedí compartir tu historia –grazno.

Penny ya está justo delante de mí.

–Lo sé –murmura.

Apoya una mano en el techo del coche, al lado de mi hombro, y luego la otra, hasta encerrarme. Me enderezo lentamente hasta que nuestros dos cuerpos forman una hache mayúscula algo inclinada, con sus brazos dibujando el trazo que nos une. Siento su cara y su aliento, tan próximos a los míos, y pienso que jamás había apreciado tanto la forma de ninguna letra.

–¿Cómo lo llamarías tú, Tate? –pregunta.

Remi tenía razón en lo que me dijo al principio del verano. He tratado de huir de ello, de negarlo. Pero aquí estoy, atrapada en sus espinas.

Y aquí está Penny, metiendo la mano entre mis costillas para estrujar mi corazón hasta destrozarlo.

–Por favor –susurra, tan cerca de mí que siento el roce de su aliento en mis labios.

Sus manos bajan desde mis hombros hasta mi cintura. Dos de sus dedos se enganchan en las trabillas de mi pantalón y, por un instante, siento que me voy a morir si tira de mí, pero no lo hace. Solo me contempla con los ojos muy abiertos, expectante y mucho más próxima de lo que debería, y yo me tambaleo un poco hacia delante, prisionera de su mirada.

–¿Cómo lo llamarías?

Amor.

Pero lo que pronuncio es otra palabra, arrancada de la masa en carne viva que es ahora mismo mi corazón:

–Problemas –susurro, porque es una verdad de la que no puedo escapar.

Y entonces, con un esfuerzo descomunal, me aparto de ella. Piel suave sobre el tacto áspero de mis vaqueros, dedos que resbalan hasta soltar las trabillas... *Vuelve, vuelve conmigo.*

Pero no lo hago.

En lugar de eso, escapo a la carrera.

SEXTA PARTE

Ruptura

(o la vez de Yreka)

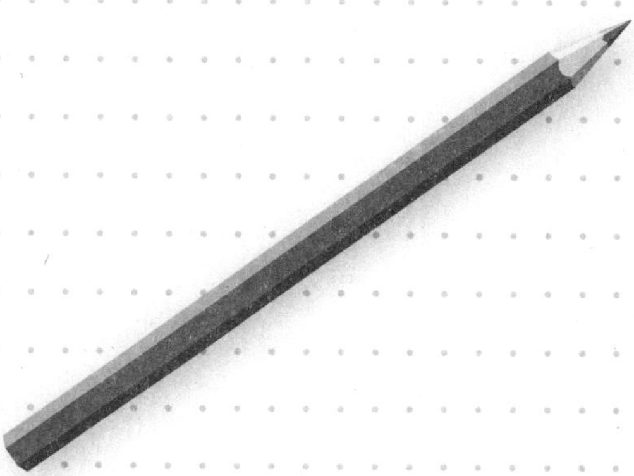

50

23 DE JULIO

Tate — P

No vas a venir? — P

Penny está escribiendo...
Penny está escribiendo...

Por favor. — P

Lo siento mucho. — P

• • •

No sé qué acaba de pasar. Tú tienes idea? — R

M — ???

Tate está en mi casa, llorando como una loca sobre mi cama. — R

M En serio? Le ha pasado algo a su madre?

No. R

Le ha pasado algo con Penny. R

M No jodas.

M Algo malo, crees?

Está llorando!! R

Tate no llora nunca. R

M Ufff. Voy a escribir a Penny para preguntarle.

• • •

M Estás bien?

Sabes dónde está Tate? P

Está con Remi? P

M Penny, qué ha pasado??

M Habéis estado tan contentas todo el día en la fiesta!

M Necesitas hablar un rato? Dónde estás?

Penny está escribiendo...
Penny está escribiendo...

La he jodido. P

Ay, Meghan. P

La he jodido lo más grande. P

51

Tate. P

Lo siento mucho. No hubiera debido dejar que tu madre siguiera pensando que estamos juntas. P

Tendría que haberle dicho la verdad en ese mismo momento, aunque se enterase de que he vuelto a hacer kayak. P

No era mi intención usarte como escudo humano para mis secretos, pero eso es lo que he hecho. Sé que está mal, y te pido perdón por ello. P

Dime qué quieres que haga y lo haré. Si quieres que haga un grupo con nuestras madres para contarles la verdad, lo haré ahora mismo. O, si prefieres, las llamaré para decirles que les he mentido. Le contaré a mi madre todos los planes que hemos hecho Meghan y yo para cuando acabemos el instituto. Haré lo que me digas; ya no me importa nada más. P

Lo único que me importa es que te he hecho daño. P

Y no quiero hacerte daño. P

Jamás he querido eso. P

Eso es justo lo contrario de lo que quiero. P

Creí que... P

Durante las últimas semanas, creí que... P

Creí que tal vez podía hacerte
un poco feliz. P

Lo único que quiero es hacerte feliz. P

Aunque para eso tenga que lanzarme
a los lobos. P

Metafóricamente, espero. P

Pero si quieres que lo haga
en plan literal... P

Sé que hay más cosas por las que
debería pedirte perdón. P

La noche de Yreka me dijiste que
estaba huyendo, y tenías razón...
Pero no dejé de hacerlo. P

Debería haber parado. P

Contéstame, por favor. P

Tate está escribiendo...

Siento un hormigueo en el estómago al ver los tres puntitos que aparecen y desaparecen. Luego, cuando mi teléfono vibra y la imagen que me ha mandado Tate se aclara en la pantalla, el corazón se me cae a los pies.

Me ha mandado una foto del acuerdo de tregua, con el último punto subrayado:

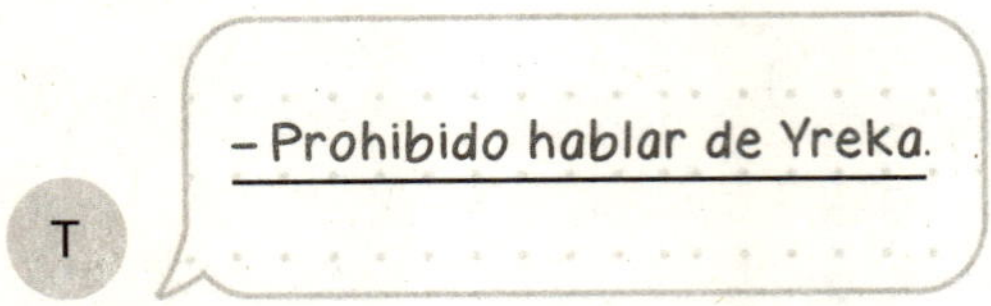

52

LA VEZ DE YREKA

Tate

HACE CINCO MESES

ESTOY EN YREKA con el equipo de natación para participar en una competición deportiva. Hasta ahora, ha sido un día perfecto: he ganado todas las competiciones en las que he participado. Estoy en las nubes; cada vez que acabo una carrera, le envío a mi madre el tiempo que he hecho, y ella me contesta con toneladas de emojis y con un vídeo de Lottie y ella bailando *We Are the Champions* en la cocina del Brewery, mientras Drew y Louisa marcan el ritmo con sartenes y cucharas.

El motel en el que nos alojamos es cutre y anticuado, decorado con ruedas de carreta y con un friso de madera que resulta muy años setenta. Las habitaciones son dobles; Theresa, mi compañera, ya me ha avisado en broma de que me expulsará de la cama de matrimonio si le quito las mantas por la noche. Si eso ocurre, no sé dónde voy a meterme, porque apenas hay espacio para nada más.

–Vale, pero tú no acapares el baño –le digo.

–Tranqui. Solo vendré aquí para dormir –responde.

Sé que Skylar ha traído una botella de vodka porque le oí decirlo durante la competición, aunque se calló en cuanto se dio cuenta de que yo estaba cerca. En realidad, me da lo mismo que no cuenten conmigo; lo único que quiero es estirarme en condiciones e irme a la cama temprano.

–Me voy al cuarto de Skylar –me dice Theresa cuando ya hemos deshecho el equipaje. Luego, sin mirarse siquiera en el espejo, se retoca el gloss fucsia que usa siempre. La verdad es que me impresiona la maña que se da; si yo intentara hacer eso, acabaría como un payaso.

Theresa aprieta los labios para repartir bien el gloss y se guarda el tubo en el bolsillo.

–¿Quieres venirte? –me pregunta.

Yo me dejo caer en la cama.

–Qué va. Estoy hecha polvo; prefiero quedarme aquí.

Asiente con la cabeza, como si no le sorprendiera mi respuesta.

–Tú misma. Tengo mi llave, así que no te preocupes por abrirme la puerta; con que dejes el seguro abierto me vale.

Asiento con la cabeza.

–Por cierto, hoy has estado muy bien en los relevos –le digo.

–Gracias –responde con una sonrisa–. Tú también.

En cuanto se marcha, me meto en la ducha para quitarme la peste a cloro. Luego, saco mi rodillo de espuma, enciendo la tele y empiezo a masajearme los hombros doloridos. Siempre me toca nadar a mariposa en las carreras de relevos; no es mi mejor estilo, pero aun así soy más rápida que las demás. Hoy he empezado fuerte y he terminado igual, como siempre.

Cuando dan las nueve, ya me he hartado de ver episodios de *Se ha escrito un crimen* en la tele del motel (que solo tiene unos ocho canales). Cojo el móvil y le escribo a Theresa: *Ey, la hora de retirada son las 10. Te lo recuerdo por si acaso.*

Le mando un mensaje de buenas noches a mi madre, pero ella no contesta; debe de estar empezando a recoger la cocina. Vuelvo a poner el vídeo de Lottie y ella, porque es una ridiculez de esas que te hacen sentir calorcito por dentro (aunque por fuera te estés riendo de lo gansas que parecen).

Ya es casi la hora tope, pero Theresa no ha aparecido ni ha contestado a mis mensajes. No soy su niñera; si quiere pasarse la noche escondiéndose de la entrenadora y nadar resacosa mañana, no voy a ser yo quien se lo impida. Lo único que me mosquea es no poder cerrar la puerta en condiciones antes de irme a dormir.

Y me mosqueo más aún cuando alguien aporrea la puerta. ¿Habrá perdido la llave Theresa?

–Córtate un poco, ¿quieres? –le espeto mientras abro de golpe.

Pero no es Theresa.

Es Penny, de pie ante la puerta, iluminada por las luces amarillentas del motel.

Por un segundo, me quedo mirándola sin reaccionar, paralizada por la sorpresa.

Luego veo que está llorando, con el rímel corrido por las lágrimas y el pintalabios emborronado, y me olvido de todo. Sin pararme a pensar en lo que hago, estiro la mano, le agarro la muñeca con suavidad y tiro de ella para meterla en la habitación.

–Penny, ¿qué haces aquí? –le pregunto mientras cierro la puerta.

Ella se deja caer en la cama. Se desploma en ella, de hecho, con un desánimo que jamás he visto en nadie.

–Me dijo que me quería –murmura entre sollozos.

Siento un escalofrío, como si cientos de astillas de hielo se me clavaran en la piel. En este momento, Penny no parece una chica cuya novia acaba de decirle que la quiere.

–¿Por qué me ha hecho esto? –pregunta–. ¡Me ha echado de su cuarto de mala manera, como si el problema fuera yo! ¡Pero eran ellas las que estaban allí desnudas! ¿Cuánto tiempo llevan haciendo esto? –sus ojos se clavan de pronto en los míos. Por un segundo, nos miramos sin decir nada, ella horrorizada y yo perpleja–. ¿¡Tú lo sabías!?

–¿El qué? –pregunto sin entender nada.

–¿Me estás mintiendo? –dice, alzando la voz–. Soy el hazmerreír de todo el equipo, ¿verdad? Joder, lleváis meses riéndoos a mis espaldas...

–Penny –susurro, acercándome a la cama para sentarme a su lado–. Respira, anda.

Ella exhala, pero es más un sollozo que una respiración.

–Muy bien. Ahora, dime de qué estás hablando. ¿Por qué has venido aquí? ¿Y por qué lloras?

Más lágrimas. Me estiro hacia atrás para alcanzar la caja de pañuelos de papel que hay en la mesilla.

–He venido para darle una sorpresa a Laurel. Su compañera de habitación me dio la llave de su cuarto. Lo tenía todo planeado, pero... –vuelve a romper en llanto. Antes de que pueda hacerle más preguntas, alguien llama a la puerta con fuerza.

–Dios... –masculla, incorporándose al oír los golpes–. ¿Es ella?

Mira frenética a su alrededor, como si esperase que aparezca de la nada un armario con un portal a otro mundo en plan Narnia–. No la dejes entrar, Tate, te lo pido por favor. Sé que a ti esto te da igual, pero...

Una punzada me atraviesa el pecho al oír sus palabras.

–No te preocupes –respondo–. Tú... quédate aquí, anda.

Me acerco a la puerta y echo un vistazo por la mirilla. Me quito de un tirón la toalla con la que me he envuelto el pelo y me recojo los mechones húmedos con un nudo en la nuca.

–¿Te vas?

(La forma en la que se rompe su voz me desgarra por dentro).

–Vuelvo ahora mismo, Pen. Espérame, ¿quieres?

Tarda unos segundos en asentir con la cabeza.

–Hay más pañuelos de papel en el baño –añado, sin saber qué otra cosa decir.

Abro un poco la puerta, lo suficiente para colarme por la abertura, y dejo que se cierre sola.

Laurel está de pie frente a mí, con la cabeza rodeada por un halo de rizos dorados y el ceño fruncido. Apenas tiene tiempo de retroceder cuando yo me meto en su espacio para dejar que se cierre la puerta.

–¿Está Penny ahí? –pregunta con voz seca.

–Vamos a caminar un poco –le digo, y echo a andar escaleras abajo sin molestarme en comprobar si me sigue.

–Joder, Tate –masculla con rabia. Sin embargo, mi táctica parece funcionar, porque oigo sus pasos a mi espalda.

Al llegar abajo, noto la aspereza del asfalto en la suela de mis deportivas. Atravieso el aparcamiento hasta llegar a un rincón desierto, enfrente del área de fumadores (un cuadrado delimitado por ruedas de carreta cortadas a la mitad y puestas de pie en el suelo).

Me doy la vuelta, cruzo los brazos y aguardo sin decir nada. En el fondo, Laurel no es tan mala persona; estoy segura de que la mala conciencia hará que diga algo tarde o temprano.

Ella se remueve incómoda, con la espalda encorvada.

Por más que me cueste reconocerlo, es muy guapa. En los últimos meses, ver a Penny con ella ha sido un empacho de besitos, miradas cuquis y ombligos al aire. Sin embargo, desde el principio ha habido algo raro en la forma en que Laurel me mira, incluso antes de que las dos empezaran a salir. Como si yo tuviera en la palma de la mano todo lo que ella desea.

–¿Me has traído aquí para pelear conmigo? –dice al fin con voz pastosa, rompiendo el silencio que he iniciado yo.

–¿Has hecho algo por lo que deba pelearme contigo?

–No es asunto tuyo, Tate –me espeta con voz cortante.

(Se siente culpable, sin duda).

–Y una mierda –replico, señalando el motel con el dedo–. Penny está llorando en mi habitación.

–No tenía ni idea de que pensaba venir. Llegó en mitad de una movida, y antes de que pudiera explicárselo...

–¿Explicarle el qué?

Laurel cierra la boca de golpe. Sus labios relucen a la luz de la farola. Al verlos, algo echa a rodar en mi mente.

Es la primera vez que veo a Laurel maquillada con gloss de color fucsia.

Theresa, sin embargo, lo lleva siempre.

–¿Qué le tenías que explicar, Laurel? –insisto, dando un paso adelante que es de todo menos inconsciente.

Porque, ahora mismo, lo que más me apetece en el mundo es darle un puñetazo. ¿Ha hecho lo que creo que ha hecho? ¿De verdad le ha puesto los cuernos a Penny?

–Solo fue un momento, Tate –dice–. Un momento de debilidad. Pero no nos dimos más que un beso, en serio. ¡Se lo podría haber explicado! Y pensaba contárselo, te lo juro. Pero Penny nos vio y se marchó corriendo –de pronto, sus ojos se estrechan–. Y se fue contigo..., cómo no –añade con una carcajada sarcástica.

En mi cabeza despierta un zumbido de alarma.

–No vayas por ahí, Laurel.

–Ah, ¿no? ¿Y por qué? Ya no tengo por qué cortarme con estas cosas... Y te aseguro que durante estos meses me he cortado un montón.

Esta vez, es ella quien avanza hasta invadir mi espacio. Aun así, sigue siendo más baja que yo; para mirarme a la cara tiene que levantar la cabeza. Y yo nunca me he dejado amilanar.

–He intentado ignorarte –afirma Laurel–. Pero siempre estás en medio, ¿verdad? La estrella del equipo de natación, la chica buena de la que nadie habla mal en el instituto... Tate la triste, con su madre enfermita. A todo el mundo le da pena, todos quieren ayudarla.

–Como vuelvas a mencionar a mi madre, tú y yo vamos a tener un problema mayor del que ya tenemos.

Laurel suelta una carcajada, pero siento el miedo que late bajo ella.

–Estabas hasta en la sopa –dice–: en los entrenamientos, en clase... Y, cuando conocí a Penny, pensé: «Mira qué bien; al menos, mi vida amorosa no tendrá nada que ver con Tate». Pero entonces, Penny...

Aparta la mirada, como si le doliera recordarlo.

–¿Qué hizo Penny?

Me incomoda hacerle esa pregunta, pero necesito saber. Laurel ha podido conocer a una Penny que yo jamás conoceré, y la odio por ello... Pero la odio aún más por haber derrochado la oportunidad que tenía en sus manos.

–Penny se esforzaba por no hablar jamás de ti, pero yo lo sabía. Lo notaba.

Sacude la cabeza, y en su cara aparece una sonrisa que es casi una mueca. Me doy cuenta de que está luchando por no derrumbarse.

–Sabía que lo vuestro estallaría en algún momento –masculla–. Así que, al final, supongo que preferí reventar yo.

Deja escapar una carcajada temblorosa. Tiene los ojos brillantes, como si estuviera al borde del llanto.

No creo que esté fingiendo. ¿Por qué iba a hacerlo?

Sus lágrimas son reales, y comprenderlo hace que se me crispe el estómago (porque, si eso es auténtico, lo que siente por Penny –lo que sentía– tiene que serlo también).

–Estás inventándote cosas para no sentirte mal por haberle puesto los cuernos –le espeto.

–No es verdad. Y si tú no lo ves... –menea la cabeza–. No me creo que no lo veas.

–Penny nunca habla de mí porque no piensa en mí. No somos amigas.

–Ya, eso no lo dudo: no sois precisamente amigas. Pregúntale a Remi o a Meghan; a alguien de quien sí seas amiga –replica, y esta vez, la sonrisa que aparece en su cara sí que es mezquina–. Pregunta a vuestras madres.

–¿Que les pregunte qué? –replico, asombrada por mi propia capacidad para no perder la calma.

Laurel me está manipulando, me doy cuenta. Pero, aun así, no puedo evitar caer en su trampa.

–Lo sabes muy bien –dice con rabia–. Eres una chica lista y se te da bien disimular. Pero, cada vez que estáis las dos en algún sitio, tus ojos la buscan a ella y los de ella te buscan a ti.

No me molesto en negarlo. (De hecho, lo que ha dicho es completamente cierto, en mi caso, y quizá un poquito cierto en el de Penny: cada vez que coincidimos y la miro, ella ya me está mirando a mí).

–Se acabó. Me voy –le digo.

–Puedo seguirte hasta tu cuarto, si quiero.

–Inténtalo; no llegarás ni a la escalera.

–Madre mía –masculla, apuntándome con el dedo–. ¿Pero tú te has oído? Ahí está, no hace falta ir más lejos. A lo mejor es cierto que las dos procuráis mantener las distancias, pero, al final, Penny y tú sois como una manada de lobas: mordéis a cualquiera que se os acerque demasiado.

Levanto la barbilla.

–Ha sido Penny quien me ha pedido ayuda. Me pidió que no te dejara entrar, ni a ti ni a nadie más. Solo estoy haciendo lo que me ha dicho.

–¿Por qué? ¿No dices que ni siquiera es amiga tuya? Y, sin embargo, yo soy su novia.

–Después de engañarla como lo has hecho, no creo que eso sea cierto.

–Zorra –me espeta, con la boca torcida en una mueca de rabia.

–Puede que lo sea, pero no ahora mismo.

–No puedes esconderla para siempre, ¿sabes? –masculla–. Al final, tendrá que verme. Vamos al mismo instituto; no podrá esquivarme eternamente.

–Penny puede hacer lo que mejor le parezca –replico–, y yo la ayudaré. No tengo nada más que decirte, Laurel.

–¡Pues yo sí!

Me encojo de hombros y me doy la vuelta. Tengo que admitirlo: una parte de mí está deseando que se tire a por mí. Pero no voy a meterme en una pelea si no es en defensa propia. Penny está llorando en mi cuarto, y prefiero no dejarla sola. Además, mi madre se enfadaría si se enterase.

Pero Laurel es cobarde y me deja marchar. Me pregunto si pensará volver junto a Theresa... No sé si estoy furiosa con ella también. Theresa y yo siempre nos hemos llevado bien. Quizá Laurel le dijera que había cortado con Penny antes de que las dos empezaran a... a hacer lo que estuvieran haciendo cuando Penny las sorprendió.

Subo las escaleras, abro la puerta de mi cuarto y entro, temerosa por lo que me puedo encontrar.

Penny está acurrucada en la cama, envuelta en las mantas rasposas, como un tejón que se refugiara en su madriguera. El edredón le tapa la cabeza, pero cada pocos segundos se oye un suspiro lloroso que sale de debajo. Al menos, eso me dice que no se ha asfixiado debajo de todo ese poliéster.

–Penny, ¿estás bien?

No contesta. Lo único que suena es un nuevo suspiro.

Saco mi móvil para comprobar qué hora es. La señora Rawlins vendrá en cualquier momento a revisar las habitaciones para ver si estamos todas en la cama. Mi única esperanza es que Theresa se quede escondida en el cuarto de Laurel.

Lo más que puedo hacer es recoger mis cosas, preparar la bolsa que voy a llevar mañana a la competición y apagar la luz. Cuando la entrenadora llama a la puerta, diez minutos más tarde, la abro y dejo que se asome. Al ver el bulto que hay en la cama, da por hecho que es Theresa.

–¿Todo bien por aquí? –pregunta.

–Sí, todo bien –contesto.

–Buenas noches, Tate. Hasta mañana, Theresa.

–Buenas noches –digo, y cierro antes de que Penny se vea obligada a contestar.

Me quedo junto a la puerta para escuchar cómo los pasos de la señora Rawlins se alejan por el pasillo. Cuando se detiene para llamar a la siguiente puerta, dejo escapar un suspiro de alivio.

Busco en la penumbra el bulto que es Penny y, al encontrarlo, tengo que reprimir otro suspiro. Me acerco despacio a la cama y tiro de una de las mantas.

–Penny, porfa, ¿me dejas una de estas? Tengo que hacerme una cama en el suelo.

Ella resopla. Espero, preguntándome si al final tendré que dormir en la bañera y taparme con mi parka de natación, hasta que al fin ella se incorpora y se desprende de las mantas con un gesto bastante poco grácil y elegante. Se inclina hacia la mesilla y enciende la luz.

Tiene la nariz y los ojos rojos. El rímel que embadurna sus ojeras la hace parecer un mapache muy mono y muy triste.

–Tate, por favor... ¿Cómo vas a dormir en el suelo? –dice, levantándose–. Me voy a dar una ducha.

Desaparece sin más en el cuarto de baño y yo me quedo sentada en el borde de la cama, tratando de respirar. Oigo cómo abre el grifo y se ducha durante un buen rato. Cuando por fin sale, envuelta en una toalla, yo ya me he tumbado en la cama.

Veo cómo contempla los pantalones de chándal y la camiseta que le he dejado en el borde del colchón, con una expresión que no sé descifrar. Al final, vuelve a meterse en el baño... y, cuando sale, lleva puesta mi ropa. (Algo se me remueve por dentro al ver mi camiseta sobre su piel).

Se sienta en el lado derecho de la cama, de espaldas a mí, y empieza a peinarse el pelo húmedo con los dedos para hacerse una trenza. Lleva una camiseta del Día de la Tierra a la que le he cortado el cuello, igual que a todas. Como su espalda es más estrecha que la mía, la camiseta resbala, dejándole el hombro al descubierto. Me esfuerzo por grabar esa imagen en mi memoria, porque quiero que sea lo último que vea antes de morir.

Trago saliva, pensando que sería mejor dormir en el suelo. Sí, sería muchísimo mejor.

Y, sin embargo, me quedo en la cama mientras ella remata la trenza y se acuesta a mi lado.

(A veces soy una descerebrada, no lo puedo evitar).

Apaga otra vez la luz. Puedo oír su respiración temblorosa en el silencio del cuarto.

–¿Estás bien? –pregunto.

Ella niega con la cabeza. Por la ventana del baño entra la luz suficiente para distinguir la línea de su perfil.

–¿Qué te ha dicho Laurel? –pregunta por fin.

–Que solo había sido un beso.

Penny resopla con desdén.

–Teniendo en cuenta que las dos estaban en bragas, va a ser que no.

–Odio esa palabra.

Se echa a reír y, para mi sorpresa, parece una carcajada genuina.

–¿«Bragas»? Tenía que haberlo supuesto.

Se pone de lado para mirarme. Yo la imito, y las dos nos quedamos tumbadas frente a frente.

–Lo que vi no era solo un beso, Tate –afirma.

–Te creo.

–¿De verdad?

–Pues claro, Penny. No tenía ni idea de que Laurel estaba haciendo esas cosas –insisto–. Necesito que tú también me creas. Si lo hubiera sabido...

–¿Me lo habrías dicho?

–Por supuesto –respondo sin dudar, molesta por el deje sarcástico de su pregunta–. Joder, Penny, ¿por quién me tomas?

–No sé –masculla.

–¿Acaso te he mentido alguna vez?

No me doy cuenta de que me he equivocado al preguntarle eso mientras lo estoy diciendo. Ni siquiera cuando ya lo he dicho.

(No me doy cuenta de que esa frase es un relámpago que cae entre las dos).

Pero ella se queda callada un rato largo, mirándome en la oscuridad. Y cuanto más dura su silencio, más incapaz soy de apartar la mirada.

–No, no lo has hecho –contesta por fin–. Siempre dices la verdad, por mucho que escueza.

–Te lo habría contado –insisto.

–En ese caso, es una pena que no supieras nada –responde, con voz pastosa por las lágrimas retenidas.

–Lo siento mucho. Sé que tú... –no quiero decirlo, pero sé que es verdad. Esto no es como lo de Jayden; a Penny le importa Laurel de verdad. Puede que incluso esté...

(Ni siquiera puedo pensar en ello. Me duele demasiado).

–No importa –susurra, con una voz tan apagada como si ya lo hubiera dicho un millón de veces... o lo hubiera pensado–. Debería haberme dado cuenta. Me lo temía, de hecho, pero pensé que... –se sorbe las lágrimas–. Joder, qué imbécil soy.

Noto una punzada en el estómago al oír esa muestra de desprecio hacia sí misma.

–No lo eres, Penny –respondo con firmeza.

–¿Cómo llamarías a una chica que no hace más que intentar que la quieran personas que, obviamente, no la quieren? –replica ella–. Primero, mi madre, y ahora, Laurel. Tengo que aprender a aceptarlo y ya está.

–¿Aceptar el qué?

–Que yo no... no tengo lo que hace falta tener para que la gente te quiera. Debo de ser demasiado o demasiado poco, yo qué sé. Sé que a veces me pongo muy mandona y que enfado a la gente...

–Penny –la corto, porque no puedo aguantar oírla más. Mis dedos encuentran los suyos en la penumbra. Tiene la mano tan cerca de la cara que puedo sentir la humedad cálida de sus lágrimas en el dorso de la mía.

–Me lo dijo una vez –susurra, con una voz rota que me llena de horror–. Me dijo que soy... que soy difícil de querer.

–Que le den a Laurel –gruño.

–No –replica Penny–. No fue Laurel: fue mi madre –afirma, y el horror que siento se transforma en algo mucho peor, algo tan oscuro que ni siquiera sé si habrá una palabra para describirlo.

Por supuesto, me muero de ganas de decir: «Que le den a Lottie». Pero sé que no puedo, porque las cosas no son tan simples, y eso me enfurece todavía más.

–Nadie me querrá nunca –susurra con desesperanza, tan segura de sus palabras que me resulta inaguantable estar así, a su lado en la cama y sin tocarla. (Pero queriéndola... Queriéndola siempre).

Me muevo antes de poder pensarlo, porque, si lo pienso, sé que no lo voy a hacer.

–Penny –susurro en el silencio que se ha instalado entre las dos, intentando que esas dos sílabas sean tanto una pregunta como un consuelo–. Ven aquí.

Tiro suavemente de su mano y estiro el otro brazo, ofreciéndole entrar en mi espacio para convertirlo en nuestro.

Y ella lo hace. Se acurruca contra mí, llorosa y apenada (porque la pena ya no la abandona, nunca la abandona), y... encaja conmigo de una forma que ya jamás podré ignorar. Su cabeza tiene justo la forma del hueco de mi barbilla y, de pronto, me encuentro en el nuevo territorio que forman la raya torcida de su pelo, el tacto de su coronilla, la curva de su trenza sobre mi brazo. Dobla el codo para pegar nuestras manos a su pecho, en el hueco entre las dos, y siento la suavidad de sus líneas. Algo palpita en mi vientre, mientras mi mente se fragmenta en un millón de direcciones distintas.

Pero mi cuerpo sabe qué hacer. Mi otra mano sabe cómo acariciar su pelo, y el ruidito que hace Penny al notar mi contacto me dice que sí, que todo está bien. No hay ni un centímetro de aire entre nosotras; nuestras piernas y nuestros brazos están enredados, pero no decimos nada y apenas nos movemos. Y así, poco a poco, siento cómo su cuerpo se relaja hasta hundirse en la pesadez del sueño.

No dejo de acariciarle el pelo, aunque sé que ya no lo nota. Y no digo nada hasta no estar segura de que no me puede oír.

(Pero necesito decirlo).

–No eres difícil de querer –susurro en la oscuridad. Tengo la boca pegada a su coronilla, como si así pudiera hundir mis palabras en su cerebro y su cuerpo y su corazón, hasta que se vea a sí misma como yo la veo–. Es cierto que a veces te pones muy mandona, pero sueles tener razón, así que no importa nada. Además, todos nos ponemos pesados a veces. Y hay una cosa que es segura: jamás has sido difícil de querer. Lo sé muy bien, Penny, porque estoy enamorada de ti. Lo estaba incluso antes de saber qué era el amor.

Cierro los ojos y saboreo lo que acabo de decir, esas palabras que creí que jamás pronunciaría. Si lo pienso, es la situación más cruel en la que me podría encontrar: la chica de la que estoy enamorada, por fin acostada junto a mí, en mis brazos; las palabras tanto tiempo guardadas, por fin en el aire... Pero nada es como en los sueños que a veces me permito tener. Porque ella tiene el corazón roto y yo estoy furiosa con el mundo entero, salvo con ella, y porque nunca dejaremos de ser dos cometas con órbitas distintas. Si esos dos cometas colisionaran algún día, la explosión podría cambiar la configuración de toda la galaxia. Pero no lo harán, porque jamás vamos a coincidir en medio de esta maraña de posibilidades y desencuentros.

Acaricio con la yema del pulgar la trenza que le cruza el hombro, recordándome a mí misma que esto es lo máximo que tendré jamás. Pero no es fácil convencerme de ello mientras estoy entre sus brazos, con su mano apoyada en la parte baja de mi espalda, pegada a mi piel.

(¿Y si...

... se lo dijeras?

¿Y si...

... la besaras?

¿Y si...

... todo saliera bien?

¿Y si...

... ella también quisiera?

¿Y si...

... algunas chicas pudieran conseguir ciertas cosas?).

53

HACE CINCO MESES

01:00 A. M.

M: Qué tal ha ido, Penny?

M: Le gustó a Laurel la sorpresa?

M: Quiero que me lo cuentes todo!

M: Bueno, todo todo no, obviamente.
Todo lo que se pueda contar.

T: Meghan, soy Tate.

T: Sé que es muy tarde.
Me puedes llamar cuando veas
este mensaje?

M: Estoy aquí.
Le ha pasado algo a Penny?
Quieres que te llame?

T: Penny está bien ahora mismo.

M: Qué ha pasado?

T: Laurel y ella se han peleado. Penny está aquí conmigo.

T: Puedes venir hasta aquí y recogerla antes de que tengamos que dejar el motel por la mañana?

M: Salgo ahora mismo para allá.

T: Gracias.

54

Penny

HACE CINCO MESES
06:00 A. M.

NUNCA SABRÉ QUÉ ES lo que me despierta. Solo recuerdo mis sensaciones.

Calor. Pero no calor en plan «me suda todo y estoy pegajosa y necesito destaparme ahora mismo». Es un calor dulce, como un rayo de sol lanzando brillos dorados sobre un suelo de madera, o como el brillo de una joya regalada sobre la piel de alguien querido.

Pestañeo para acostumbrarme a la luz suave y me remuevo debajo de las mantas, notando cómo los dedos de mi pie rozan la larga columna de su pierna. No estamos haciendo la cucharita; pero casi preferiría que fuera así, porque de ese modo le daría la espalda en vez de tenerla frente a frente, su cuerpo enredado con el mío. Esto es mucho peor –mucho mejor–: sentir que me envuelve, que me cobijo en ella, que me rodean sus fuertes brazos y sus hombros y su piel pecosa bajo mis cicatrices.

Su mano se apoya en mi cadera, con los dedos estirados de una forma que me da ganas de apretarme más para ver si me aferran. Mi frente está pegada a su clavícula, y mi cabeza reposa en el hueco entre su cuello y su hombro. Noto la redondez de mi trenza, encajada en la suavidad del interior de nuestros brazos.

Me quedo quieta, aunque, ahora que me he despertado, debería apartarme. No he venido aquí para dormir en la cama de Tate, entre sus brazos. Vine para estar con Laurel y, sin embargo, he acabado aquí. Laurel se burlaría de mí si se enterase. Diría que lo he hecho para vengarme.

Joder... Diría que ella tenía razón.

¿Cómo he llegado hasta aquí?

¿Por qué no me fui a la cafetería que hay al otro lado de la carretera? ¿Por qué no llamé a Meghan para pedirle que viniera a por mí? Ni siquiera se me ocurrió escribirle, a pesar de que fue ella quien me trajo hasta aquí ayer para darle una sorpresa a Laurel.

¿Por qué me fui directamente junto a Tate, como si mis pies supieran algo que mi mente desconoce?

Mis dedos retuercen el borde de su camiseta, mientras las preguntas se amontonan en mi mente. Hago un esfuerzo por relajarlos, pero eso solo consigue que mis manos se apoyen en su espalda, lo cual es... toda una experiencia. Siento el relieve de sus músculos bajo la fina tela.

Su teléfono empieza a vibrar sobre la mesilla, y la rapidez con la que reacciona me hace comprender que llevaba despierta un buen rato. Incluso puede que se despertara antes que yo. Se estira hacia atrás y mis manos la sueltan, aunque nuestras piernas siguen enredadas. Apaga la alarma del teléfono, y luego...

... vuelve conmigo.

Su cuerpo se encaja otra vez en el hueco cálido que hemos creado entre las dos. La única diferencia con lo de antes es que ha bajado un poco, de forma que ahora estamos cara a cara, y sus manos reposan frente a mi pecho en lugar de apoyarse en mi cadera.

–¿Estás bien? –pregunta, con una voz un poco ronca que me produce un cosquilleo en el vientre.

Asiento sin decir nada; me da miedo que ella se aparte si hablo, y que esta vez no vuelva conmigo.

–Estupendo –añade, y no sé si lo quiere decir de verdad o si lo hace para llenar el silencio.

Me pregunto si ella sentirá también la urgencia de este espacio inexistente entre ella y yo. Me gustaría franquearlo, levantar la barrera, y sé cómo hacerlo. Quizá no lo haya sabido siempre; creo que llevo tiempo jugueteando con ello, como una niña fascinada por el fuego pero aterrada por la idea de quemarse. Ahora mismo, sin embargo, siento...

... que soy suya.

Tate está enamorada de mí. Me lo dijo. Y eso lo cambia todo, aunque ella creyera que yo estaba dormida.

¿O no?

¿Quiero yo que lo cambie todo?

–Ya ha amanecido –comenta, y sé por qué lo dice.

Se supone que yo tengo que responder que es verdad, y que luego una de las dos se apartará y todo volverá a empezar una vez más: el mundo se derrumba, Tate está ahí y yo sigo siendo una cobarde, sobre todo en las cosas que importan.

¿Y si fuera valiente por una vez? ¿Cómo me sentiría?

¿Cómo sería descubrir a qué sabe su boca?

¿Descubrir la forma de sus labios?

¿Aprender la presión de su cuerpo contra el mío?

–¿Penny? –pregunta al ver que no me estoy apartando.

–No te vayas –digo.

No hay espacio en esta cama.

Jamás he querido que lo hubiera.

–Penny –repite. Pero esta vez no es una pregunta: es un suspiro.

Cierra los ojos cuando extiendo la mano para trazar el contorno de su mandíbula. Mi dedo se detiene en la peca que hay justo debajo de su oreja.

–¿No quieres saberlo? –le pregunto, porque yo sí quiero. Claro que quiero.

Quiero saber. Quiero sentir algo más.

Y Tate siempre me hace sentir mucho más.

Me hace sentir todo.

Ni siquiera sabía que podía haber un contacto tan total como el que hay entre nosotras en este momento, y la idea gira en mi interior, grabando ese nuevo conocimiento en cada una de mis terminaciones nerviosas. La única parte de nuestros cuerpos que no se toca son nuestros labios.

Si se inclinara un poquitito...

Si deslizara la mano bajo mi pelo y me atrajera...

Y entonces lo hace. Y yo me dejo ir con agradecimiento, porque... al fin.

Al fin voy a saber.

Mis ojos se cierran suavemente. Todo mi cuerpo grita de expectación, y entonces...

Nada.

–Penny –susurra. Mis ojos se abren y aspiro bruscamente porque...

Sus ojos.

Siempre está tan triste...

–Me merezco algo más que esto –afirma–. Algo más que consolarte porque otra chica te haya roto el corazón. Algo más que lágrimas y huidas... Porque estás huyendo, Penny. Estás huyendo de un montón de cosas.

Si hubiera sacado un cuchillo y me lo hubiera clavado, no me habría hecho tanto daño. Me estremezco cuando se inclina y pega sus labios a mi frente para besarme, con tanto fervor como si quisiera fundirse conmigo en un solo ser.

–Tú también te mereces mucho más que esto –me susurra con fiereza al oído–. Las dos nos lo merecemos.

Luego, se levanta y desaparece en el baño. Yo me quedo tumbada en la cama, tan mustia y arrugada como las sábanas rasposas del motel.

Doy un respingo al oír el ruido de la ducha, como si saliera de un trance. Con el corazón alborotado, miro alrededor tratando de calmar el ritmo frenético de mi respiración.

Consigo encontrar mi móvil y salir del cuarto al aire frío de la mañana. Me tambaleo hacia el aparcamiento, luchando por respirar, cuando aparece el coche de Meghan.

–¡Penny! ¿Penny? ¿Qué ha pasado?

Meghan sale del coche y corre hacia mí, pero yo no soy capaz de contestarle. Solo puedo menear la cabeza entre sollozos.

Ella no dice nada: se limita a sacarme de allí.

55

Penny

28 DE JULIO

TATE NO VUELVE A CASA después de nuestra pelea en el aparcamiento. A la mañana siguiente, cuando salta la alarma del móvil, tampoco está.

Pienso en mandarle un mensaje, pero el pantallazo del acuerdo de tregua que me mandó anoche es como un portazo por su parte.

Aun así, no puedo evitar darle vueltas. ¿Voy a casa de Remi? ¿Me pongo dramática?

Pero no. Conozco bien a Tate; sé que jamás debería haber permitido que Anna creyera que estábamos juntas. Si la empujo demasiado, Tate me odiará aún más.

Así que, cuando mi madre me llama para decirme que ya está lista para volver a casa, me monto en el coche y lloro todo el camino hasta Sacramento. Son cuatro horas y media de lágrimas y canciones tristes, sin un solo mensaje o una llamada de Tate. Tengo que parar en dos gasolineras para comprar hielo con el que quitarme la hinchazón de los ojos, porque no quiero llegar con toda la cara inflada y llorosa.

Aun así, cuando llamo a la puerta del apartamento, tengo una pinta horrible.

Cuando mi abuela abre y ve que soy yo, en sus ojos aparece una mirada de puro alivio.

–Ay, Penny –dice–. Qué bien que hayas llegado.

Entro en el recibidor y la abrazo.

–¿Tan horrible ha sido? –le pregunto.

–Tu madre... –la voz de mi abuela se apaga. Entiendo la razón al ver a mi madre en el salón, sentada en el sofá bajo una manta.

–Hola, mamá –la saludo.

–¡Hola, cariño! –responde con una sonrisa de oreja a oreja, haciendo ademán de levantarse.

–¡No, no! ¡Quédate ahí! –exclamo, acercándome a toda prisa.

Ella abre los brazos, y tengo que contener el impulso de frenar de golpe. Ni siquiera sé cuándo fue la última vez que nos abrazamos. Hace tanto tiempo...

Me siento extraña al estrecharla, y no solo porque me da miedo apretar demasiado y hacerle daño. Al fin y al cabo, aún está convaleciente.

–¿Dónde está Tate? –pregunta mi abuela detrás de mí.

–Ah, ¿no os ha escrito? Tenía que trabajar –respondo, y la mentira me resulta tan insoportable como si me hubiera metido una cucharada de canela en la boca.

–Anna está descansando –me informa ella–. En un ratito se lo diré.

–No: ya se lo digo yo –replica mi madre con aire molesto, y veo que mi abuela sonríe con resignación.

–Muy bien –responde–. Voy a meter tus bolsas en el coche de Penny.

–Gracias –masculla mi madre de mala manera–. ¡Ven, cariño! ¡Siéntate conmigo! –añade dando palmadas en el sofá, y yo la obedezco porque no me queda otra opción.

–El apartamento está muy bien –comento, mirando a mi alrededor.

Es un piso muy moderno, con muebles minimalistas y detalles de color aquí y allá. Todo es perfecto, aunque los cojines que hay repartidos por todo el salón resultan un poco exagerados.

–Echo de menos mi estudio –dice mi madre–. No veo el momento de volver... Tu abuela es una tirana, ¿sabes? No sé cómo pudiste aguantarla mientras te recuperabas.

Me quedo mirándola mientras su comentario retumba en mi interior, despertando un calor mareante que trepa por mis mejillas. Mi primera reacción es hacer como que no la he oído; refugiarme en la mentira permanente del «estoy bien» cuando, en realidad, siento que me está matando poco a poco.

Pero esconderme de la verdad no me ha creado más que problemas y dolor. Por culpa de ello, he perdido a personas a las que ni siquiera había llegado a tener del todo.

Y creo que ya estoy harta.

–Si no fuera por la abuela, no habría recuperado la movilidad del pulgar –replico–. Me ayudaba a hacer los ejercicios de rehabilitación todos los días.

–Sí, claro, no digo que no –contesta mi madre–. Solo digo que lo tuyo era... No sé, diferente.

«Claro que era diferente –pienso–. Tú me tienes a mí. Yo, sin embargo, no te tenía a ti».

–Bueno, voy a ver cómo está Anna –añade–. Vuelvo enseguida.

Se levanta y se aleja por el pasillo. Yo me recuesto en el sillón, tratando de ignorar la sensación de temor que me revuelve el estómago.

Hasta este momento no me había dado cuenta del alivio que me produjo durante las últimas semanas no tener que andar pisando huevos por miedo a molestarla.

Soy una hija horrible.

«Es ella la que es una madre terrible», diría Tate si estuviera aquí conmigo.

Saco mi móvil con la esperanza de que haya llegado algún mensaje, pero no hay nada.

¿Qué le voy a decir a mi madre si Tate no está en casa cuando lleguemos?

¿Cómo voy a poder desmentir que estamos saliendo, sin correr el riesgo de que mi madre vuelva a destruir todos mis planes?

No tengo respuestas. Lo único que tengo son demasiadas preguntas, una bola de ansiedad y ninguna forma de despejarla. Así que me remuevo en el sofá, saco mi cuaderno y lo hojeo rápidamente hasta encontrar una de las páginas con collages.

Es el del jardín que le gustó a mi madre. El cumplido que hizo el otro día a mi faceta artística fue...

Muy infrecuente, eso es lo que fue.

–¡Penny!

Alzo la mirada y fuerzo una sonrisa al ver a Anna entrando a paso lento en el salón, apoyada en el hombro de mi madre.

–¡Hola! –digo–. Siento mucho que Tate no pudiera venir.

–No te preocupes. Ya me lo ha explicado ella en un mensaje –me asegura.

Se sienta a mi lado y me da un beso en la mejilla. Mi madre se sienta al otro lado y me quedo emparedada entre las dos, con el cuaderno aún en el regazo.

–¡Ay, es uno de tus collages! –exclama Anna–. ¿Me dejas verlo?

–Sí, claro –respondo, y dejo que agarre el cuaderno porque, en realidad, no puedo negarme.

–Tienes mucho talento –murmura Anna, rozando con la yema del dedo la verja que he hecho con pétalos de flores secas.

–Últimamente tiras mucho hacia el impresionismo, ¿no? –comenta mi madre.

La puerta de entrada se abre y aparece mi abuela, que ya ha terminado de meter las cosas de mi madre en el coche.

–Todo listo –afirma mientras se aposenta en una butaca que hay frente al sofá.

–¿Ya te quieres librar de mí? –pregunta mi madre, con un tono ligero que es todo lo opuesto de su expresión.

–Deberíamos ponernos en marcha –digo yo al ver que mi abuela no responde–. Así no pillaremos mucho tráfico.

–Bueno –suspira mi madre.

Me levanto y ella aprovecha para inclinarse hacia Anna. Le susurra algo al oído, y Anna se echa a reír mientras asiente con la cabeza.

–¿Le darás a Tate un abrazo de mi parte? –me pide Anna.

Yo sonrío, aunque no sé si voy a ver a Tate hasta que su madre vuelva a casa. Tate no se puede esconder para siempre, está claro; pero, si quiere desaparecer una temporada, no creo que le cueste mucho hacerlo.

En todo caso, estoy segura de que a mi madre no le importará, si es que se llega a dar cuenta. La conozco.

Me cuesta horrores conseguir que mi madre se despegue de Anna y llegue hasta el coche, pero al final lo logro. Cierro la puerta del coche y me acerco a mi abuela, que está de pie en la acera.

–¿Qué tal? –le digo–. ¿Te mantienes firme?

Era lo que ella me preguntaba a veces después de las sesiones de rehabilitación. Al principio lo decía porque estaba preocupada; luego se convirtió en una costumbre, y ahora es una frase hecha entre las dos.

–Estoy cansada –contesta ella.

Me impresiona oírla, porque creo que las dos hemos llegado al mismo punto.

Ya no tenemos fuerza para seguir esquivando las verdades.

Lo cual quiere decir que mi madre lo lleva claro, y nosotras dos, también.

Aquí no hay ganadores: todas hemos perdido. Estamos perdidas, de hecho, y ni siquiera parecemos capaces de encontrarnos a nosotras mismas.

–Bueno: a partir de ahora, me hago cargo yo –le digo.

Pensaba que oírlo haría que se sintiera mejor, pero, por la cara que pone, he conseguido todo lo contrario.

–Ay, Penny... –murmura, abrazándome fuerte–. Ten cuidado en la carretera, ¿quieres?

–Sí, tranquila.

Cuando me meto en el coche, ya está sonando una canción, así que me resigno a que sea mi madre la que elija la música del viaje. Al menos, no ha puesto un pódcast de crímenes de los que escucha a veces mientras trabaja.

Salgo de Sacramento y enfilo el tramo fácil de la autopista, una recta interminable que atraviesa campos de arroz y de alfalfa. Mi madre no hace ningún comentario sobre mi forma de conducir, pero cada vez que pasamos al lado de un camión con remolque, se tensa como si creyera que va a volcar sobre nosotras.

–¿Estás bien?

Su pregunta me pilla tan desprevenida que doy un respingo.

–Sí, claro –contesto, sin dejar de mirar la carretera. Aún falta un buen rato para que la llanura deje paso a la zona montañosa y los campos de cultivo se conviertan en roquedales y pinares.

–Has estado llorando.

–Es por la alergia –afirmo, esperando que la mentira cuele aunque no he tenido alergia en mi vida.

Pero, por una vez, mi madre no se evade. Cómo no: basta que yo quiera que me deje en paz para que haga lo contrario.

–¿Has tenido algún problema con Tate? No te enfades, anda –añade rápidamente–. Anna me dijo que las dos estáis... Sabes que las dos nos alegramos mucho, ¿verdad?

–Mamá, no es que... Déjalo estar, por favor.

Ella baja la mirada hacia sus manos y se pone a jugar con su pulsera de la suerte. Se la hizo hace años: dejó una hilera de peniques en la vía del tren y luego los agujereó para ensartarlos. Cuando era pequeña, me encantaba hacerlos tintinear alrededor de su muñeca. Ella se reía y me decía que me regalaría la pulsera cuando me hiciera mayor.

A mi madre nunca se le ha dado bien cumplir sus promesas.

–¿Habéis discutido? Es muy normal que una pareja discuta, aunque en ese momento te pueda parecer el fin del mundo –dice.

–Estamos bien, mamá. Estoy bien. Es lo que tú quieres, ¿verdad? Así que estamos todas bien.

A ella se le escapa una risa nerviosa.

–¿Qué quieres decir con eso? –pregunta.

–Nada. ¿Hiciste algún boceto mientras te recuperabas?

–Te hablaré de mis bocetos si tú me hablas de tus collages –responde ella, y es tan infantil (tan ella) que ni siquiera puedo enfadarme.

–Acabas de ver uno de mis collages. Te lo enseñé hace un rato.

–Se lo enseñaste a Anna –me corrige.

–¡Pero si estabas sentada a nuestro lado! –exclamo, y mis dedos se cierran alrededor del volante.

–¿Por qué no dejas que yo los vea? Dejaste de dibujar; ahora, las únicas cosas artísticas que haces son los collages y esos cuadernos, y yo...

–No me lo puedo creer –estallo–. ¿De qué vas, mamá?

–¿Perdona? ¡¡¡Penny!!!

Esto último lo chilla, porque acabo de salirme de la calzada para frenar en el arcén. Detengo el coche haciendo saltar la gravilla, echo el freno de mano y me giro hacia ella.

Estiro los brazos y le planto las dos manos delante de los ojos, girándolas de manera que no pueda evitar las cicatrices, como hace siempre.

–Si ya no dibujo es porque tengo una motricidad fina de mierda, y no puedo trazar los detalles como hacía antes. Por eso ahora me dedico a los collages. Y sí, tienes razón: ya no hago nada más que los cuadernos, porque es lo único que puedo hacer sin que los dedos empiecen a dolerme al cabo de veinte minutos.

En su cara aparece una expresión horrorizada. Me da igual si es sincera o no; estoy demasiado furiosa.

–Penny..., lo siento mucho. No pensaba que...

–Eso es lo malo: que nunca piensas.

Enciendo el intermitente de un manotazo y vuelvo a incorporarme a la autopista.

Las dos nos quedamos calladas durante más de trescientos kilómetros.

56

Tate

28 DE JULIO

OIGO EL RUIDO que hace el coche de Penny al acercarse por el camino de entrada, pero no me muevo de mi habitación. Ni siquiera lo hago cuando su voz y la de Lottie flotan hasta el piso de arriba.

He estado a punto de no volver. Remi me dijo que podía quedarme en su casa todo el tiempo que quisiera, y estuve tentada de hacerlo. Pero sabía que Lottie se lo contaría a mi madre y que ella se preocuparía.

De modo que aquí estoy. Ellas dos se quedan en el piso de abajo, por ahora. A pesar de lo lejos que están, distingo la tensión en la voz de Penny mientras ayuda a su madre a instalarse.

(Y lo peor es que aún siento el impulso de ir con ella).

–¡No, mamá!

Me pongo en pie de un salto, alarmada por el tono de su voz. Mis pies saltan los peldaños de dos en dos y esquivan las maletas que hay en el recibidor. Al llegar al salón veo a Lottie en el suelo, con la cara retorcida en una mueca de dolor. Penny, a su lado, intenta levantarla.

–Eh, eh, despacio –digo mientras me acerco–. Espera un momentito, Penny. Tienes que hacerlo así, mira.

–No hace falta –protesta Lottie, apartándome las manos.

–Deja que te ayude, Lottie, por favor.

La agarro de las axilas y tiro de ella con suavidad para llevarla hasta el sofá. Ella se recuesta con un suspiro.

–¿Te duele algo? –pregunto–. ¿Habéis comido? ¿Te dio tu abuela las medicinas? –añado, volviéndome hacia Penny.

–Están en su bolso. Voy a buscarlas –responde ella, encaminándose a la entrada.

–¿Te apetece algo de beber? –le digo a Lottie.

–Solo quiero ir un momento a mi estudio. Necesito un cuaderno de bocetos que tengo allí. Puedo ir yo sola; solo tengo que atravesar el jardín.

–¡Acabas de pasarte casi cinco horas en el coche! Lo que tienes que hacer ahora es descansar –replica Penny. Acaba de entrar en el salón, con una bolsa que tiene estampado el logotipo del hospital–. Mira, aquí tengo todas las medicinas y las instrucciones.

–¡Pero es que necesito el cuaderno de bocetos! Los de la galería de San Francisco quieren que les mande mis últimas piezas dentro de dos o tres semanas –insiste Lottie–. Si las venden bien, quizá me encarguen más.

–Voy yo a por él, mamá. Tú no puedes ir; te has caído en cuanto te quisiste levantar. Mira: te he preparado una cestita con golosinas y te he dejado aquí una campanilla –dice Penny, recogiéndola de la mesita que hay al lado del sofá–. Si quieres, puedes llamarme con ella como una señorona, en lugar de mandarme mensajes.

Lottie agarra la campanilla con una sonrisa de oreja a oreja, encantada. Típico de ella.

–Voy a traerte un poco de agua –le digo. Es lo único que falta en la primorosa cestita que Penny le ha preparado, como si esto fuera un hotel de cinco estrellas.

Penny no me sigue de inmediato. Pero, cuando estoy sacando la jarra del agua de la nevera, oigo sus pasos detrás de mí.

–Has vuelto –dice.

Saco un vaso del armario.

–Bueno, es que ahora vivo aquí.

–Tate, ¿podríamos...?

–No –la corto, vertiendo el agua con tanta furia que salpica la encimera.

–Tate.

–¿Qué? –exclamo, girando sobre mis talones para encararme con ella–. ¿Qué quieres ahora, Penny?

–Decirte que lo siento.

–No es necesario.

–Sí que lo es.

–No lo es –insisto, aunque noto cómo la fría semilla de la duda empieza a revolverse en mi estómago–. No somos amigas. Nunca lo hemos sido.

–Tampoco hemos sido nunca enemigas –replica.

Tiene razón.

Éramos... Siempre creí que lo que éramos no podía definirse. Que no existía ninguna palabra capaz de precisar este cruce constante de caminos, estas vidas entrelazadas a nuestro pesar.

Pero ya no creo eso.

Ahora creo que sí que existe una palabra.

Pero las dos escapábamos de ella y, cuando no podíamos hacerlo, nos peleábamos.

Era más fácil.

Hasta que Penny lo fastidió todo al meternos en un terreno mucho más difícil, solo para que su madre no descubriera lo del kayak.

–¿Penny? –la llama Lottie desde el salón–. ¿No ibas a traerme el cuaderno de bocetos?

Ella me mira expectante, deseando oír mi contestación.

–¡Penny! –vuelve a gritar Lottie.

–Ve, anda –le pido.

–Lo siento –dice ella una vez más–. ¡Ya voy, mamá!

Solo vuelvo al salón cuando oigo cómo la puerta de entrada se cierra tras ella.

57

Penny

28 DE JULIO

AL LLEGAR AL ESTUDIO DE MI MADRE, pulso el interruptor de la luz. La bombilla parpadea y se apaga.

–Cómo no –digo entre dientes, avanzando con los brazos extendidos como una zombi y procurando mantenerme a la derecha de la estancia para no derribar ninguna de sus piezas.

No quiero ni imaginar cómo se pondría mi madre si rompiera una de las vidrieras que tiene que mandar a la galería.

Aquí dentro hace un calor horrible. El aire viciado me inunda los pulmones con cada respiración.

Mis manos encuentran el borde de la mesa de trabajo. Palpo hasta encontrar el cajón, lo abro y busco a ciegas la linterna hasta encontrarla.

Apenas alumbra, pero algo es algo. Reviso la mesa, cubierta de herramientas y piezas a medio hacer. Su cuaderno, cerrado con dos bandas elásticas, está en una esquina. Lo agarro y me doy la vuelta, dispuesta a marcharme, cuando el haz de luz ilumina una vidriera que está en un caballete a mi derecha. La contemplo a la luz mortecina. Tiene tres partes; dos de ellas están cubiertas por sendas lonas, pero en la primera se ha caído la cobertura y está casi al aire.

Al principio, pienso que mi mente me está jugando una mala pasada.

Porque lo que veo...

Es como un sueño. Una pesadilla.

Avanzo hacia el caballete lentamente, como un lobo que no pudiera evitar caminar hacia una trampa, y retiro del todo la lona. Un remolino de motas de polvo gira en el rayo de luz, pero no lo veo.

Solo veo la vidriera.

Solo veo lo que ha hecho mi madre.

Quito la funda que cubre la segunda parte, y luego la de la tercera. Doy un paso atrás para ver las tres juntas...

Jamás he odiado tanto a nadie como odio a mi madre en este momento.

Las vidrieras son abstractas, como todas sus obras desde que mi padre murió. Pero, al mismo tiempo..., no lo son. Si sabes qué mirar, es evidente lo que muestran.

Es un tríptico de paneles de vidrio pintado. Una historia en tres partes, una trilogía de dolor. Puede que haya algún término artístico para definirlo; pero yo no lo conozco ni quiero conocerlo, porque...

El primer panel es todo verdes y azules: el bosque y el río que lo corta. Hay unos trocitos grises cuidadosamente dispuestos –atisbos de personas, de mi padre y de mí–, colocados sobre varios fragmentos amarillos y azules que los sustentan, como una balsa. Si no conoces la verdad, la pieza resulta serena. Si la conoces, resulta siniestra.

En el segundo panel, el verde está arrinconado en los bordes. Dominan el blanco y el azul en un amasijo de remolinos y espuma, tan caótico que hay que fijarse mucho para descubrir las figuras grises en medio del caos. Pero, una vez que las ves, no hay forma de ignorar su desesperación.

El tercero es como una vista aérea convertida en pieza abstracta: entre los verdes y marrones del bosque y los barrancos, la línea sinuosa del río vira del azul a un amarillo hecho añicos, para acabar en un rojo sangriento.

Me dejo caer al suelo, con la funda de tela aún aferrada en el puño.

Creía que conocía el horror; pero es la primera vez que lo siento de este modo, como un asalto abrumador que se abalanza sobre mí desde todas partes, mientras contemplo ese rojo que parece chillar en mi mente. Mis rasgos se retuercen y mi boca se estira, a duras penas capaz de contener el chillido que pugna por salir de ella.

No sé cuánto rato me quedo ahí de rodillas, contemplando lo que ha hecho mi madre.

El arte que ha creado utilizando mi trauma.

Lo único que sé es que, en cierto momento, oigo una respiración que se superpone a mis jadeos roncos. Es la de Tate. Cómo no. Siempre presente en mis peores momentos.

–Penny, tu madre me ha pedido que ven... –se interrumpe abruptamente–. ¿Qué cojones...?

Vuelvo la cabeza, pero ella no me está mirando a mí. Sus ojos están clavados en la vidriera, y el horror que reflejan sus rasgos es...

... como un regalo.

Una confirmación.

No estoy loca: Tate lo ve también. Porque lo está viendo, ¿verdad?

–¿Lo... lo ves? –tartamudeo, con una voz tan estridente que ni siquiera parece la mía, y ni siquiera sé si estoy respirando o se me ha olvidado cómo hacerlo.

Necesito tomar aire. Respirar como me enseñó Jane, la psicóloga.

En un impulso, me dejo caer hacia atrás hasta quedar tumbada. Noto la frescura del cemento en la espalda. Es agradable; creo que me voy a quedar aquí y ya está. Pero, de pronto, Tate se inclina sobre mí. Sus manos me alzan con cuidado hasta que quedo sentada, apoyándome en sus brazos.

–Mírame, Penny –me ordena, mientras todo parece oscilar y chisporrotear a mi alrededor.

–Yo...

No puedo dejar de mirar la vidriera. Necesito un martillo. Necesito destrozarla.

–Eh, para ya –dice, y se desplaza para ocultar el tríptico de mi vista–. No lo mires. Mírame mejor a mí, ¿vale?

–Me ha utilizado para hacer una de sus vidrieras –susurro con dificultad.

–Sí, es verdad –responde Tate simplemente.

¿Puedo considerar esto como una traición? ¿Pero cómo va a traicionarme mi madre, con lo alejada que estaba de mí? Sin embargo, sí que lo siento como una traición, o quizá como la confirmación definitiva de que hubiera debido darla por perdida mucho antes.

Aquel día, los perdí a los dos. Y luego pasé años engañándome con la idea de que eso podía cambiar.

–Tu madre se ha pasado un huevo –afirma Tate sin más, aclarándolo todo con esas palabras tan simples y cotidianas.

Me alivia tanto oírla que me derrumbo sobre su piel cálida y sus suaves hombros, y ella me rodea con los brazos. Por un instante, una de sus manos se queda suspendida junto a mi nuca, y luego la rodea. Su pulgar acaricia la línea de mi pelo, y se me saltan las lágrimas al sentirlo. Nuestros cuerpos entran en contacto con una sacudida; es como el estremecimiento que te recorre al meterte en agua muy caliente, esa tirantez que da paso enseguida a la relajación.

Pero no puedo. No puedo dejarme ir aquí, junto a esa cosa.

–Necesito salir –digo, y luego, sin más, me desprendo de sus brazos, me pongo en pie y echo a andar hacia la casa.

Oigo cómo Tate masculla una palabrota y me sigue a través del jardín, pero no me vuelvo para mirarla. En vez de hacerlo, entro directa hasta el salón, donde mi madre está tumbada. Aún llevo su cuaderno en la mano y, por un momento, me tienta la idea de tirárselo. O de hojearlo para ver si hay bocetos de la vidriera del garaje. O de romper todas sus hojas una a una.

Pero, en vez de hacer nada de eso, me planto a los pies del sofá hasta que ella me mira.

–Ahí está –dice mi madre, abriendo y cerrando las manos para pedírmelo–. Gracias, cariño –añade con una mueca de dolor.

Pero yo no se lo doy.

–¿Creías que no me iba a enterar? –le pregunto.

–¿De qué?

–Se había caído la funda de una de las piezas.

Mi madre ni siquiera aparta la mirada de su cuaderno.

–Espero que volvieras a colocarla. Necesito que estén en buenas condiciones para enviarlas a la galería.

–No, mamá. No la volví a colocar.

–Estás enfadada –constata ella, alzando la cara hacia mí. Me asombra que aún tenga el cuajo de fruncir el ceño.

–¿Tú qué crees? –replico.

–¿Pero por qué...? –pregunta perpleja.

Verla así hace que me retraiga por un instante, justo en el momento menos adecuado. Las palabras se atascan en mi garganta. Estoy temblorosa por el esfuerzo de no derrumbarme.

–Te has pasado un montón con esas piezas, Lottie.

El comentario surge de detrás de mí.

Lo ha hecho Tate.

Está de pie en el umbral del comedor, frente a la puerta doble que nunca cerramos porque sus hojas se desencajan si lo hacemos. Sus anchos hombros parecen rellenar el hueco, como si pudieran cargar con todo.

Una vez más, es testigo de mis desastres.

Pero también es el salvavidas al que me aferro.

–¿Cómo dices? –responde mi madre, fulminándola con la mirada.

–Ya me has oído –le espeta Tate.

–No te pases de la raya, jovencita –le advierte mi madre, con voz incisiva pero tranquila.

–Mamá, no tenías derecho a...

–¿A hacer arte? –completa, y ahora sí que alza la voz.

–A hacer arte utilizando lo que ocurrió.

–También me ocurrió a mí, Penny.

–No me jodas –masculla Tate.

Mi madre vuelve a girar la cabeza hacia ella, ahora más despacio.

–Basta ya, Gillian –gruñe.

Inspiro y espiro lentamente, tratando de calmarme. Tengo que mantenerme entera porque, si no lo hago, mi madre despreciará mis argumentos diciendo que estoy de los nervios, o se alejará sin más, como hizo cuando vendió el negocio de mi padre. Y no es que yo esté harta de huir: es que ni siquiera soy capaz de seguir haciéndolo, después de ver lo peor de mi vida en esa vidriera.

Mi madre junta las manos en un gesto de ruego, pero yo solo veo que está tratando de aplacarme.

–A tu padre lo perdimos las dos, Penny –me dice.

–No –replico, y noto que un sentimiento burbujea dentro de mí hasta desbordarse: el deseo de romper este acuerdo tácito de silencio que hay entre nosotras–. No tienes derecho a actuar como si fuera lo mismo. Y tampoco tienes derecho a usar ese día para hacer tu arte, cuando ni siquiera estabas allí.

–¡No me pedisteis que fuera con vosotros! –replica–. A lo mejor, si hubiera estado... –se interrumpe con una mueca, y me doy cuenta de que acabamos de tocar una vieja herida que sigue abierta en su interior.

Pestañeo atónita. Jamás se me había ocurrido pensar en eso, lo que quizá sea egoísta por mi parte. Aquel día fuimos al río los dos solos, en una excursión de padre e hija, y es cierto que ni siquiera le preguntamos a mi madre si quería venir. Ella solía acompañarnos en las excursiones más fáciles, las que hacíamos por aguas tranquilas, porque los rápidos no le gustaban.

–Mamá –digo, con un tono suave y severo al mismo tiempo, porque así es como suena la verdad–. Si hubieras venido, habríamos muerto los tres.

–Yo... No. No. Eso no es... –se tapa la boca con una mano para contener un sollozo.

–El peso extra... Nos habríamos hundido aún más deprisa. No hubiéramos podido llegar hasta ese árbol. Si te hubieras molestado en preguntarme alguna vez lo que ocurrió aquel día, ya lo sabrías. Pero nunca has querido hablar de eso conmigo. Lo único que has hecho es ignorarme, sacarme de la terapia y torturarte con lo que podría haber pasado. ¡Y luego te has dedicado a hacer arte con tus fantasías sobre lo que crees que ocurrió, en lugar de enfrentarte a ello de una vez!

–¡No son fantasías! ¿Cómo te atreves a decir eso? –estalla, con los ojos llorosos.

–Fantasías, metáforas... ¿Cómo quieres que llame a un río de color rojo sangre, si no? –niego con la cabeza–. No tienes derecho a crear una metáfora de una realidad de la que has huido. Tú no estabas allí, no estabas con él. No oíste cómo me rogaba que lo dejara ir. No sabes lo que pasó, ¡porque jamás has querido saberlo! No me has hecho ni una sola pregunta sobre ello. Y ni siquiera sabes gran cosa de lo que ocurrió después, porque tampoco estuviste allí.

–Penny...

Estoy desatada, ya no me puedo controlar. Las palabras se derraman de mi boca por fin, por fin.

–Papá me abandonó porque tenía que hacerlo; no le quedaba más remedio. Eso lo sé. Pero tú me abandonaste porque te resultaba demasiado difícil estar conmigo, y me quedé sola con la abuela, y ella ni siquiera pudo hacer un duelo en condiciones por su hijo porque estaba cuidando de mí. Sé lo que es que alguien te apoye incondicionalmente, porque ella lo hizo. Tú no lo hiciste: te dedicaste a hacer tu duelo como quisiste, durante todo el tiempo que quisiste. Y, mientras la abuela y yo nos dedicábamos a trabajar para que yo pudiera recuperar la movilidad de las manos, tú vendiste la casa y el negocio, borraste las huellas de papá y luego volviste como si nada, después de pasar meses viviendo con Anna. Cuando ya estaba hecho todo el trabajo duro, después de que la abuela lo dejara todo para atenderme, apareciste aquí, esperando que yo te diera la bienvenida como si fueras una madre de verdad. Y lo hice, sí; lo hice porque era más fácil. Porque es mucho más fácil tratar contigo si te sales con la tuya. Pero lo que no voy a permitir es que te apropies de su muerte, que te apropies de ese día. Tú no estabas allí; ese día no te pertenece.

–Penny... –solloza.

–¡Deja de repetir mi nombre y dime algo que tenga sentido! ¡No haces más que joderme la vida y apartarme de las personas que sí me pueden ayudar! ¡Nunca dices nada que me sirva!

Pero ella sigue llorando, y me doy cuenta de que, por más que lo desee, hoy no voy a conseguir respuestas. Esto es demasiado complejo para solucionarlo en una conversación, en un día o en un momento de iluminación devastadora.

Pero la única forma de resolverlo es hablar durante días, semanas, meses e incluso años, quizá. Y si mi madre no quiere hablar ni siquiera en este momento, si no es capaz de abrirse de una vez para dejarme entrar...

¿Qué puedo hacer yo, si ella ni siquiera se molesta en intentarlo?

Tiro el cuaderno de bocetos en la mesita.

–Ahí tienes –le digo, porque no me queda nada más que decir.

–Penny, por favor –solloza mi madre.

Es una súplica, está claro. Una súplica para que vuelva a ser razonable, a ignorarlo todo, a participar en nuestro jueguecito de esquivar la verdad.

Pero ya no puedo más.

No quiero más juegos.

Solo quiero sinceridad.

–¿Sabes? Si alguna vez me hubieras preguntado por lo que ocurrió ese día, te lo habría contado todo. Su valentía, su tranquilidad, su empeño por salvarme. Y si no hubieras tenido tanto miedo, ya sabrías esto: lo último que dijo, sus últimas palabras..., fueron para pedirme que te dijera que te quería.

El sonido que sale de su garganta no es humano.

Pero, aun así, me resulta muy familiar.

Es el mismo que hice yo cuando mi padre me soltó.

58

Tate

28 DE JULIO

PENNY SE MARCHA sin más del salón, y yo no trato de detenerla. Me quedo plantada en el umbral del comedor, mientras Lottie llora en el sofá.

Como parece a punto de ahogarse en sus propios mocos, me acerco a ella y le dejo la caja de pañuelos en el regazo.

–¿Ya estás contenta? –me espeta, tan pueril como una niña de cinco años.

La miro asombrada. Una parte de mí querría contenerse. Pero, después de lo que acabo de escuchar, ya no puedo callarme más.

–Todo esto es culpa tuya, Lottie. Penny iba a terminar por romperse; era inevitable. Y si no te das cuenta, es que eres idiota.

Toma aliento bruscamente, furiosa, pero mi atención ya está en otra parte: un coche acaba de arrancar frente a la casa. Echo a correr hacia la puerta de entrada y la abro de golpe, justo a tiempo para ver cómo los faros traseros del coche de Penny se alejan por el camino hasta desaparecer.

–¡Mierda! –chillo, en un brote de ira que enseguida es reemplazada por miedo.

Penny no está en condiciones de ponerse al volante. Se encuentra demasiado trastornada; es peligroso.

–¿Tate? –me llama Lottie–. ¿Qué ha sido ese ruido? ¿Qué ocurre?

Cierro de golpe sin contestarle.

–¡Tate! –insiste–. Si no me contestas, me voy a levantar.

–¡No lo hagas! –replico, entrando a grandes zancadas en el salón–. Te harás daño y será aún peor.

–¿Se ha marchado Penny? –pregunta, con el labio inferior tembloroso.

Como empiece a llorar otra vez, creo que voy a...

–¿De verdad pensabas que esas piezas no le iban a hacer daño? –exploto, incapaz de contenerme. ¿Cómo puede ser tan insensible esta mujer?

–La psicóloga...

–¿Qué?

–Fue por culpa de la psicóloga a la que tuve que ver para hacerme donante. Me preguntó por qué no usaba mi arte para canalizar mi dolor, y aquella frase me empezó a obsesionar. Yo no... Era la única forma de quitarme sus palabras de la cabeza, de que las imágenes de ese día dejaran de... –su voz se hace más espesa hasta disolverse en otro de esos horribles sollozos.

Solo puedo pensar una palabra, una y otra vez: «Mierda». Estoy furiosa, no puedo evitarlo. Porque, cómo no, Lottie sí que ha podido avanzar en su duelo gracias a la terapia, mientras prohíbe a Penny que haga lo mismo.

En este momento, siento una mezcla de amor y odio hacia Charlotte Conner que jamás he sentido hacia nadie. No sé cómo manejar este sentimiento; me aplasta, y eso que ni siquiera soy su hija. No me quiero ni imaginar lo que tiene que estar sintiendo Penny.

Tengo que encontrarla.

Pero no puedo dejar sola a Lottie.

–No te muevas –le digo mientras salgo del cuarto de estar.

Me siento en el primer peldaño de las escaleras y saco mi móvil.

Necesito un plan. Necesito una solución. Necesito un milagro, joder.

Pero tengo algo casi igual de eficaz: Meghan y Remi.

Abro un chat con los tres y les mando un mensaje:

Necesito ayuda. Puede venir uno de los dos para quedarse con Lottie?

Tengo que encontrar a Penny. Lottie y ella han discutido.

Ha sido una bronca de las gordas.

Mientras espero a que uno de los dos me conteste, me levanto y subo las escaleras para que Lottie no me oiga hablar.

Avanzo con pasos titubeantes, porque no sé si lo que voy a hacer es lo adecuado.

Lo único que sé es que esto tiene que acabarse.

Que, a veces, hay cosas que no podemos solucionar por nuestra cuenta.

Que no pasa nada por necesitar ayuda.

Lottie ha llenado de obstáculos la vida de Penny, con sus ridículas normas y su forma de esquivar el recuerdo de George, como una polilla que huyera de las sombras. Y Penny ha tenido que sufrir, cada vez más encogida y triste, solo porque a Lottie eso le resultaba más fácil que encarar la pérdida.

Pero Penny se merece más que eso.

Penny se merece todo.

Y, sobre todo, merece que alguien la ayude de una buena vez.

59

Penny

28 DE JULIO

SIEMPRE ME HA GUSTADO subir a Damnation Peak, ver cómo las luces del pueblo se reflejan en el río que baja serpenteando de las montañas. Es un paisaje lleno de paz, aunque quien lo mire no la sienta en absoluto.

No consigo quitarme de la cabeza la vidriera de mi madre. La idea de que alguien pueda comprarla... Ni siquiera sé cómo me hace sentir eso.

Mi madre diría que no tengo por qué opinar sobre el tema, supongo.

Nunca he podido opinar. No pude hacerlo cuando metió todas las cosas de mi padre en un trastero. Tampoco cuando me sacó de la terapia. Y tampoco cuando volvió a casa tan tranquila, como si no me hubiera abandonado, solo para lanzarse a salvar a Anna.

Doblo las piernas para acomodarme en el capó del coche y apoyo la espalda en el parabrisas, con la mirada perdida en las luces de abajo.

¿Y si me marcho sin avisarla? Podría dejarlo todo atrás, encontrar trabajo en algún sitio y no regresar jamás.

No quiero volver a casa. ¿Para qué? Allí ya no me queda nada.

Vuelvo a estar donde he estado todos estos años. La única familia de verdad que me queda es mi abuela.

Siento una punzada en el pecho al pensar en ella. Mi abuela es la persona que más tiempo ha conocido a mi padre. Es extraño verlo de ese modo, pero es verdad: estuvo presente durante todos y cada uno de los segundos que mi padre vivió. Eso ha tenido que hacer que su muerte le doliera más aún.

Y, sin embargo, jamás me ha culpado. Jamás ha dejado de volcarse en mí. Jamás me ha mostrado rechazo.

Cómo me gustaría que estuviera aquí...

La noche en que guardó todas mis medicinas bajo llave, se sentó a mi lado en la cama durante horas. En aquel momento no me podía ni tocar las manos, pero puso las suyas junto a las mías para que sintiera su calor.

Se limitó a quedarse allí. A existir conmigo. A asegurarse de que yo no dejaba de existir.

Aún recuerdo muy bien el sentimiento de no querer existir. Y no quiero volver a sentirme así nunca más.

Coloco una mano encima de la otra y cierro los ojos. Pero tengo esa maldita vidriera grabada en la mente. El río rojo como la sangre... ¿Cómo se ha atrevido?

Me incorporo, alertada por el ruido de un motor, y entrecierro los ojos para protegerlos del resplandor de los faros, preguntándome quién será. Salgo de dudas enseguida, en cuanto distingo la silueta de Berry encaramada a la parte de atrás, preparada para que la llevemos a su nuevo hogar.

Tate siempre me encuentra.

Quizá sea eso lo que más me ha gustado siempre de ella.

–Conducir por ahí con esa osa es un riesgo para la salud pública –dice, mientras se sube al capó de mi coche para sentarse a mi lado.

–¿Y mi madre? –pregunto.

–La he dejado en las garras de Meghan.

Su respuesta está a punto de arrancarme una risita, pero ni siquiera tengo fuerzas para dejarme llevar de ese modo.

–Lo siento –digo.

–No...

–Has venido a buscarme. Tienes un montón de razones para estar cabreada conmigo y, aun así, has venido. No tenías por qué hacerlo.

–Quería comprobar si estabas bien.

–No creo que vuelva a estar bien nunca. Esto no tiene marcha atrás –murmuro.

Veo de reojo que me observa, pero me siento incapaz de admitirlo mirándola a la cara.

–Penny... –susurra. Endereza la espalda y se sienta de cara a mí a lo indio, plegando las piernas como si fueran las alas de una mariposa–. He hecho una cosa por mi cuenta. Puede que te enfades cuando te la cuente... Pero yo también estoy enfadada contigo, así que, si hace falta, podemos dejar de hablarnos y ya está.

–¿Qué has hecho?

Me ofrece su teléfono. Lo agarro y veo que tiene abierta la app de notas.

PLAN DE TATE PARA AYUDAR A PENNY

1. Llamar a Marion.

2. Conseguir el número de la psicóloga de Penny.

3. Lanzarle un ultimátum a Lottie.

4. Concertar una cita urgente con la psicóloga.

Me quedo mirando el plan. Un par de lágrimas caen en la pantalla y emborronan las palabras. Las seco deprisa y le devuelvo el móvil.

–Aún no he empezado a hacer nada de la lista –me dice–. Pero... esa psicóloga te venía bien, ¿verdad?

Asiento sin decir nada.

–Y habrías querido seguir haciendo terapia con ella, ¿no? Querías ir al psiquiatra y...

–Sí –musito, porque el corazón me late tan deprisa que casi no tengo aliento ni para decir eso en voz alta.

Visto así, negro sobre blanco, parece tan fácil... Cuatro pasos para encontrar ayuda.

Cuatro pasos para volver junto a alguien dispuesto a escucharme.

Cuatro pasos para obtener respuestas, para conocerme a mí misma.

–Penny, no puedo evitar que tu madre siga cagándola una y otra vez contigo. Lo que sí que puedo hacer es convencerla de que te deje hacer terapia.

–Tú no viste cómo reaccionó en la única sesión a la que vino –protesto, porque me da un miedo atroz albergar cualquier tipo de esperanza.

–Me da igual lo que sienta ella –replica Tate–. Si es lo que tú quieres, haré que ocurra.

–¿Cómo?

–Tu abuela va a decirle que, si no te deja ir a la psicóloga, le prohibirá usar su estudio.

La miro con la boca abierta.

–Pero no podéis...

–Es la casa de Marion; el garaje le pertenece. ¿Crees que tu madre no va a acceder? ¿Crees que no quiere verte sana y feliz?

–Es mi madre, Tate.

–Sí, y te está haciendo muchísimo daño. Es como si te hubiera impedido operarte o te hubiera sacado de la rehabilitación en mitad del tratamiento. Si ha podido hacerlo es solo porque a esta sociedad le importan un pimiento los sentimientos y la salud mental.

–Yo... –balbuceo, incapaz de rebatirla.

No sé cómo negar todas estas verdades.

–Tu madre no es mala –continúa Tate–. Lo que pasa es que no se entera, y es egoísta, y aún está perdida en su pena. Ella también debería hacer terapia, pero eso ya no es cosa mía.

–¿Y yo sí que soy cosa tuya?

Sus ojos encuentran los míos, y soy incapaz de apartar la mirada. Pasamos de la tristeza a la electricidad en una sola respiración, con tanta rapidez que la cabeza me da vueltas.

–No eres mi amiga –afirma Tate–. Pero tampoco has sido nunca mi enemiga, Penny. Solo eres... tú misma, y yo estoy en tu bando. Lo cual quiere decir que no te voy a dejar tirada, sobre todo cuando lo único que quieres es volver a hacer terapia con una psicóloga que te estaba ayudando.

En realidad, quiero mucho más. Pero, si se lo digo ahora, abriré un montón de puertas que llevo años esforzándome por cerrar.

–Haré lo que tú me digas –continúa–. Si no te convence mi plan, borraré la lista y ya está. Pero, si me das luz verde, me quedaré a tu lado y te agarraré la mano mientras llamas a tu abuela. Estaré junto a ti cuando Marion hable con Lottie. Te llevaré yo misma a las sesiones con la psicóloga. Lo único que está claro, Penny, es que, si tú no haces nada, las cosas no van a cambiar. Tu madre no lo permitirá.

Tiene razón. Tate siempre tiene razón. La mayor parte del tiempo resulta muy molesto, pero ahora mismo...

No puedo estarle más agradecida

Le tiendo la mano.

Ella la agarra.

–Vamos a llamar a mi abuela –digo.

60

Penny

2 DE AGOSTO

LA CONSULTA DE JANE sigue tal y como la recordaba. Bueno, no del todo, porque ha cambiado los cojines. El olor, sin embargo, es el mismo. Al entrar y sentarme en el sillón, siento una emoción que casi me abruma, como si por fin se aflojara el nudo que me oprime el pecho.

–Me alegro mucho de verte –dice Jane.

Asiento, apretando los labios mientras lucho por contener las lágrimas.

Llevo toda la semana con los nervios de punta, a la espera de que llegara este día. Mi madre firmó los impresos para darme permiso en cuanto Jane se los envió.

Me gustaría que entendieras el miedo que me da perderte, hija, me dijo mientras me devolvía los papeles firmados.

Es que ya me has perdido, me hubiera gustado gritarle.

Pero no lo hice. Jane habría estado orgullosa de mí.

Se inclina un poco y empuja la caja de pañuelos de papel hacia mí. La agarro en lugar de sacar un solo pañuelo. Necesito algo a lo que aferrarme.

–Estoy nerviosa –confieso.

–Nuestra última sesión fue bastante dramática –comenta Jane con una sonrisa comprensiva–. Tu madre se alteró mucho por su percepción de lo que estaba pasando.

–Se equivocó –declaro.

–Estaba asustada –dice Jane–. A algunas personas les cuesta aceptar los diagnósticos, porque las obligan a reconocer los problemas. Y también es frecuente encontrar actitudes de rechazo ante la medicación, aunque debo admitir que me chocó su reacción. Te trató de forma injusta, Penny, y supongo que te tuvo que doler.

–Bueno, solo es una cosa más que añadir a la lista –respondo, tratando de aligerar el tono y fracasando miserablemente.

Jane me mira sin decir nada, esperando a que la verdad asome a la superficie.

–Ha sido una época muy difícil –confieso, relajándome en el silencio y el espacio que ella me da.

–Tu abuela me comentó que tu madre estuvo hospitalizada.

–Sí. Se ofreció a donar un trozo de hígado a su mejor amiga –contesto.

–¿Y cómo te hizo sentir eso?

–Me alegré –respondo–. Estoy muy contenta de que Anna pueda curarse. Pero, al mismo tiempo... Mi madre ni siquiera me avisó. Nos lo contaron tres días antes de entrar en el quirófano.

–De modo que tu madre te presentó los hechos consumados –repone Jane–. Es un esquema frecuente en ella, ¿verdad?

–Durante los últimos dos años, mi vida ha sido una sucesión de putadas por su parte –estallo–. Mi padre se muere, y ella decide enterrarlo en vez de respetar lo que él quería. Luego, en lugar de volver a casa, me encasqueta con mi abuela y se va a vivir con Anna. En estos dos años, Tate ha pasado más tiempo con mi madre que yo. ¿Te das cuenta de lo que eso me hace sentir? –pregunto, pero sigo sin darle tiempo a contestar–. Y luego, va y vende el negocio de mi padre por culpa de esta terapia.

–¿Por culpa de esta terapia? –repite Jane con el ceño fruncido.

–Bueno, no por culpa de la terapia, sino por la sesión a la que vino. Se puso como loca al pensar que yo podía volver a hacer kayak, y me prohibió volver a acercarme al agua a no ser que fuera una piscina, y luego vendió la empresa de mi padre y llevo un año entero viendo cómo su socio lleva el negocio a la ruina.

–Ha tenido que ser duro para ti, sí –asiente Jane.

–Y luego, va y le regala su hígado a Anna... Bueno, la mitad de su hígado... Y Tate y Anna se mudan a nuestra casa porque los inmunodepresores que tienen que tomar los trasplantados son caros de cojones, Jane. Es criminal; este país es una mierda con todas las letras. Y ahora tengo que dormir en la habitación de enfrente de una chica a la que... –me interrumpo.

Uf, creí que no podría parar. Menuda vomitona de palabras.

De emociones, en realidad.

Jane se endereza en su butaca.

–Ha sido muy difícil –repito–. Y luego, la cosa se puso peor aún.

–¿Cómo?

–Dejé de fingir.

–¿De fingir? ¿El qué?

–Que estaba bien. Mi madre se pasó un mes entero en Sacramento mientras se recuperaba y, durante ese tiempo, dejé de contenerme cada vez que me apetecía hablar de la muerte de mi padre. Dejé de preocuparme porque mi madre me sorprendiera cuando me escapaba para hacer kayak. Dejé de tener que sonreír cuando ella pasaba a mi lado con su cena en un plato, de camino a su estudio, en vez de cenar conmigo. Es como si la casa entera hubiera estado en blanco y negro, y de repente se colorease en tecnicolor cuando ella se fue. Y me refiero al tecnicolor ese chillón y saturado de los musicales de los años cincuenta...

Jane suelta una risita.

–A mí también me gustan esas películas –comenta.

–No sabes cuánto me alivió dejar de fingir. Poder hablar de mi padre con Tate, con alguien que comparte algunos de mis recuerdos de él. Poder comer junto a otra persona cada mañana y cada noche. Y cuando mi madre volvió...

–Tuviste que volver a fingir.

–Lo intenté, pero ni siquiera duré todo el viaje de vuelta –confieso–. Y justo después, vi...

El río rojo sangre se arremolina en mi mente. Cada vez que he pasado junto a su estudio esta semana, he pensado en entrar para destrozar la vidriera. Cuando por fin reuní el coraje necesario para hacerlo, me encontré con que la puerta estaba cerrada con llave.

Mi madre me había cerrado la puerta una vez más.

Había elegido proteger sus fantasías de muerte antes que acercarse a mí.

Le hablo a Jane del tríptico y del enfrentamiento que mantuve con mi madre después de descubrirlo. Cuando termino, ella se queda callada un buen rato.

–El arte es algo que tu madre y tú tenéis en común, ¿verdad? –me pregunta al fin.

–Sí, supongo.

–¿Y tú te has expresado a través del arte desde el accidente?

Me tenso, herida por su pregunta.

–¿Me estás diciendo que mi madre tenía derecho a hacer lo que ha hecho?

–No –responde ella–. Lo que hizo es algo muy doloroso para ti, algo que traspasa un montón de líneas rojas. Tu madre evitó hablar contigo no solo de la tremenda pérdida que habéis sufrido las dos, sino también del enorme trauma físico y mental que te ha golpeado. Y ahora está intentando rellenar con su arte las lagunas que aún le quedan sobre el accidente y sobre lo que ocurrió ese día.

–Si me lo hubiera preguntado –replico–, se lo habría contado todo.

–Lo sé –responde Jane–. Y mereces tener la oportunidad de contarle lo que ocurrió tanto como ella merece saberlo, en lugar de crear escenas ficticias en su mente.

–Pretende vender la vidriera –murmuro.

–Tal vez verla le resulte tan insoportable como te resulta a ti, Penny –dice Jane con voz suave.

Nunca se me había ocurrido pensarlo de ese modo.

–Entonces, ¿por qué la ha hecho? –pregunto.

–Supongo que el arte es la herramienta a la que recurre tu madre para sobrevivir, de la misma forma en que tú recurres a hacer kayak, por ejemplo. Tu madre echó un vistazo a su caja de herramientas y eligió la que le resultaba más familiar, la que más segura le hacía sentir. Y luego se refugió en su trabajo y en las historias que se contaba a sí misma sobre el accidente. Así evitaba tener que enfrentarse a lo que vino después, a las decisiones que ha ido tomando desde ese día. Tu madre ha cometido un montón de errores, Penny..., pero tienes que darte cuenta de que le cuesta mucho manejar sus emociones.

–A mí también me cuesta, pero ella no hace más que obligarme a manejar las mías y las suyas.

–Tienes razón, y no es justo. Sin embargo, podemos buscar juntas alguna forma de ponerle límites cada vez que intente hacer eso. La diferencia entre vosotras dos es que tú sí que te das cuenta de lo mucho que te cuesta controlar tus emociones, y has buscado ayuda para conseguirlo. Y ahora que estás aquí, puedes añadir a tu caja de herramientas lo que consigamos con esta terapia.

–Entonces, ¿todo se resume en que soy más madura que ella? –pregunto.

–Se resume en saber que tienes derecho a decidir qué tipo de relación mantienes con tu madre –replica Jane–, o si quieres relacionarte con ella siquiera. Tienes derecho a trazar tus propios límites, Penny. Antes has hablado de lo difícil que te resultó volver a fingir cuando tu madre regresó, y de lo mucho que te liberó poder hablar de tu padre. ¿Y si... siguieras hablando de tu padre con ella? ¿Y si le pidieras que cene contigo? ¿Y si le dijeras que quieres hablar del accidente? ¿Y si le contaras que vas a ir al lago para hacer kayak porque no corres ningún peligro y necesitas esa válvula de escape?

–No sé qué pasaría –susurro.

Jane se inclina hacia mí.

–Pues a lo mejor ha llegado la hora de averiguarlo.

SÉPTIMA PARTE

En casa

(o la vez que lo comprendemos por fin)

61

Tate

9 DE AGOSTO

–¿LAS OYES YA? –pregunto, inclinándome sobre el fregadero para distinguir mejor el camino de entrada.

No se ve nada, ningún faro que ilumine el atardecer.

–Llegarán enseguida –me tranquiliza Penny mientras remueve la salsa para la pasta, que lleva cociendo a fuego lento todo el día.

Esta mañana hizo la tarta de limón, incluido el ingrediente secreto de la gelatina. La ha dejado en la parte de arriba de la nevera, preparada para más tarde.

–¿Voy a avisar a tu madre? –le pregunto.

–Vale –accede Penny.

Lottie lleva dos días yendo al estudio, con pasos lentos pero seguros. El primer día, la seguí a cierta distancia por miedo a que se cayera. En realidad, hubiera debido impedírselo, porque los médicos insistieron en que aún tiene que guardar reposo. La segunda vez me quedé en el porche, mirando cómo ella cruzaba el jardín, y luego fui cada hora para ver qué tal estaba. Los dos días le llevé el almuerzo al estudio y luego la ayudé a volver a casa para cenar, cosa que hizo encerrada en su habitación.

Salgo al jardín y me encamino al garaje, dejando a Penny en la cocina.

Ya casi es de noche. Mi madre y Marion emprendieron camino tarde, porque la última revisión llevó más tiempo del que esperaban. Pero, al final, los médicos le han dado el alta.

Mi madre llegará a casa en cualquier momento.

Y entonces, todo habrá acabado y todo empezará.

(El resto de nuestra vida. Mi madre, curada y en plena forma. Ni siquiera me lo puedo imaginar y, desde luego, estoy impaciente por verla).

Llamo con suavidad a la puerta del estudio antes de presionar el picaporte. Para mi sorpresa, la puerta no está cerrada con llave. Entro sin esperar a que Lottie me abra, porque no quiero hacerla levantarse antes de tiempo.

Y ahí está su trilogía de dolor. Las telas que tapaban la vidriera han desaparecido.

Lottie, recostada en una silla, la mira fijamente.

–Mi madre y Marion tienen que estar al llegar –le digo–. Hemos preparado la cena. ¿Quieres que te ayude a volver a casa?

Ella asiente con la cabeza, pero no se levanta ni aparta la mirada de sus piezas.

Da un largo trago de una botella de agua que tiene en la mano. Al menos, espero que sea agua, porque si no lo es, estamos bien jodidas.

–La debería envolver para enviarla –dice, señalando la vidriera con la botella–. Los de la galería la están esperando.

–¿De verdad se la vas a vender? –le pregunto.

Si lo hace, no sé qué va a ser de Penny.

La expresión de Lottie es como un papel que se quema desde detrás: la llama lo oscurece antes de consumirlo en un estallido de luz.

–Pensaba hacerlo. Lo iba a hacer. Pero ahora... –se interrumpe para enjugarse una lágrima–. Lo único que he hecho bien en mi vida fue hacerme amiga de tu madre.

Ni siquiera puedo rebatir sus palabras, porque puede que sean verdad. Desde luego, la trayectoria vital de Lottie no es, precisamente, estelar.

–¿Por qué no te planteas qué haría ella si estuviera en tu lugar? –le sugiero.

Los ojos de Lottie brillan mientras considera mis palabras. Casi me da miedo la forma en que acarician la superficie coloreada de la vidriera, como si quisieran grabarla en su memoria.

De pronto, arroja la botella de agua contra la pieza central. El movimiento es tan repentino, tan violento, que doy un salto incluso antes de que el proyectil impacte en el caos de blancos y azules.

El grueso cristal se raja de inmediato. El caballete se tambalea...

... y cae al suelo con las otras dos piezas.

En el suelo del estudio queda un amasijo de colores entremezclados: azules, verdes, rojos...

Lottie se pone en pie, temblorosa, y avanza hacia los añicos. Me acerco a toda prisa para sujetarla, porque solo va calzada con unas zapatillas finas. Ella se debate sin mucha energía, pero me da tanto miedo hacerle daño que ni siquiera soy capaz de retenerla.

–¿¡Tate!? ¡Lottie!

Unas manos llenas de arrugas me apartan de Lottie, y estoy a punto de derrumbarme de puro alivio al darme cuenta de que Marion acaba de llegar.

–¿Mamá? –la llamo incluso antes de verla.

Está de pie en la puerta del estudio, contemplando cómo Marion conduce con delicadeza a Lottie hasta su silla para que no se haga daño en los pies.

–¿Qué ha pasado? –pregunta mi madre–. Tate, ¿estás bien?

Asiento.

–¿Y tú, Lottie?

Ella sacude la cabeza.

–La he jodido –masculla–. La he jodido pero bien.

–No te preocupes: arreglaremos las piezas y... –empieza a decir mi madre, pero Lottie la interrumpe.

–No debería haberlas hecho. Tendría que haber hablado con ella. No sé cómo he podido hacer las cosas tan mal...

–¿Pero qué...? –mi madre busca a Marion con la mirada, perpleja.

–Luego te lo explico –responde ella–. Lottie, ¿dónde has dejado tus zapatos?

–En la casa. Pero tengo que limpiar esto...

–Lo que tienes que hacer es calzarte –replica Marion–. Y luego tienes que tumbarte de una vez en el sillón o en la cama y descansar, que estás hecha un cuadro.

–Mamá, tú también deberías echarte –intervengo–. Después del viaje...

–Estoy bien –me asegura–. Lottie, ¿qué está ocurriendo?

Ella menea la cabeza.

–Estoy bien –dice también, y se pone en pie–. Pero necesito estar un rato sola en mi cuarto.

De pronto, me la imagino metida ahí una vez más, mientras las demás cenamos y Penny se va apagando poco a poco, y no lo puedo soportar.

–Hemos hecho la cena. Ven a comer con nosotras –le digo.

–Es que no... –empieza a protestar, pero la corto.

–A Penny le gustaría –afirmo.

Lottie me mira.

Es como si hubieran vuelto a encender una luz en su interior.

–¿Tú crees? –dice.

–Sí.

–Venid que os ayude, chicas –ofrece mi abuela, colocándose entre Lottie y mi madre.

Las tres echan a andar lentamente hacia la casa, y yo las sigo.

Antes de cerrar la puerta del estudio, me vuelvo para echar un vistazo al suelo. Los fragmentos de cristal emiten un brillo mortecino sobre el gris del cemento.

Sé que con esto no basta.

Pero, aun así, es un paso adelante.

62

Penny

9 DE AGOSTO

LA CENA ES DE TODO menos perfecta.

La salsa que he hecho sí lo es, sin embargo, porque las recetas de mi abuela son infalibles. Pero, en cuanto todas las demás entran en casa, el ambiente se enrarece. Mi madre tiene los ojos rojísimos, y Anna no hace más que fruncir el ceño. Las dos se acomodan en el sillón, y Tate se queda con ellas mientras mi abuela entra en la cocina para darme un abrazo largo y apretado.

–¿Te mantienes firme? –me susurra al oído.

–No –respondo–. Pero creo que lo conseguiré pronto, gracias a Tate, a Jane y a ti.

Cuando me suelta, veo en su cara una sonrisa triste, como si se arrepintiera de algo.

–Siento mucho haber dejado que las cosas se estropearan tanto –dice.

–No fue culpa tuya.

–Debería haber intervenido más –replica–. No debería haber permitido que tu madre te sacara de terapia. Te prometo que no volverá a ocurrir.

–Es que no voy a dejar que ocurra –replico, pensando en lo que me dijo Jane sobre establecer mis propios límites.

La pasta ya está casi al dente, así que uso una espumadera para echarla en la cazuela de la salsa y la revuelvo para que se empape bien.

–Hay pan de ajo en el horno –le digo a mi abuela, mientras dejo la cazuela en la encimera para repartir la pasta en los boles.

–También has hecho tarta de limón –comenta mi abuela al verla en la nevera.

–Me ha echado una mano Tate –respondo.

La verdad es que ha hecho muchas cosas más a lo largo de esta semana horrible, con mi madre escondiéndose de mí y yo escapándome a la consulta de Jane como si fuera un pecado.

–Sí, Tate nos está ayudando muchísimo –asiente mi abuela, mientras saca el pan de ajo del horno y empieza a cortarlo.

Para ser sincera, no sé qué habría hecho sin ella. Ha hecho de barrera entre mi madre y yo. Le ha llevado las comidas para que yo no tuviera que hacerlo. Ha ido al estudio cada hora para ver qué tal se encontraba, por si acaso.

Es tan injusto... Les mentí, a ella y a las madres, para que no pillaran mi otra mentira. Pero en vez de pasar de mí, como tendría que haber hecho, Tate ha conseguido que mi abuela le haga chantaje sentimental a mi madre para que me deje volver a hacer terapia. *Plan de Tate para ayudar a Penny*... Lo tengo en un pantallazo en mi teléfono y lo miro cada noche antes de irme a dormir, como si fuera un talismán.

Cuatro pasos para empezar a conocerme.

Cuatro pasos para empezar a curarme.

¿Cuántos pasos me harían falta para llegar hasta ella?

El único parmesano que nos queda son los sobrecitos de la última vez que trajimos pizza, así que echo uno en cada bol y me coloco los cinco boles en el brazo para llevarlos a la mesa, con la facilidad de una camarera acostumbrada a sobrevivir al jaleo de los domingos en el Blackberry.

Mi abuela me sigue con el pan de ajo. Al llegar al salón, reparto los boles y pego la mesita de centro al sofá de las madres para que puedan apoyarse en ella.

Luego me siento al lado de Tate, y solo entonces me doy cuenta de que nos hemos dividido en dos bandos: las madres en el sofá rosa de mi casa y nosotras dos en el de Anna. Somos como dos pequeños consejos de guerra enfrentados, dispuestos a negociar un tratado de paz.

–¡Qué buena pinta tiene esto! –exclama Anna–. No os ofendáis si me dejo algo en el plato: el viaje me ha dejado agotada.

–¿Quieres irte directa a la cama? –le pregunta Tate, poniéndose de pie como si la impulsara un resorte. Parece dispuesta a alzar a su madre en brazos para llevarla a la habitación.

–No, no –declina Anna–. Lo que quiero es saber qué narices pasa aquí.

En el salón se hace un silencio sepulcral. Clavo la mirada en mi pasta.

Anna señala a Lottie.

–Tú has estado llorando –afirma, y luego se vuelve hacia mi abuela–. Tú estás rarísima conmigo desde la llamada de teléfono que te hicieron la otra noche –añade–. Penny, tú estás tan nerviosa que no puedes parar quieta –me espeta–. Y tú, corazón –remacha, lanzándole a Tate una mirada penetrante–, tienes ese huequecito entre las cejas que se te pone cuando estás a punto de colapsar y no quieres que se te note. Por no mencionar el destrozo que acabo de ver en el estudio... y que supongo que no se debe a un arranque de genio artístico.

Me vuelvo hacia mi madre con un respingo.

–¿Has roto la vidriera?

Al principio, ni siquiera es capaz de mirarme. Lo tomo como una muestra de enfado; pero luego, cuando levanta la vista, lo que veo en sus ojos no es ira.

–Sí –responde–. Lo siento mucho; nunca debería haber accedido a venderla. No debería haberla hecho, en realidad, al menos sin hablar contigo antes. Tendría que haberlo dejado en un boceto, algo solo para mí.

¿Y si dejaras de fingir?

–Sí –contesto–. Tendrías que habértelo reservado para ti sola.

–No quiero hacerte daño, Penny.

–Pues deja de hacérmelo –replico, porque las cosas son así de simples... o, al menos, deberían serlo.

Pero no lo son. Esto es un viaje, y puede que dure toda una vida.

–Me estoy esforzando, hija –dice mi madre.

La única forma de que esto se transforme en un viaje, por largo que sea, es que mi madre se comprometa a acompañarme en él. Pero no sé si será capaz, y ni siquiera sé si quiero que lo sea. No sé si es mejor que sanemos juntas, acercándonos cada vez más, o que lo hagamos por separado y nos alejemos. A veces pienso que tal vez alejarnos sea la opción más razonable. Hay una parte de mí que desea que no sea así, pero otra parte se pregunta si no será inevitable.

–Pues entonces, pide ayuda, porque hacerlo por tu cuenta se te da como el culo –le espeto.

Es un desafío, y no creo que mi madre esté lista para aceptarlo. La única razón por la que fue a ver a aquel psicólogo antes del trasplante es que no había otra manera de convertirse en donante.

Sus ojos centellean, pero yo le sostengo la mirada. No quiero desviar la vista. Se acabaron las mentiras.

–Me estoy esforzando, Penny –repite, y me doy cuenta de que no puede darme nada más por el momento.

Supongo que Jane tiene razón: ahora depende de mí decidir si me basta con esto.

Lo único que sé es que mi madre y yo disponemos de algo que no pude tener con mi padre: tiempo para aclarar las cosas, si decido dárnoslo.

Mi madre y yo tenemos tiempo por delante. Anna y Tate tienen tiempo por delante.

Las únicas que nos estamos quedando sin tiempo somos Tate y yo.

63

Penny

11 DE AGOSTO

–CREO QUE NOS HEMOS PERDIDO –digo.

–Qué va –responde Tate, mientras la camioneta se bambolea al caer en un socavón especialmente profundo.

Miro la parte de atrás, inquieta. Hemos asegurado la estatua de la osa Berry con varias correas extra, pero hace ya un buen rato que el asfalto dejó paso a la gravilla y, más allá, creo que la pista es de tierra pelada.

Llevar a Berry hasta su nuevo dueño está siendo más complicado de lo que pensábamos. Primero, Tate y yo tardamos mil años en encontrar un día en el que libráramos las dos y, cuando por fin lo conseguimos, Remi no estaba disponible. Así que, al final, hemos tenido que ponernos en camino las dos solas.

El afortunado ganador de Berry vive en medio de los bosques de North County: un lugar muy adecuado para una escultura de madera hecha con motosierra, pero un follón para llevarla hasta su nuevo hogar.

–Aquí dice que hay que girar a la derecha en South Fork Road –dice Tate, señalando las indicaciones escritas en una servilleta de papel que nos dio Remi–. Hasta ahora, todas las desviaciones que hemos visto estaban a la izquierda. Tiene que ser por aquí, aunque está más lejos de lo que pensábamos.

–Deberíamos llamar para asegurarnos –contesto mientras saco mi teléfono.

Por supuesto, no hay cobertura. No sé cómo he podido pensar que la había, si estamos en todo el medio del bosque.

–¡Ahí, mira! –exclama Tate–. Ahí hay una desviación a la derecha.

Pone el intermitente como una auténtica scout, a pesar de que llevamos no sé cuántos kilómetros sin cruzarnos con un coche. Gira el volante y... ¡crac! La camioneta se detiene, completamente vencida a la derecha. A mi lado, Tate se desliza hacia mí, solo retenida por el cinturón de seguridad. Vuelvo la cabeza y veo que las ruedas de la izquierda están en el aire.

–Mierda –masculla Tate.

–¿Hemos...? ¿Qué acaba de pasar? –pregunto, con el hombro aplastado contra la puerta y la manija clavada en el costado.

–Déjame ver –repone ella.

Se desabrocha el cinturón con una mano y, con la otra, abre la puerta de su lado y la empuja. Luego, trepa hasta poder saltar afuera.

La pierdo de vista y, de pronto, oigo que suelta una ristra de tacos. Me quito el cinturón y salgo yo también.

–¿Tate? –la llamo.

–Aquí debajo.

Rodeo el morro de la camioneta y veo a Tate tumbada de espaldas en el suelo, examinando la parte inferior. Desde aquí fuera se ve que el vehículo está muy ladeado y que la rueda derecha se ha vencido hacia dentro. En la parte de atrás, Berry está peligrosamente inclinada, y una de las correas que la sujetan se ha roto.

–¿Hemos chocado con algo? –pregunto.

–No. Ha sido eso –contesta Tate, señalando un punto a unos tres metros detrás de nosotras.

En la entrada del camino, alguien ha cavado una zanja poco profunda, como una especie de limitador de velocidad casero.

–No la vi y me la comí al girar –explica Tate–. La rueda no entró bien y se ha fastidiado el eje.

–Joder –murmuro mientras me agacho a su lado, estirando el cuello para tratar de distinguir la avería–. Con el peso de Berry en la parte de atrás, no podemos enderezarla para echarle un ojo en condiciones.

Tate se retuerce para salir de debajo de la camioneta, se levanta y se sacude la tierra de los vaqueros.

–Tampoco nos serviría de mucho; aquí no tenemos forma de arreglarla.

Giro la cabeza para mirar a un lado y a otro. Solo hay árboles por todas partes.

–Estamos lo menos a doce kilómetros de la carretera. Incluso a quince, si me apuras –observo.

Tate levanta la mirada y contempla el cielo entre las copas de los árboles.

–En una hora se hará de noche –dice.

–Y no tenemos cobertura... A mi abuela le va a dar algo cuando vea que no volvemos.

–Bueno, a lo mejor pasa alguien por aquí –aventura Tate.

–Quizá, sí. Ojalá.

–Y las madres saben adónde teníamos que llevar a Berry –añade–. Si no aparecemos a la hora de dormir, alguien vendrá a buscarnos.

–Aun así, va a pasar un buen rato antes de que nos echen de menos. Deberíamos mirar si hay algo útil en la camioneta.

–Buena idea.

Teniendo en cuenta que la camioneta pertenece a mi abuela, no me cabe duda de que estará preparada para cualquier imprevisto; lo malo es que, por culpa de Berry, no va a ser nada fácil llegar al compartimento de las herramientas. Me encajo entre la escultura y el lateral y le voy pasando a Tate las cosas que contiene. Hay una manta de lana, un kit de emergencias con un botiquín de primeros auxilios, una linterna, espray para ahuyentar a los osos, una bolsa de plástico llena de chocolatinas, un par de garrafas de agua y tres bengalas que ni de coña vamos a utilizar en plena temporada de incendios.

–No está mal –comenta, observando el surtido que ha dejado frente al portón trasero–. Al menos, no nos moriremos de hambre.

–En lo tocante a chocolatinas, mi abuela nunca falla –digo.

Saco de la bolsa de plástico un paquete de M&M's de cacahuete y lo abro. Luego, me siento junto al resto de las cosas y empiezo a balancear las piernas.

–¿Y qué podemos hacer durante toda la noche, si nos quedamos aquí solas? –pregunto. En cuanto termino de decirlo, hago una mueca de horror. Joder, Penny. Ya te vale.

–En el kit de emergencias hay una baraja –responde Tate.

–Ah, ¿sí? ¿Te apetece echar una partida?

Ella asiente, saca las cartas y quita la goma que las sujeta. Luego, las mezcla y reparte diez a cada una, mientras yo divido entre las dos el resto de los M&M's para apostar con ellos.

Jugamos hasta que anochece del todo y el ruido de los grillos y demás bichos nocturnos sube de volumen. Entonces, me levanto y enciendo las luces de emergencia. Aunque al ladearnos nos hemos quedado más bien en la cuneta, es mejor no arriesgarnos a que algún coche nos embista, si es que pasa alguno. Tate recoge todo lo que podemos necesitar y lo mete en la cabina, y luego las dos volvemos a meternos.

Son ya las diez de la noche, pero no tengo nada de sueño. Hay demasiados pensamientos girando en mi cabeza.

–Menuda semana –suspiro, arrellanándome en el asiento trasero.

–Menudo mes –repone Tate.

–Menudo verano –añado. Ladeo la cabeza para mirarla, deseando que ella lo haga también.

–Ya casi ha terminado.

Lo ha dicho como si fuera algo bueno, como si eso me tuviera que tranquilizar. Sin embargo, todo en mi interior rechaza esa idea, como si alguien me hubiera dado una cucharada de jarabe para la tos diciendo que es jarabe de arce.

Porque de alguna manera, no sé bien cómo, este verano me ha hecho ser quien soy.

Soy incapaz de despegar los ojos de su perfil, de su expresión resuelta. Tampoco quiero hacerlo. Quizá, si la sigo mirando, ella girará la cabeza por fin y me recompensará con una mirada juiciosa de sus ojos azules.

–Tate, ¿podríamos hablar de ello? –le pregunto.

–No sé... Depende de a qué te refieras.

–A... esto. A todo esto –digo deprisa–. Sé que ya te he pedido perdón varias veces por haber mentido a tu madre, pero...

–No sigas, Penny –me interrumpe, como si supiera lo que estoy pensando antes de que salga de mi boca.

–Lo siento mucho, Tate. Siento lo de Laurel y lo del aparcamiento del Blackberry. Siento haber permitido que tu madre pensara que...

–No quiero hablar de eso –me corta otra vez, moviéndose para abrir la puerta.

Sale del coche, pero yo salgo detrás. Esta vez, no tiene ningún sitio al que escapar para librarse de mí.

–Siento mucho haberla cagado –continúo, apurando el paso para no perderla. La única luz que hay viene de la luna y de los intermitentes traseros, que iluminan su espalda en ráfagas cortas de color rojo–. Tendría que habérselo confesado a tu madre. Fui una egoísta: para mí, era más fácil dejar que creyera eso que admitir lo que había pasado de verdad. Pero para ti fue mucho peor, y no sabes cuánto lo lamento.

–Vale –asiente ella–. Te arrepientes de haberlo hecho, ya me ha quedado claro.

–También me arrepiento de otras cosas –continúo, porque cada vez lo siento con más claridad: en lo que respecta a Tate, el tiempo se me está escurriendo entre los dedos–. Siento mucho que tuvieras que dejar de lado tus sentimientos para poder ayudarme.

–Es que no lo hice –replica ella con fiereza–. De hecho, soy perfectamente capaz de estar furiosa contigo y ayudarte al mismo tiempo. Se llama complejidad emocional, ¿sabes?

Me echo a reír; quizá no sea el mejor momento, pero no puedo evitarlo. A veces, Tate me mata.

–Aún hay más –continúo–. En Yreka...

–No –me corta en seco, y en su rostro aparece una máscara inexpresiva–. No vamos a hablar de Yreka. Lo pone en el acuerdo de tregua.

Me humedezco los labios.

–Vale –respondo–. En ese caso, quiero modificar el acuerdo.

La luz roja de los intermitentes le ilumina el rostro, pintando sus ojos de un azul más oscuro. De sus trenzas se escapan pequeños mechones que se rizan alrededor de su cara.

–Penny...

–Las dos tenemos derecho a modificarlo.

–Penny –repite, pero esta vez no es un suspiro. Es una advertencia, o quizá una súplica.

Sea lo que sea, no voy a hacerle caso. Para nosotras nunca llega el buen momento, así que voy a crearlo yo. Tengo que hacerlo, porque nos estamos quedando sin tiempo.

–Quiero cambiar el acuerdo de tregua –declaro–. Quiero hablar de lo de Yreka.

Ella toma aliento de golpe, con tanta fuerza que casi parece doloroso.

–Fuiste tú quien lo incluyó en la lista –replica.

–He cambiado de opinión.

Por su rostro cruza un destello de irritación.

–¿Por? –estalla, justo como yo esperaba que hiciera.

La respuesta son dos palabras. Si las pronuncio, lo cambiarán todo. Y no sé si estoy preparada, pero sé perfectamente que quiero comprobar si lo estoy.

–Te oí.

–¿Qué...?

–En el motel de Yreka. No estaba dormida.

Entre nosotras, la atmósfera parece vibrar como el aire en un día caluroso, transformando la imagen de un modo sutil.

–Tú... –susurra.

–Te oí.

Sus manos se cierran. Necesito tenerlas en las mías, acariciarlas. ¿Cómo puede no darse cuenta de que es lo que tenemos que hacer?

Porque, hasta ahora, nunca hemos sabido cómo hacerlo.

Nos hemos pinchado la una a la otra. Ella ha esperado mientras yo escapaba. Yo he mentido y ella se ha quedado a oscuras. Hemos cometido errores y nos hemos equivocado, y jamás hemos hablado de lo que teníamos que hablar. Nos hemos esquivado y rodeado a ciegas, como dos renacuajos en una charca.

Hemos perdido demasiadas cosas, y hemos ganado otras que no eran suficiente para compensar nuestras pérdidas.

Y ahora estamos aquí. Una vez más, estamos aquí. Ella y yo respirando el mismo aire, unidas por tantas cosas que ni siquiera sé si sabría enumerarlas.

Supongo que no creo en el destino.

Pero creo en esto. En ella. En lo que formamos las dos.

Tate me mira. Las luces de emergencia parpadean.

–Di algo. Por favor, Tate.

Y eso es lo único que hace falta para que ella reaccione y vuelva a la vida.

–Eres insoportable, ¿sabes? –dice, pero está avanzando hacia mí en lugar de alejarse–. Haces que las cosas más sencillas sean increíblemente complicadas.

Sus ojos brillan en la neblina rojiza. Avanza tres pasos más; con otros tres, estará pegada a mí. La idea hace que mi cuerpo entero se ruborice.

–Estar a tu lado –continúa– es como caer en medio de un laberinto sin ninguna guía, sin hilo que te muestre el camino y sin modo de orientarse.

–¡Yo podría decir lo mismo de ti! –protesto.

–Yo soy una persona de lo más directa –me espeta ella–. No soy ningún laberinto.

–¡No me jodas, Tate! Tienes tantas cosas por debajo de la superficie que podrías hundir el *Titanic*.

–Ah, de modo que ahora soy fría como un iceberg, según tú.

–No: eres profunda e inamovible como un iceberg. No es lo mismo. Además, ¡eres tú la que se ha puesto a hablar de mitología griega! ¿A quién se le ocurre? ¿Y yo quién soy, además? ¿El rey Minos, que se dedica a sacrificar personas al minotauro que vive en su laberinto? ¿Es esa tu metáfora?

–Más bien, serías la persona que creó un laberinto del que era imposible salir –replica.

–Soy Dédalo, entonces.

–Joder... ¿Cómo no se iba a saber el nombre del notas que hizo el laberinto? –masculla mirando al cielo–. ¿Ves? Eso es exactamente lo que quería decir: yo intento hacer una metáfora, y acabamos hablando de mitología griega. Simple... –alarga el brazo izquierdo hacia ese lado–. Complicado –remacha, extendiendo el brazo derecho.

Sus brazos abiertos me llaman.

Y yo acudo.

Un paso.

Dos.

Y ya no me hace falta avanzar más, porque ella también está acercándose a mí.

Da un paso repentino y esperanzado que me remueve algo por dentro. Y, cuando agacha la cabeza para mirarme, lo sé. No sé por qué, pero lo sé.

Nuestro momento por fin ha llegado.

–Me pones furiosa –murmura, pero ahora que estamos tan cerca, su voz se ha vuelto casi tierna. Su mano encuentra la mía y mis dedos encuentran un nuevo hogar, curvados en su palma.

–Estás enamorada de mí –digo. La sonrisa que se extiende por mi cara es un desafío en toda regla, un acto de osadía que nos enfrenta a la verdad.

Ella agacha un poco la cabeza para mirarme. Su pulgar frota mis nudillos, pero en su expresión hay una resistencia obstinada.

–No te preocupes –le digo.

Me inclino hasta que mis labios rozan su mano, cerrada sobre la mía. Me viene a la cabeza el día del porche, hace dos años, cuando sus labios acariciaron mis vendajes. La noche del granero, y aquella ansia hormigueante *–Elígeme, elígeme–* que Tate despertó en mí. Los ratos que hemos pasado sentadas en la sala de espera, con el tictac del reloj en el fondo. Los madrugones, su eterna garrafa de agua y lo harta que estoy de desayunar copos de avena.

–Yo también me enamoré de ti antes de darme cuenta de lo que me pasaba. Y, cuando por fin lo comprendí, pensé que no era digna de tenerte, porque sabía que te merecías algo mejor que yo.

–Eh, tú –protesta. Es mi eterna defensora, incluso cuando mi enemiga soy yo misma.

–Eh, tú –repito yo en un susurro, y me pongo de puntillas, porque, si ella no se agacha un poco, es la única manera de...

Pero entonces lo hace.

Yo me pongo de puntillas y ella se inclina, y su mano rodea mi cintura y mis dedos enganchan la trabilla de su pantalón y es como todas las otras veces que hemos estado así, en ese momento trémulo en el que nos acercamos la una a la otra antes de que todo se estropee.

Pero esta vez, nadie nos interrumpe.

Esta vez, yo no dudo.

Esta vez, ella tampoco lo hace.

Sus labios encuentran los míos y me doy cuenta de que saben a M&M's de cacahuete, como los míos, supongo. Despega la mano de mi cintura para rodearme la cara, y me besa como si nos hubiera separado una guerra. Y es así, solo que ha sido una guerra que hemos creado nosotras mismas.

No puedo respirar. No puedo pensar, pero es algo bueno, es maravilloso. Estoy a punto de morirme y renacer aquí mismo, sobre todo cuando sus dedos presionan ese punto tan delicado debajo de mi mandíbula que yo ni siquiera sabía que existía.

Y, por supuesto, es justamente en ese momento cuando la camioneta suelta un chirrido de indignación, furiosa por la afrenta de su eje roto y el peso extra de la osa Berry, y se inclina aún más a la derecha. Lo cual sería un detalle sin mucha importancia, si no fuera porque el movimiento hace que la última correa que sujetaba a Berry se rompa con un chasquido.

–¡Mierda! –exclama Tate, apartándome en el preciso instante en el que Berry se tira de cabeza a la ladera de la montaña, impaciente por volver a la tierra de la que salió.

La mora gigantesca que lleva al hombro se desprende y echa a rodar, tambaleante, hasta desaparecer.

–Madre mía –susurro, rompiendo nuestro silencio estupefacto, y luego me echo a reír sin poder evitarlo–. Menudo día, joder...

Tate vuelve la cabeza para mirarme, y la sonrisa que frunce las comisuras de sus ojos es como una caída libre perfecta.

–¿Tan duro ha sido? –pregunta.

–Bueno, ha tenido algunos momentos estelares –contesto, y vuelvo a enganchar sus trabillas con los dedos para atraerla hacia mí.

–Ah, ¿sí?

Esta vez, soy yo quien la besa.

Y esta vez, pasa un rato larguísimo antes de que pueda contestarle:

–Sí.

64

Tate

11 DE AGOSTO

PUES SÍ.

Al final, soy yo quien se lanza. Más tarde, cuando hablemos de ello, alegaré que ella me provocó, pero lo cierto es que fui yo quien rompió el hielo. Le di un beso a Penelope Conner delante de una osa de madera de dos metros de alto, que a continuación trató de aplastarnos en medio del bosque (no sin que antes hubiéramos discutido sobre mitología griega y sobre el *Titanic*).

Fue una noche legendaria, y lo digo sin ningún tipo de sarcasmo.

Besarla es como despertarme después de cien años. Hace que todo sea nuevo.

(Siento que todo mi cuerpo es nuevo donde ella lo toca).

Amarla, sin embargo, no es nada nuevo: es un estado permanente al que ya estoy acostumbrada.

Pero que ella me ame...

Es como tocar el agua por primera vez.

Lo supe de inmediato.

(Estaba en mi hogar).

(ACUERDO DE TREGUA ENTRE PENNY Y TATE)

(Firmado el 22 de junio.
Modificado el 11 de agosto)

- Prohibido decirles a las madres cuándo es nuestro aniversario de verdad. (Mejor no tener que explicarles todo el lío).
- Tú puedes contar conmigo.
- Yo puedo contar contigo.
- Te amaré.
- Me amarás.
- A veces será difícil.
- Pero seremos felices casi siempre.

Agradecimientos

Aunque he dado mil vueltas para distribuir esta sección en seis ingeniosas partes, he sido incapaz. Si me dedico a escribir es por algo: los números nunca se me han dado bien.

Escribir y publicar un libro es, en gran medida, un trabajo de equipo, y tengo que dar las gracias a todas las personas que han dedicado su generosidad y su talento a ayudarme con este.

Mil gracias a mi editora, Lisa Yoskowitz, que nos introdujo a mí y a mi primera novela en el mundo editorial y que, casi una década más tarde, ha apostado por mi humilde oda a las estructuras de fanfic y a la tensión sáfica a fuego lento. La vida me ha lanzado un montón de obstáculos mientras escribía este libro, y tú has reaccionado ante todos con tanta gracia, compañerismo y sabiduría que no puedo por menos que estarte agradecida.

Gracias también a Rachel Boden, mi fantástica editora británica, por su mirada penetrante y por todas las notas en las que me aconsejaba que ahondara más y más.

Gracias a mi agente, Jim McCarthy, quien, tras no sé cuántos libros llenos de asesinatos, se quedó impertérrito cuando le dije que había escrito un libro sobre casi besos y sobre las dificultades de recibir atención médica en el mundo rural. Te aprecio tanto como aprecio tu gusto impecable a la hora de elegir jerséis de gatitos.

Gracias a Lily Choi, cuyo buen ojo para las estructuras literarias tanto aportó a este proyecto, y a Caitlyn Averett por su ayuda.

Gracias a Kathleen Cook, con su talento para manejar los detalles y las líneas temporales, que tan útil me ha sido cuando el tiempo apremiaba.

Gracias a Cheryl Lew, Emilie Polster, Andie Divelbiss, Savannah Kennelly y Christie Michel por sus esfuerzos a la hora de promocionar este libro.

Gracias a las buenas amigas que me aguantaron cada vez que yo gimoteaba por lo difícil que era la estructura de esta novela: Elizabeth May, Charlee Hoffman, Dahlia Adler, Jess Capelle, Sharon Morse, R.C. Lewis, Romily Bernard y todo el mundo de Trifecta.

Y gracias a K, quien, una vez más, tuvo que atravesar en coche un incendio forestal mientras yo escribía este libro. Mi amor, te prometo que algún día no estaré tratando de cumplir una fecha de entrega cuando nos digan que tenemos que evacuar la zona.

¿SABES YA CUÁL ES TU PRÓXIMO LIBRO?

Si te ha gustado esta historia y no puedes esperar para seguir leyendo, visita nuestra web y redes sociales para estar al tanto de todas las novedades TBR:

Nos vemos en tu próxima lectura

TBR